国家出版基金项目
NATIONAL PUBLICATION FOUNDATION

华北抗日根据地及解放区文艺大系

陈　晋　郑恩兵　主编

《晋察冀日报》文艺文献全编

散文报告文学

第二卷

关小彬　编

河北出版传媒集团
河北教育出版社

图书在版编目（CIP）数据

《晋察冀日报》文艺文献全编．散文报告文学．第二卷／关小彬编．-- 石家庄：河北教育出版社，2023.12
（华北抗日根据地及解放区文艺大系／陈晋，郑恩兵主编）
ISBN 978-7-5545-7634-2

Ⅰ．①晋… Ⅱ．①关… Ⅲ．①文艺－作品综合集－世界－现代②散文集－中国－现代③报告文学－作品集－中国－现代 Ⅳ．①I11 ②I266 ③I25

中国国家版本馆 CIP 数据核字（2023）第 064005 号

书　　名　《晋察冀日报》文艺文献全编·散文报告文学·第二卷
　　　　　JINCHAJI RIBAO WENYI WENXIAN QUANBIAN SANWEN BAOGAO WENXUE DI-ER JUAN
编　　者　关小彬

责任编辑　王东芳
装帧设计　郝　旭
出　　版　河北出版传媒集团
　　　　　河北教育出版社　http://www.hbep.com
　　　　　（石家庄市联盟路705号，050061）
印　　制　石家庄众旺彩印有限公司
开　　本　787毫米×1092毫米　1/16
印　　张　21.5
字　　数　269千字
版　　次　2023年12月第1版
印　　次　2023年12月第1次印刷
书　　号　ISBN 978-7-5545-7634-2
定　　价　120.00元

丛书编委会

编纂说明

在中国共产党百年发展历程中，文艺始终是党领导人民开展进步事业的有机组成部分，是党在各个历史时期的中心工作的实时反映和重要推动力量。“华北抗日根据地及解放区文艺大系”，是一部全面展示抗日战争和解放战争时期华北地区党的历史创造、奋斗风采和形象建构的大型革命历史文艺文献丛书，对于深入研究华北地区革命文艺史、红色新闻史，弘扬伟大建党精神、梳理中国共产党人精神谱系，是必不可少的第一手资料，是我们在新时代坚定树立文化自信的重要思想资源。

一、编纂缘起

抗日战争及解放战争时期，华北地处各方政治与文化力量激烈博弈的前沿，这种特殊政治、军事、文化、地理环境中产生的革命文艺，具有鲜明的地域性特征，是五四新文化运动以来的革命文艺发展史上的突出标识。

但一直以来，由于史料文献整理不足，对华北抗日根据地及解放区文艺的研究，始终未能深入，其独特的地域性实践价值和蕴含的文

化创新意义被严重遮蔽。这些史料文献主要以党报党刊的形式呈现，梳理汇编这些党报党刊中的革命文艺史料，借之以探索华北革命文艺的发展路径、发展方向、创造机制和创新经验，是深入贯彻习近平总书记关于“把红色资源利用好、把红色传统发扬好、把红色基因传承好”，“用好红色资源、赓续红色血脉”等系列重要讲话精神的有力举措，也是新时代文艺研究者不可推卸的责任。

2017 年 6 月左右，我们去中国社科院文学所拜访时任所长刘跃进先生，协商合作研究事宜，寻求中国社科院文学所的帮助。请教过程中，刘先生建议我们结合地方特色，做好地方红色文艺文献的搜集整理与编纂出版工作。经过一段时间筹备，2017 年底，我们以“河北红色经典系列丛书”为名，正式申报“2018 年度河北省省级宣传文化发展专项资金”项目并成功立项，旨在通过选定刊行河北红色经典作品、梳理汇编河北红色经典研究资料、系统阐述河北红色经典发展历史等基础性工作，打造一个集大成式的河北红色经典文献资料库。

项目最初设计共二十四卷，包括六大板块：《河北红色经典史》一卷、《河北红色文艺作品选》六卷、《河北红色经典作家作品索引》三卷、《河北红色经典研究资料汇编》四卷、《〈晋察冀日报〉副刊文学作品全编》六卷、《晋冀鲁豫抗日根据地文艺作品及〈新华日报〉太行版文艺作品汇编》四卷。但在项目实施过程中，我们充分吸收专家意见，认为网络时代和大数据背景下的科研活动有了很大变化，《河北红色经典作家作品索引》与《河北红色经典研究资料汇编》的编纂工作，在当前学术生态中价值不大，并予以取消。同时，在项目实施过程中我们发现，《晋察冀日报》《人民日报》等党报除刊发大量文艺作品外，还有大量记录边区文艺工作者行迹，反映边区戏剧、

音乐、文学、美术、舞蹈、曲艺活动与报刊书籍出版发行等各方面情况的文艺史料，以及体现我党文艺方向、方针变化的政策文件与重要领导讲话，是华北地域党和人民对敌作战的重要宣传武器，更是飘扬在华北地区军民心中一面旗帜。这些史料是华北地域革命文艺发生、发展与壮大的真实记录，对我们正确认识革命文艺的特点与历史地位有重要的决定性作用。

为此，我们精心整理了《〈晋察冀日报〉文艺文献全编》《晋冀鲁豫〈人民日报〉文艺文献全编》《〈晋察冀画报〉文艺文献全编》《晋察冀日报社人物志》（共五十一卷），同时收入全国抗战时期和解放战争时期与河北地域相关且被广大群众所喜爱并广泛传唱的红色文艺作品，结集为《河北红色文艺作品选》（共六卷），至此形成丛书目前的五大板块，而且将名称由“河北红色经典系列丛书”改为“华北抗日根据地及解放区文艺大系”，方便以后在此基础上做进一步拓展。

二、地域范围及文艺特质

华北抗日根据地包括当时山东、河北、山西、察哈尔、绥远、热河全部及豫北、苏北、皖北部分地区，分晋绥、晋察冀、晋冀豫、冀鲁豫、山东五大块。1941 年，冀鲁豫合并到晋冀豫，称晋冀鲁豫。其中晋察冀抗日根据地作为开辟最早、地域最大、人口最众的模范抗日根据地，是华北抗日根据地的坚强堡垒，牵制和抗击了三分之一以上的华北日军和二分之一的伪军。

在河北及其邻省周边地区开辟与创建华北抗日根据地，是红军长征到达陕北之后党中央迅速做出的重大战略决策。这些根据地地处对日武装斗争最前线，不仅打开了抗战的新局面，成为华北敌后抗战的主战场，而且进行了新民主主义社会的实践探索，对解放战争的历史进程产生了巨大影响，成为我党开辟东北解放区的前进基地和逐鹿中原的战略后方。随着抗日根据地的开辟，延安文艺工作团、西北战地服务团、东北促进纵队干部队、八路军总政治部前线记者团等大批文艺工作者，随同党政干部一道陆续抵达华北，东北、平津的青年学生也纷纷冒着生命危险来到边区。他们一手拿枪，一手拿笔，深入农村与抗战前线，切身体会工农兵的生活，深刻了解工农兵的需求，从而根本上克服了艺术至上主义思想倾向。所以，华北抗日根据地及解放区文艺，既响应了伟大的民族抗战对文学艺术提出的时代要求，亦充分兼顾到广大人民群众的接受习惯和欣赏水平，真实地反映了华北人民火热的战斗与生产生活。很多作者本身就是农民、战士或基层工作者，他们把自己的经历和熟悉的人和事，通过小说、戏剧、诗歌、报告文学、歌曲、绘画、舞蹈等文艺样式记录下来，语言通俗平实，富有生活气息。由于产生于特定时代、特定区域而又适应特定需要，故而无论是题材、语言还是风格，在体现革命大众文艺共性的同时，又具有强烈的华北地域特性。

华北抗日根据地及解放区文艺的繁荣发展，是专业文艺工作者与工农兵群众共同创造的结果。人民群众不仅是革命文艺运动的主导主体、推进主体、受益主体，还是一切成败得失的评判主体。华北抗日根据地及解放区文艺，归根结底，是“以人民为中心”的文艺。

三、学术价值

今天的河北在抗日战争、解放战争时期是晋察冀、晋冀鲁豫两大根据地的中心区域，有着悠久的革命历史传统和丰厚的红色文化底蕴。据不完全统计，抗日战争和解放战争期间，仅晋察冀边区专区以上就办有报刊四百余种，编印图书五百余万册。如果将这种统计扩大到环绕河北的整个华北抗日根据地及解放区，时间扩展至从中国共产党成立到中华人民共和国成立，数据更为可观。这些红色图书、报刊的出版发行，团结了一大批来自全国各地的著名革命文艺家和专业文艺工作者，其中有大量文艺相关信息，是研究近现代中国革命文艺的重要史料。但因受当时物质条件及复杂局势影响，它们传播范围有限，保存困难，如今已普遍出现老化或损毁现象，面临着消失、断层的危险。

长期以来，由于对抢救、整理和利用红色文艺文献的意义认识不足，现行的科研评价、出版机制亦难以有效刺激科研工作者积极从事老旧报刊等红色文艺文献的系统整理，大量有待整理的红色文艺文献尚未进入学界的视野。特别是华北抗日根据地及解放区的文艺文献，有很多甚至还是学术盲区。如《冀中导报》《救国报》《边政导报》《冀南日报》《团结报》《前进报》《新察哈尔报》《冀热察导报》等各类党报，以及《冀热辽画报》《冀中画报》《北方文化》《五十年代》《新长城》《新群众》《诗建设》《诗战线》等期刊，虽有部分学者对其办报（刊）历程、思想以及传播等方面予以研究，但均无系统的文艺文献整理本。“华北抗日根据地及解放区文艺大系”整理的《晋察冀日报》、晋冀鲁豫《人民日报》、《晋察冀画报》，是当时华北抗日根据地及解放区党报党刊的典型代表，是党的理论和实践同文艺结合的主要媒介和载体，是华北革命文艺重要的传播平台。这些报刊，既客观记录了华北革命文艺的传播与发展，也完整展现了华北革命文艺的特殊使命与风格特征，具有极其重要的史料价值。在此基础上，我们还会将视角延伸到《晋绥日报》《新华日报·太行版》《新华日报·太岳版》等党报，不断地充实这套大型文献史料丛书，以此来系统建构华北抗日根据地及解放区的“文艺史料学”。

四、丛书特色

这套丛书的编纂，主要以抗日战争及解放战争期间华北境内各根据地、解放区出版、发行、制作之图书、期刊、报纸等红色文献中的文艺资料为内容。编纂特色主要包括：

（一）抢救珍贵历史文献，弘扬伟大建党精神。

华北抗日根据地及解放区的红色文献发行于条件艰苦的战争年代，数量少，印制质量粗糙，历经岁月的洗礼，留存下来的品相完好者已经很少，有些到今天已成孤本。这些文献作为特定历史时期和区域的产物，见证了中国共产党领导华北人民争取民族独立和人民解放的伟大历程，反映了华北近代社会的巨大变化，蕴含着珍贵的史料价值和鉴往知来的现实意义，是中国共产党领导的文艺事业、新闻出版事业与意识形态建设发展的历史见证。它们诠释了党的初心和使命，蕴含着坚定的理想信念与崇高的革命精神，到今天仍然具有强大的感染力与说服力，是陶冶情操、磨炼意志，走好新时代长征路的有效精神资源。抢救性搜集、整理与研究这些珍贵历史文献，有利于增强党政干部政治信仰，弘扬伟大建党精神和践行社会主义核心价值观。

（二）文艺与党史密切融合，拓展革命文艺与党史研究的新视野。

革命文艺作品的创作、发表和传播，和党的历史任务和奋斗实践是分不开的。在艰苦卓绝的革命岁月，奋斗前行的中国共产党始终强调，既要拿“枪杆子”，也要拿“笔杆子”。革命的文艺工作者，一手拿枪，一手拿笔，深入农村与抗战前线，以人民大众易于接受和欣赏的形式，宣传党的政策，推行党的方针，为中国共产党顺利完成不同历史阶段的中心任务和伟大使命发挥了独特而重要的作用。本套丛书收入的文献史料，主要是抗日战争与解放战争时期党报党刊中的文艺作品与文艺史料，它们鲜明生动地体现了党的历史，党领导人民争取民族独立、人民解放的奋斗历程和精神面貌，从而为学界从文艺角度研究党史和从党史角度研究文艺提供了有力支撑。

（三）作品汇编与史料梳理并行，还原革命文艺的历史场域。

“华北抗日根据地及解放区文艺大系”的编纂，全面辑录华北抗日根据地及解放区党报党刊上刊登的诗歌、小说、戏剧、报告文学、散文、歌曲、版画等文艺作品，并系统梳理当时文艺发生、发展、传播以及社会各界文艺活动的各类消息和报导，同时选编了大量的河北红色文艺作品作为补充。这种文艺史料与文艺作品的配合整理，还原了革命文艺的历史场域，有利于构建对革命文艺的科学认识。

五、丛书内容

（一）《〈晋察冀日报〉文艺文献全编》共三十八卷：

诗歌三卷

戏剧一卷

小说二卷

文艺评论三卷

文艺史料九卷

外国文艺二卷

散文报告文学十七卷

歌曲版画一卷

（二）《晋冀鲁豫〈人民日报〉文艺文献全编》共十一卷：

诗歌一卷

戏剧、小说、文艺评论一卷

散文报告文学五卷

文艺史料四卷

(三)《〈晋察冀画报〉文艺文献全编》一卷

(四)《晋察冀日报社人物志》一卷

(五)《河北红色文艺作品选》共六卷：

诗歌一卷

戏剧一卷

散文一卷

小说三卷

六、编纂体例

（一）整套丛书题材丰富、门类众多，在体裁上不做强行统一。

（二）丛书中所录作品均为当年报刊发表的原文。为确保丛书的文献性、学术性、专业性和资料性，丛书编辑加工的总原则为保持文献原貌，内容上不做改动。

（三）文字的使用

1. 丛书中文字的使用以 2013 年教育部、国家语言文字工作委员会公布的《通用规范汉字表》为准。

2. 丛书中的古体字、通假字、俗体字，以及所涉及姓名字号、职官地理等专用字，均予保留。

3. 丛书原文字迹模糊残损，但仍可辨认或可依上下文校正，以字外加方框“□”表示；原文缺字或无法辨识，且无法校补，每字以一个方框“□”表示；如无法统计所缺字数，则以“〼”表示。

4. 丛书中数字的使用，保持原貌。

（四）标点符号及其他符号的使用

1. 丛书在不改变原文意义的情况下，将旧式标点改作现行标点符号。

2. 丛书原文中出现代表文字的符号，如“×”“△”“○”“▲”等，保持原貌。

3. 丛书原文中的着重号、专名号等不再保留。

（五）其他

1. 丛书原文中的注释，保持原貌；编者亦出部分注释，供读者参考。

2. 因为原始文献本身产生于战争年代，保存不易，漫漶不清处较多，丛书疏误之处在所难免，希望专家读者批评指正。

七、鸣谢

本套丛书得以顺利面世，要特别感谢中共河北省委宣传部、河北省社会科学院、河北教育出版社的资金支持，以及北京大学陈平原教授、中国社科院文学所刘跃进研究员、南开大学文学院李扬教授、河北师范大学文学院王长华教授等，为丛书编纂提供了多方面的学术支撑；晋察冀日报社老报人及报史研究会诸位老师，中国社科院文学所现代室、中国丁玲研究会、中国现代文学馆各位专家，也在丛书编纂过程中提出了许多建设性意见；院内外的数十位年轻科研工作者，在原文录入和校对方面付出了艰辛劳动，确保了项目的顺利进行。在此一并致谢。

把艺术交给大众（代序）

——祝贺“华北抗日根据地及解放区文艺大系”结集问世

中国社会科学院　刘跃进

由河北省社会科学院文学研究所编纂、河北教育出版社出版的“华北抗日根据地及解放区文艺大系”结集问世，值得庆贺。

文艺是时代前进的号角。1937 年 7 月 7 日，卢沟桥事变爆发，全面抗战由此而起。广大的爱国知识分子和青年学生，表现出同仇敌忾的民族气节，走出书斋，走出校园，用知识，用智慧，用不屈的精神力量唤醒民众，用实际行动担负起抗日救亡的历史重任。在此后的岁月里，延安文艺和华北抗日根据地及解放区文艺，是中国共产党领导下的两大主体，双峰并峙，展示着那个时代的风貌，引领了那个时代的风气。

随着抗日根据地的开辟，延安文艺工作团、西北战地服务团、东北促进纵队干部队、八路军总政治部前线记者团等大批文艺工作者，随同党政干部一道陆续抵达华北，东北、平津的青年学生也纷纷冒着生命危险来到边区。他们一方面积极创作大量街头剧、活报剧、街头诗、墙头小说、木刻版画、歌曲、舞蹈等革命文艺，开展抗日救亡宣传运动；一方面也通过开办文艺干训班，开展各行业、各阶层甚至全民的文艺创作与评选活动，吸引工农兵群众加入文艺队伍，掀起了“晋察冀一周”“冀中一日”等具有深化性质的群众写作运动，以及“创造模范村剧团”“穷人乐”等群众戏剧运动，为晋察冀文艺史添上了浓墨重彩的一笔。

说到这里，我想起2009年参加《北平学生移动剧团团体日记》捐赠仪式的一段往事。从1937年到1938年，在中国抗战史上唯一以大学生组成的“北平学生移动剧团”在长达一年半的时间里，历尽艰难，转辗于国民党第五战区的各个战场，演出话剧，创办报纸，宣传抗日，鼓舞斗志，谱写出响彻云霄的时代赞歌。移动剧团的成员每人一周轮流记述，用日记形式记录了那段不平凡的岁月，《北平学生移动剧团团体日记》就是这部历史的记录。它不是写给个人看的私密记录，也不是为将来面世扬名。作者完全出于一种历史责任，真实客观地记录了那段鲜为人知的历史，体现出强烈的史家意识。日记封面上有这样一段题记，“北平学生移动剧团·愿我永恒·中华民国二十七年二月二十三日始·璧华”。孤立地看这部日记，也许没有什么轰轰烈烈的战斗业绩，也没有什么感人肺腑的情感纠结。客观、平实是它的本色，正是这种本色，为那个历史年代留下一段真实。“北平学生移动剧团”的抗日活动，是文艺工作者投身抗日洪流中的一个历史缩影。

随着抗战的胜利，察哈尔省会张家口解放，晋察冀文协、晋察冀剧协、晋察冀音协、晋察冀美协、晋察冀通讯社、晋察冀边区剧社、晋察冀日报社、晋察冀画报社等文化团体随中共晋察冀中央局和军区领导先后开赴华北根据地，一大批文艺工作者也随之来到华北，开展丰富多彩的文艺活动。他们坚持毛泽东《在延安文艺座谈会上的讲话》中指出的方向，一手拿枪，一手拿笔，深入农村与抗战前线，既为切身体会工农兵的生活，也为深刻了解工农兵的需求，从而在根本上克服了自身相当普遍和严重的艺术至上主义思想倾向，为工农兵而创作，为工农兵所利用，以人民大众易于接受和欣赏的形式，普遍写人民大众的生产战斗故事。譬如左翼作家邵子南，于 1938 年 10 月随西战团到晋察冀，主持战地社日常工作，主编《诗建设》；1943 年整风运动后，他到阜平任小学教员，在反“扫荡”中与群众、民兵一起转移、战斗，还直接在五丈湾跟随李勇的游击组对日寇展开地雷战；1944 年 5 月随团回延安，在鲁艺任教，后调陕甘宁文协搞专业创作，开始大量创作反映晋察冀边区生活的小说。他以亲身体验为基础创作的短篇小说《李勇大摆地雷阵》（后改为《地雷阵》），运用阜平农民群众的语言，以口语化方式讲述了爆炸英雄李勇的抗日故事，明显吸取了民间说唱文学的优点，特别是在白话叙述中还插入不少快板式的韵白，更适合群众的喜好，因而在当时广为流传，家喻户晓，起到了很大的宣传鼓动作用。其他作品，如《荷花淀》《太阳照在桑干河上》《漳河水》《赶车传》《王九诉苦》《孟祥英翻身》《新儿女英雄传》《白求恩大夫》《我的两家房东》《穷人乐》《李殿冰》《戎冠秀》《没有共产党就没有中国》《团结就是力量》《没有土地的人们》《白毛女》等，都是成功的文艺典范，在现代中国文学史上占据比较重要的位置。

在华北抗日根据地及解放区的文艺创作成果中，还有数以万计的文艺作品和极具研究价值的文艺史料刊发在根据地及解放区所办的报刊上。很多作者，本身就是农民、战士或基层工作者。他们把自己的经历和熟悉的人和事，通过小说、戏剧、诗歌、报告文学、歌曲、绘画、舞蹈等文艺样式记录下来，语言通俗，富有生活气息。人民既是历史的创造者，也是历史的见证者；既是历史的“剧中人”，也是历史的“剧作者”。让故事中的人物自己编词、自己表演的创作方式，很好地反映出人民的心声，并让人民群众从生动活泼的艺术作品中得到教育，这确实是一个成功的尝试。

配合党的中心工作，“把艺术交给大众”，通过文艺唤醒大众，这已成为华北文艺工作者的自觉意识。他们积极响应伟大的民族抗战对文学艺术提出的时代要求，充分兼顾到广大人民群众的接受习惯和欣赏水平，创作了大量的作品，真实地反映了燕赵儿女火热的战斗与生产生活，起到了良好的宣传教育与鼓动激励效果。刘萧无编排新闻报道剧《李殿冰》，编剧与演员一起住到李殿冰家里，以便于熟悉主人公的生活，搜集真实生动的群众语言，还模仿他们的动作，理解他们的心理，甚至还让主人公李殿冰等直接参与剧本的修改和编排。描写群众的生活，邀请群众参与创作，这是当时文艺工作者走群众路线的生动体现。该剧演出后获得当地老百姓的极大赞赏，鲁中实验剧团还专门学习该剧的创作方法，创编了三幕五场话剧《过关》。艾思奇《前方文艺运动的新范例》更是誉其开创了前方文艺的新范例。抗敌剧社的《王老三减租小唱》、冀中火线剧社的话剧《我们的母亲》，也都具有这种特色。

这些文艺作品，可能略显仓促，有的甚至急就于战火中，所以在素材提炼、人物形象塑造以及语言的使用、细节的刻画等方面还有很多不足。但是，这不是一般意义上的创作，而是燕赵大地为争取民族独立、人民解放的集体记忆和行动号角，是中国革命事业的重要组成部分。华北抗日根据地及解放区的文艺，有很多这样未经沉淀的纪实作品，不管其艺术性如何，但在发动群众、组织群众、铸就抗击日寇和国民党反动派铜墙铁壁方面，发挥了无可替代的作用。20 世纪五六十年代，河北地区涌现出大量的红色经典，便是华北抗日根据地及解放区文艺的传承和发展。

2017 年 6 月，河北省社科院文学所郑恩兵所长来京与我们协商合作研究事宜。我根据所了解的信息，建议他们结合地方特色，做好地方红色文艺文献的搜集整理与编纂出版工作。“华北抗日根据地及解放区文艺大系”就是那次商讨的成果。全书由五个部分组成：第一部分为《晋察冀日报》文艺文献全编，第二部分为晋冀鲁豫《人民日报》文艺文献全编，第三部分为《晋察冀画报》文艺文献全编，第四部分为晋察冀日报社人物志，第五部分为河北红色文艺作品选。全书收录各种文体的作品六千余种，包括小说、诗歌、文艺评论、戏剧、报告文学、散文、文艺通讯、美术、书法和音乐、文艺史料，还有文艺信息、文艺广告，基本涵盖了华北抗日根据地及解放区的文艺创作情况，具有很高的研究价值。

时值中华人民共和国成立七十五周年之际，我们有机会阅读这部皇皇五十余册的“华北抗日根据地及解放区文艺大系”，更加深切地感受到新中国的建立真是来之不易，她是无数条战线的可歌可泣的人们不懈奋斗的结果。在这样一个特殊的日子里，我们感念当年那些有名无名的作者，感谢参与整理工作的学者，当然，更要感激我们这个伟大的时代。

目录

庆祝陈庄的胜利　拥护和帮助八路军

咱们早就计算着，秋天一到，青纱帐倒后，□□□□□进攻边区。同时，咱们也估量到，鬼子这次新进攻，一定会被咱们强有力的边区的八路军打垮的！

果然不出所料，前几天敌人开了第一炮，用一千多兵力，从灵寿夺取慈峪，进攻陈庄，就被八路军逼到山沟里，像“瓮中捉鳖”似的，一举毙死了七八百鬼子兵，收复了陈庄，一鼓气又攻到慈峪，敌人只好再血淋淋地缩入乌龟窝里去，不敢动弹。

老乡们！你说这个胜利对我们有什么意义呢？

第一，这伟大的胜利说明了咱们越打越强，使敌人在进攻的开头就遭到这样“意外的”损失。

第二，它粉碎了一切顽固分子、反共分子“反八路军”“反共”的无耻造谣，说明了八路军的不怕一切牺牲，永远站在最前线和敌人肉搏血战的伟大精神只有一个目的：保卫国土，保护老百姓。

八路军真正是咱们中国的好军队，是老百姓的军队。因此，咱们庆祝陈庄伟大的胜利，就得动员一切人力、物力、财力帮助八路军，对八路军表示最高尚的敬意与拥护。反对一切顽固分子，反共、反八路军的破坏抗战的罪犯行动，咱们要誓死抗战到底，争取最后的胜利！

（《抗敌报》1939 年 10 月 9 日，《老百姓》副刊第 34 期）

眼下的天下大事

最近一个月来，欧洲出了一桩事儿，就是：德国跟波兰开火了，英、法两国应名儿帮助波兰，也搭了份儿。不到几天光景，波兰政府垮了台，东线结束，可是现在□终英、法、德的战争还在继续着。

英、法为什么也要搭了份儿？原来英、法两国外面上是爱好和平的民主国家，其实骨子里满不是那码事儿，什么屁"爱好和平"，屁"民主"，那都是假的，他们还不是帝国主义？眼下还不也就明火执仗地做了法西斯蒂？他们哪个是一块好饼？都是一个鸟味儿。他们国里做大官的，像张伯伦、达拉第那般坏家伙，一味地调三火四，调理别人打仗，叫别人来打苏联，他们自己却站在旁边看热闹、捡便宜。波兰那个小法西斯蒂，就是他们安排在东欧准备进攻苏联的哨兵，最近他们看到喜欢喝血的德国要来吃波兰了，他们就暗地里通过希特勒叫他先打苏联，然后再把波兰送给他。可是希特勒明知道苏联不是好惹的，先打苏联，自己吃亏，波兰实得不到手。他晓得这是欺骗，反倒上赶着和苏联订了你不打我、我也不打你的约，开始向波兰开刀了，结果弄得张伯伦、达拉第空费了一场心计，自己虽然怕国内革命、怕战争，也不得不加入战争里面去了。这真是"搬起石头打自己的脚"，自己痛自己知道。

这个战争进行到现在，波兰那个小法西斯蒂已经垮了台。波兰的东部领土西乌克兰和西白俄罗斯本来是波兰从苏联抢去的，现在这两块地方的人民实行民族自决，又得到苏联的帮助，重新幸福地回到了他们的祖国苏联的怀抱，不再受波兰资本家老财的压迫了。波兰东北部的领土原本是波兰帝国主义由立陶宛抢去的，也还给了立陶宛，他的西部领土归入了德国，波兰事实上已不存在了。

现在德苏在波兰境内的界线和许多别的问题都已圆满解决，这说明了什么呢？

这说明了波兰问题的解决，苏联外交政策的正确行动的胜利。苏联的内部更加牢固了，使得英法的坏家伙们以后反对苏联的阴谋诡计更加难以实现。比如最近苏联西边的一些小国，都赶着跟苏联订条约，要好。这不论对于世界和平，对于咱们，对于全世界被压迫的老百姓，都是一件很好的有意思的事儿。

（《抗敌报》1939 年 10 月 9 日，《老百姓》副刊第 34 期）

把敌人的宣传品一股脑儿消灭了！

日本是咱们的死对头，它打定主意要灭亡咱中国，把咱们百姓当成它的牛马，所以咱们一定要坚持抗战到底，要一直把日本完全打出中国去。这个道理对咱们是个天经地义的大道理。也就因为这个理儿，鬼子在各方面想法，用各种手段要来达到灭亡中国的目的，用尽了明的、暗的、软的、硬的，军事的、政治的、文化的、经济的各种方法。这些方法里面，暗的、软的、政治的、文化的方法更毒，都是些杀人不见血、外甜内苦的把戏，人们不注意，最容易上它的当，不知不觉地中了它的毒计，甚至受了害还不知道，这些东西最危险，咱们要特别加小心。

现在日本明了光用武力来灭亡咱中国，是个梦想办不到的事情，这个法儿不沾气，咱们中国越打越强了起来，因此就加紧使着暗的、软的从政治上来灭亡中国的法儿，从思想上来进攻。用汉奸亲日的话来麻醉咱们的抗日思想，模糊咱们民族的意识，想要使咱们的心气儿弱下去，不坚决抗日了，它可以达到灭亡咱中国的目的。

所以日本和汉奸到处散传单、标语，发报纸，送画报。里边说些什么“和平”啦、“合作”啦、“明朗的华北”啦，还有骂咱们抗日的政府军队的话。一句话，上头都是说日本好，当汉奸好，抗日不好。咱们别看它们散的传单、画报红的绿的好看，里头藏着的全是这种汉奸话。光图好看不打紧，不知不觉地中了它的毒，亲日当了汉奸还不知道，那就最危险了。日本它花许多钱印报、印传单、印画给人看就是为了这个。

由这，咱们无论如何不能再马马虎虎地看日本汉奸印的东西，更不应该花钱订汉奸报看。咱们抗日的中国人为什么要看汉奸走狗的报，听汉奸话呢？咱们还要更进一步不让敌人汉奸的这些东西在咱们边区，在咱们中国人的地方存在着。无论是它的报、它的标语、它的画，见了就毁掉它、扯烂它，或是收起来交给政府，更不让这些敌人的宣传品在边区传送，不让它钻进边区来，有传送这些东西的，就拿他当汉奸办。

把敌人的宣传品消灭干净！

（《抗敌报》1939 年 10 月 15 日，《老百姓》副刊第 35 期）

李大嫂是妇女会会员

洪英

敌人进攻陈庄是谁也想不到的。天刚亮便听见枪响，而且很剧烈，又很近，就在东庄、女庄的不远山上似的。东庄的百姓受了一场惊，自卫队都赶快取起土枪、马枪跟上队长上前线去了，剩下的是没有经验的和胆小的妇女、小孩，更加张皇了！

李大嫂，身上又病了好几天，呆站在门口看吉娃子的爹背走了一大拖铺盖，但是屋里还剩下很多东西：前年跟吉娃子的爹结婚时买下的镜子、爷爷留下的茶碗、亲娘送来的月饼——今天是八月十五——还有……还有……这么多贵重、可爱的东西，这又怎么办呢？吉娃子的爹又背不动了，回来背第二趟是不可能了。鬼子不久就进到陈庄了，谁也不敢到东庄来，离敌人太近了，自己又背不起，况且身上有病，还抱上未满岁的吉娃子，☐珠在她眼眶子里滚滚想掉下来了！又爱惜东西，又恨病，又怕因脚太小走不动，不知能否逃脱鬼子的蹂躏！她的心跳动得很厉害，抹着眼泪走出两步，回头看，忽然发现在炕上还丢下那两套棉军装，妇女会叫替八路军缝的。

☐拼命迈她的大步进屋取上棉军装就走，家里的贵重的可爱的东西都忘了。这是军装，八路军的同志们要穿上打鬼子的，天气凉了，丢了一套，就有一个八路军的同志会挨冻了，这个无论如何不能丢，她想着把棉军装围紧了吉娃子，☐☐☐向南沟里走。她兴奋了，她忘记了病，忘记了可爱的东西，忘记了害怕，忘记了苦！她兴奋了，她保护住八路军的棉衣，她爱惜八路军，超过爱惜东西，超过爱惜自己，李大嫂是妇女会的会员。

一九三九年十月二日于东庄

（《抗敌报》1939 年 10 月 15 日，《老百姓》副刊第 35 期）

挺着“投枪”前进

——纪念鲁迅先生逝世三周年

□□

三年前鲁迅先生的逝世，震悸了普天下善良的大众，从震悸里接过了鲁迅先生遗下的“投枪”。

三年后的今天，全中华的儿女擎着无数万的“投枪”，在血和火的斗争中，悼念着鲁迅先生。

三年前，鲁迅先生逝世的时候，千百万颗的心在悲痛，然而也有在暗笑的。

三年后的今天，还有人在暗笑吗？当然还有，但是出于千百万的“投枪”已在大众手里挥舞着了，那些人们的暗笑却徒然变成了惨□的悲哀。

——这是历史伟大的进步，也是鲁迅先生伟大人格在大众心里无边扩大的再生。

然而，扩大再生着的是精神、是投枪、是斗争，而具有形骸的鲁迅先生终于死去三年了，这终不能不是全人类莫可补偿的损失。

“鲁迅死了，鲁迅留下的有宝贵的著作遗产，鲁迅遗下的有中国人民解放的未竟事业。每个文艺界的分子，每个知识界的青年，每个觉悟的劳动者，每个愿为劳动解放的事业而奋斗的战士，每个关心民族和国家命运的中国人，都应当清楚知道：纪念鲁迅的最好的办法是研究鲁迅的遗著，是发挥鲁迅的思想，是学习鲁迅的作风，是追踪鲁迅的人格，特别是完成鲁迅终生奋斗的事业——中国人民的民族解放和社会解放的事业，以及全人类解放的事业。”

陈绍禹先生两年前追悼鲁迅时给予大家的警语，今天更充满着丰富的意义，中国大众今天也正是在这样的意义下接受着鲁迅先生遗下的投枪。

这投枪是基于最坚强的战斗的自信力。鲁迅先生自己说过：“我们从古以来，就有埋头苦干的人，有拼命硬干的人，有为民请命的人，有舍身求法的人……这一类的人们，就是现在也何当少呢？他们有确信，不自欺，他们在前仆后继地战斗。”

鲁迅先生的伟大，就是建立在这种自信力的上面，他不爬上去帮凶，也不躺下来装死，不投降，不妥协，一枝“金不换”扫荡了黑暗的一切，直到临死以前，还给我们留下宝贵的战斗提示。中国大众也正是在这样前仆后继的战斗中制造着自己的前途。

今天在血和火的斗争里，有人想妥协投降。鲁迅先生如果活着，他必定站在最前面投以最猛烈的投枪与匕首；鲁迅先生如果还活着，他必将对一切“反共”“反八路军”、破坏团结抗战的行为控以“有悖于中国人现在为人的道德”的最大的罪恶。但是鲁迅先生早已告诉我们这种投降妥协是最无耻的，告诉我们破坏团结统一是从古以来所常有的，因此他遗给我们以战斗的投枪，让我们同样以从古以来所已有的前仆后继的战斗的精神去克服□投降妥协与破坏。

今天，我们纪念鲁迅先生，要挺着这锋利的投枪，更勇敢地前进，前进！

（《抗敌报》1939 年 10 月 17 日）

你和我们

鹤

“……青年的心在歌声里紧结着。

“行列缓缓地移动。前头是全国救亡战士所献的绸旗：‘民族魂’在抵抗着逆风前进。挽联都悲哀地低垂了头，花圈上的花朵也苦痛地战抖着，唱挽歌的喉咙颤动得像在哀哭。但巨人似的那幅遗像，在半空里也跟着唱：‘打回老家去啊！……’”

——白尘

战士的葬仪

三年前，人们在悲愤的送殡行列中前进，今天千千万万忘不了自己的生活，更忘不了鲁迅先生的人群，在抗日民族统一战线上，心头上唱着“愿你安息，愿你安息在土地里……”的挽歌，手里拿着刀枪，口里喊出“打回老家去”，而且已经在前线上，在敌人后方和民族大敌进行生死的搏斗了！

“我们忘不了你，也忘不了我们自己的生活！”今天全中国人民在哀念着鲁迅先生！因为他们是知道被谁剥夺了生活的自由、更知道谁在杀戮自己的父母妻子！“倘使日本人不再进攻榆关，我想，天下是太平了的……看罢，妨害了北平的治安是日军呢还是人民！”（鲁迅先生的话）鲁迅先生说明了：今天中国人民也知道，敌人不会停止侵略，今天不只是北平的治安是被兽军妨害了，天津、太原、上海、南京、武汉、广州都是强盗的天下了，而且大好河山变成瓦砾之场，中国老百姓是知道谁在残害着他们的生活，毁灭了他们的老家。要想天下太平，就要打回老家去，把敌人打到鸭绿江边！

鲁迅先生叫我们管自己生活，好像在说：“不要唱挽歌了，我在安息着，你们打回老家去吧！”

鲁迅先生，我们忘不了你，我们愿你安息，安息在土地里！我们一定能够打回老家去的！

（《抗敌报》1939 年 10 月 17 日）

党城口南一线巡礼

捷塞

一

党城口南收复的捷报，兴奋与鼓舞了全边区的人民。在捷报传来的三天以后，我便带了满腔的热情，骑马飞奔他怀里去了。我们的马沿着沙滩、沿着枣林，拉成直线飞奔开了。我们的马喘着气，昂起头，越过山岗，穿过溪流，当夕阳照着党城这个村庄的时候，我们的马徐徐地疲乏地走进那破烂的街心。街头除了几个穿绿色土布军服的八路军战士和几个老百姓在守望外，街头是空空的。马，服从我们意志的指挥折向党城西，陌生的来客的身影又消逝在村外，他们惊奇的目光直投射在风中，到飞成散线的马尾看不见。约一里半路长，我们便在寨里村住宿。

在党城周围一二里以内，群村星罗棋布，寨里村是摆在党城西的一颗子。

寨里的上空，高腾起炊烟，在村庄里的街头蹲着一堆堆的老乡，叫卖声、叫唤声、啼哭声，寨里是在哗嚣着。在街上到处刷上了新的标语和口号，贴上了画报、传单、报章。谁也没有想到过，这里有过敌人的淫威，遭受过敌人的蹂躏、摧毁和敌人铁骑的践踏，现在他是一个和平的无战事的村庄。

当煤油灯在小屋里发出辉煌的灯光的时候，两位老乡走进我们的屋子来。一位是坚持寨里村一年来政权工作的村长王进德，另一位是村长的叔父，年老发稀的王宪章。他们是被约来随便谈谈的。

我抬头环视这所熏黑了的小屋，然后向村长的叔父，我们的房东发问道："这所房，为什么会这样黑？"

年老发稀的房东说："噢！这是鬼子烧了的！"他指着那新补的苇席继续说，"那是新补上不久的！"

"那么，鬼子常到你们村里来吗？"

"党城和这村儿不远，有一里半路来，宣抚班常来村里开会。鬼子几个子不来，要来就五十百把子，人数儿少了，不敢出党城来！"

"鬼子少了，不敢出党城来……"脸色憔悴，三十开外的村长附和说，"害怕咱们的游击队呵！"

年老的叔父，深深地吸了一口烟，然后徐徐地从鼻管喷散出来，他微笑着点点脑袋，脑后顶直立着几根数得清的花白稀发，"□！游击队……"

"宣抚班开会，讲些什么呢？"老杨插嘴问。

"讲呀！讲的……"两重的声音他们抢着说。

"讲的是……"又是两重的声音，年老的望望他，笑了一下，索性让明白事儿的侄儿讲下去——讲啥呢？一套老调，他们咿呀咿呀不耐烦似的喊着说："日本打中国是为什么呀？救中国呀！到底谁好呢？'日本皇军'？八路军？——红胡子？'日本皇军'当然是中国人的救星！"

"□呀！谢谢！'日本皇军'！烧掉百姓的房屋抢去咱们的粮食，是救中国来呀？"年老的叔父在一边低声地说。

村长说："还有他们说，有红胡子要报告，不报告了！咔！杀头呢！"

沉思。"——谁去听他扯那一套哩？去几个子老婆子，老汉们吧！年轻轻的小子们，娘儿们早躲到坡地里去了！"

年轻轻的小子要被拉去运到关外做工和当兵，年轻轻的娘儿们呀，"日本皇军"是要用尽力气奸她的。

“一年来，人不像人样儿了！唉……”他们口声□喂地说，“然而党城收复了！”

党城的收复，与他们是有切身的利害关系的。党城的收复，给了他们耕种土地、管理耕牛的自由，给了他们“家”！不然，日本鬼子来了要他们逃到很远很远的亲戚家去住，要逃到坡地里去饱受风餐露宿。

党城被敌人盘踞的一年来，连带赐予他们的是烧杀、奸淫、拉青年壮丁，赐予他们的是无限制地供给粮食和牲口的草料，供给他们毛驴子和成群的民夫。谁违反了命令，谁就被割去脑袋；不敢违抗就要敷衍了事，善于应付不就是顺从敌寇。

王老公，年纪大了，被鬼子强迫出来做寨里村的村长。他是一个大好老，给敌人办粮办草，派差派人，他常常与宣抚班应付周旋，到宣抚班开会。但是，当他从党城宣抚班一开完会回来，他便把开会的词儿原原本本写个报告，送到我们村公所。这种人物，难道是甘心给敌人办事儿吗？

宣抚班由王老公去应付，内里由王进德等来负责。寨里的村政权有一个农会，×分队人数的自卫队及王进德等坚持了一年来寨里的村政，秘密地召集开会，讨论议决，使我们政府的法令依然在这里施行着。

有事为证：敌占据党城，寨里村于是为敌伪政权统治。但在敌伪统治下，寨里村仍向我区级政府缴纳救国公粮，因地处敌区，搬运粮食出境恐怕被敌发觉有误，才折算成价格，共缴纳边币一千八百〇二元。老乡们说：“缴粮给我们国家，为了打日本呀！”另一个说：“要是多产粮我一定比现在缴得多！”

其次在曲阳为响应创立边区子弟兵而建立曲阳营时，寨里村有五个青年参加了部队，其中有两个是“伪”村长王老公的小子和侄儿。

他说："与其在家给日本鬼子用汽车运走，不如当中国兵，给咱中国人出一口气吧！"在党城口南收复后，他的儿子和侄儿，曾在长长的队伍行列里经过自己的家门，开到口南前布防去。关于王老公送自己的小子和侄儿冲出虎口参加部队事实的全部，是一个可歌可泣的动员故事。

寨里村伪组织中，有一个防共青年团，共计有十七个团员，在敌人退出党城的时候，十七个团员连一个都没有被抢走，和往日一般，当敌人来时，他们已逃到坡田里去了。

最后，我们问："究竟鬼子为啥退出党城呢？"

"这个事儿，咱也不大明了！看势儿，日本鬼子兵力不足，越打越泄气儿啦！党城的鬼子，占了一年就仅换了两次防，咱们越打越粗了……"

年老的叔父眼睛中燃烧着热情，他抢着说："鬼子走了，咱们可有精神儿了！鬼子兵恶毒，不准咱们的庄稼种高的，大路三里以内，小路一里以内一概不准，咱们的田地，全都荒啦！"

窗外，一阵阵的秋风在吹，墨黑的天，看不见星光与月光，我们谈了很长的时间，村长要回去了。他答应我，搜集敌人的布告、文件、宣传品之类。

村长走后，年老的叔父依然留在我们的屋子里，虽然五十八岁了，但是在今天的深夜，在悲壮的秋夜，他忘掉了老年人的疲劳，他兴奋，在他的胸中鼓动起了热情的浪涛，在他的眼睛里，燃烧着热情之火。

他说："咱们可有精神儿了！咱们有了家，更有咱们的村上扎了中国军队。"

"八路军可好哩！开会、做戏、唱歌，大家都高高兴兴的，鬼子可使人痛恨死啊！"

他轻轻地在墙上划起一根火，吸了一口烟。

“我跟同志们谈谈心眼儿真痛快极啦！啊！鬼子在这带的时候，咱们村里人，竟都是低倒着脑袋走路，见了，谁也不念声儿……”他惨淡地低垂脑袋，下颌紧靠着不平的胸脯，脑袋后顶直立着几根数得清的花白稀发。

在黯淡的惨然的灯光下，老年人的表情使我们太激动了！我们看到老年人心底的悲哀，我们看到老年人闪闪的晶莹的泪，然而——

我们也深深地感觉到了：我们的内心炽烈地燃烧着对敌仇根之火。

他告别了。我们望着他，望着老年人的背影，在黑暗中消逝，隐没。

二

秋雨后的朝晨，我们在党城村西的小丘上出现了！站在这上面，可以瞭望党城的全景。辽阔的、光闪耀眼的沙河，在村南二里地处流着，在党城东面二里远的一个山凹处是到口南去的大道。公路旁的田地，有的是荒着，长着野草，有的种了菜蔬矮庄稼之类。

我们是踏在被破毁了的敌人小炮阵地上。凌乱地、破落地，我们可以看到这些残骸、遗迹。□□的一个八路军小战士告诉我说：“敌人放在□□丘上的哨兵，经常被我们侦察员射击，我们的侦察员顺着死角前进！摸到距哨兵不远才射击他！”他仿佛是一个指挥官似的，对于地形、地势，弄得很熟悉，他说，他一边指比着：“党城是曲阳、阜平、行唐三县交界的地方，看南面！河那面，有一所阴森森的树林，那里就是到行唐去的南北鸭鹅。西边，那沙滩上的树林子里是到阜平去的郑家庄。北面，是到灵山镇去的大道！”他仿佛是一个指挥官呵！

为了摄党城全景，我们把带来的国旗劈一根树枝，插在小丘上，当那鲜艳的、泼剌地响的国旗飘扬在党城村头的时候，地里劳作的老乡农禁不住放下锄来肃然起敬地伫立在地里，瞻望这面活的大旗，在他们的内心有说不出的兴奋与感动。

摄影过后，牵马重进党城村寨，残壁颓垣上敌人的标语，还隐约可见，如“不做苏俄走狗”“东亚和平”“建立东亚新秩序”等，他们的处境大有“人去楼空”之慨。

党城的老乡，从远地渐渐地归来了，手里牵着可爱的驴儿，按住心内的情绪，回一年不见的老家来张望了！逃出去有一年了啊！回到老家来是有无限的喜悦的。

然而他们的房屋、财产全被鬼子毁灭了呀！党城三百余户，三分之二是成了废墟了啊！

在街头上，在人群中，有一个三十余岁的女人，锐利地向大家在说：

“日夜盼着回老家来看看，终归盼到了！半年来，重又看见咱们中国军队了啊！房子，你们占着好了，等你们前进了，咱们再来占！”

“等咱们八路军前进了，咱们再回来占！”她重复着，她迸出每一个字都掉出一颗泪珠来！她溅着唾沫，在最大的民族仇恨的激荡下，她忘却了害臊，她大声地向她周围的老乡、同志、年轻的美男子说着。

她痛骂那两个缺损民族节操的淫妇，一个是张崔氏，一个是某氏。“我把她忘了！”她斥责，那两个荒淫的寡妇为了暂时维持生活，献媚日本军官，出卖肉体，满足敌寇兽欲，最后当党城敌人动摇退却前一分钟还声嘶力竭地煽惑说：“‘皇军’走了，你们快走呀，八路军来了要你们脑袋的！”党城的群众，大约有四五十家，开始向外逃跑了！她们在敌人放弃党城时乘敌人的汽车落荒逃去曲阳城。

这一群缺乏民族节操，缺乏民族道德的家伙，无耻的内奸们，应该为维护祖国利益的广大人民所唾弃的，应该为广大人民所共起制裁的。在敌人放弃党城时，有了一个忠实的内奸甘愿给敌人带路，一块儿到曲阳城去，尤其令人痛心疾首的是党城的汉奸伪装八路军背大枪，到各村召集会议，劫捕我自卫队中队长、班长、村长副等共二十三名，送交党城日寇枪杀，这即所谓“曲阳惨案”。这件发生在敌人放弃党城二十天前的惨案，曾引起全边区人民对敌寇、对内奸的仇恨，曲阳的群众团体曾致电给军区聂司令员，及聂司令复电，都在《抗敌报》第二五〇期（九月十一日）公布。我经各方的探访，仅获得此次殉难人数及所属村名，列出如下：

郑家庄八名　寨地村三名　南家庄二名

泉水头五名　小赤涧二名　南家庄一名

弯子村一名　党城村一名

我们谨向死难的民族英雄致哀悼敬礼，我们应该广泛宣传敌之屠杀事实及经过真相；各机关团体应依照当地实际情形立时规定秘密工作办法；加强军队与地方的除奸工作与侦察工作，（八月三十日聂司令员复电）从血的经验教训中，我们的群众，我们的抗日工作干部应该提高最高度的警觉性，防止内奸的活动与出卖，广泛地开展除奸运动，建立秘密的侦察除奸网。

党城在敌人盘踞与统治了一年的过程中，我们政权的脉搏暂时停止了。救国公粮咱们没有缴纳过，敌人在这里树立了一些伪组织，敌人加于这地方居民的压力也特别强大，少许的居民是被麻醉了、欺骗了，被压得屈膝叩头了。然而，我们群众的民族自尊心，我们的政权是被敌人压根儿摧毁了吗？

我们坚决的答复，任敌人的压力如何强大，相对的，我们群众内在酝酿着强大的反抗力。这种力会爆发成不可战胜的力量，不可遏制的巨力，除了少数的民族败类，甘心策应阿奉夷敌的内奸以外，党城广大的群众是面向着祖国解放的事业的！

在敌人放弃党城后的当晚，党城，连党城周围的群众，奋发地、自动地集合了六百余名，配合我们的部队，破坏党城至口南之汽车道，破坏接连了六天，把这段汽车道破坏的不成体统，我们的群众发动了丰富的慰劳品，慰劳收复党城的捷军。

从现有群众的表情上，从群众的内心里，他们是有无限的喜悦与愉快，他们对抗战有了高度的信心。

在党城收复后，伪组织伪政权还没有摧毁，无形潜存时，立刻又建立了我们政权的组织，由去年的旧村长暂代村长之职，分别进行如下的工作：

（一）找当地居民回老家。

（二）堵塞被敌人打通的房屋。

（三）掏井里的毒药。（现军民饮用河水）

（四）借贷生产，发种子耕种……

党城的政权重新建立了，雏形了，群众亲历了敌寇的浩劫，锻炼成坚强先进的觉悟了。

马，又出现在宽广的被破坏了的汽车道上。两匹马并排着徐徐地走。

口南在党城的东南，相距十里，口南与曲阳城相距尚有二十余里，曲党公路被破坏成一段一段的，破坏的形式不同，有挖成地沟的，有挖成宽广的洼地的，有筑起一座座石块障碍物的。群众用他们的手筑起了新的长城，敌人的汽车如果要来，是无论如何通不过的！

汽车道穿进山谷，蜿蜒到口南去，山谷被大小石块填平了，以前敌人的汽车也常在这里，被我们预伏在两旁山上的部队所袭击、所烧毁。

口南在山顶的平地上，我们走上了山的平原，路旁有荒了的田地，结着红的青的枣树，一个青春的少女在摘红而带青的枣儿，听到我们得得的马蹄声，她回头来看我们，她用疲劳的无力的眼睛望着我们，她的脸上找不出一点血色。

老杨问："这女子为什么这样脸黄、骨瘦？"

"是青春被摧残了的少女啊！"

"难道被鬼子蹂躏了吗？"他追问。

"不，少女的青春，原应该是热情的、活泼的、甜蜜的！我猜想她是为了惧怕法西斯强盗淫猥，躲藏在黑暗里面，有长远的一年没有见到阳光了呵！有一年没有见到阳光！"

我一见到，他继续说："你不见她枯黄的脸上，泛出红的笑意吗？她的内心在歌唱，歌唱少女青春解放之歌！"

口南，依然是一个绝顶荒凉的村落，几无人烟，较党城尤惨。

口南的房屋多为废墟败垣，但残余墙上敌军张贴之画报、传单、刷写之标语较党城为多，居民除八路军战士以外，总计全村不及百人，村长逃外未归，口南直到十四日为止尚在无政府状态中。

在一残壁根前，两个陌生的来客被几个老乡包围着。

一个面孔上、发须上染满焦黑的尘埃的老者，向我们控诉道："同志！家被鬼子烧了，连炕都被捣毁了！粮食被鬼子也抢光了！哦！……"

他开始握紧拳头，伸出拳头，有力地、坚决地把视线望到远的天空，他的悲哀和愤恨洗练出他最后的结语："打倒日本帝国主义！"

对老者的控诉，我们能怎样呢？我们的任务应该是：用摄影机拍下来，用笔写下来，送到全中国人民的面前，送到全世界爱好和平、主持正义的人民的面前，送到日本广大的劳动群众面前，去受最公平的审判吧！

驻在这村上的队伍奉命开到前线去，当老乡们目送着钢铁的行列开拔前线去后，口南街头更万分冷落了！有几条饿狗在行走。

在冷落的街头忽现忽没，活跃着的是我和百坚，他忙着摄影。

我在一间房子里撕下半张新中华形势图，那上面，敌人很自得地记载了他们占领中国每一个城市的日期。然而，事实推倒了他们的荣誉，证明着敌人占领一个城市，要派军队来守管，这便越加分散了他的兵力。每一个城市的获得，他须先付相当代价，而且我们敌后游击战争广泛地开展，拉住他的后腿，不断消耗他的力量。

这张破烂的图解，我谨慎地把它装进了皮袋。

（《抗敌报》1939 年 10 月 19 日、10 月 21 日连载）

这些事，着实令人气破肚子

近些日子，在咱们边区的平山发生了些着实使人生气的事情。就是驻在平山的新二师部队里的些坏分子和晋绥军干部学校压迫民众的事情。他们在平山二区、三区、四区，向各村强要粮食，拿不出来就绑村长、打村长，逼得村长有上吊、喝盐卤自尽的，有逃跑的。咱们百姓家里只要锅底烧火就得给他们粮食，拿不出来也要摊钱买粮食给他们。买不到粮食就下地摘生玉茭子，把不熟的新粮割去喂牲口；连留着当种子的粮食也全给弄走了，弄的百姓连吃的都没有。他们要的粮食并不是为着吃，他们强迫着自卫队给他们把粮食运到五台去卖。自卫队饿着肚子日夜忙着替他们运，连地都没法儿耕种了；更有奸淫妇女、抢民众钱的。这一切情形他们的官都不管，还打骂站岗的自卫队儿童团，说这全是八路军的办法，他们就是看不惯八路军。这样弄的那里的老百姓生活都成了问题，比鬼子烧杀了也差不多，那些地方全像地狱一样的悲惨。这些事着实令人气破肚子。

咱们知道抗日队伍机关，应当爱护百姓，帮助百姓解除困难，为百姓谋利益，军民团结才能加强抗敌力量，最后打走鬼子。新二师部队里的坏分子和晋绥干部学校的那些压迫民众的事儿全是于抗战有害的，咱们以后坚决反对。

这件事情经过平山的民众二十五万和边区各群众团体的反对和向政府要求，边区政府已经想法让他们离开平山，并要阎司令惩办这些坏蛋。由这件事情咱们该知道这事全是鬼子的阴谋诡计，它利用着暗藏在新二师和晋绥军干部学校里面的顽固分子、破坏分子来压迫民众，破坏边区，破坏民众和军队，反对八路军的手段。咱们针对这个以后要更加爱护边区，实行边区的一切办法，加紧军民的合作，用大伙的力量来反对一切压迫民众、破坏抗战的坏分子的行为，更加紧团结，粉碎破坏分子的破坏阴谋，一直把鬼子打出中国去。

（《抗敌报》1939 年 10 月 23 日，《老百姓》副刊第 36 期）

十三个弟兄

逸人

一

——我做梦也不会像你们这些狗东西一样地当汉奸，忘记了自己的祖宗是谁。

七连的战士刘金喜，是个二十三岁的青年人，个子长得不高，矮矮的，脸黑而瘦。看人的时候两只眼总是睁得那么大，光闪闪的，叫人见了就会想到他一定是个大胆而且精细的家伙。

这天是清晨，太阳在秋风里闪着金黄色的光。刘金喜这时正走向进城去的那条公路上，面前挂着从村长同志那里弄来的一张“良民证”，大腿边绑满了准备送给日□兄弟们去阅读的传单。

进城了，一点没有麻烦。然而当他走进城里的时候，意外地看见了他原先认识的一个小地痞。现在他是汉奸。

于是，半点钟以后，刘金喜同志便被逮□了。

后来审判时，在强盗们的法庭上，他的两手被紧绑着。可是面向着敌人，他没有半点恐慌。

所谓“主审官”，是一个没有了心肺的汉奸。开始，他向着一边坐着的那短小的黑胡子的日本人笑了一下，就向刘金喜同志问了：

“你是八路军派来的奸探吗?”

刘金喜微笑着。“哼，奸探，那大概是说的你自己吧!”那大的闪光的眼睛望着另外一个地方。

意外的是汉奸并没有怎样大怒。稍停，他仍是笑笑地说：

“在这里，你还骂人！好，不是八路军里派来的，那，你是什么人？说吧。”

“是，是有良心有骨气的中国人！”金喜怒吼了，“我做梦也不会像你们这些狗东西一样地当汉奸，忘记了自己的祖宗是谁……”只说到这，刘金喜的嘴被堵上了。两个伪军把他带了下去。

二

——那，刘同志，我们是不是可以现在就走呢？

深夜。

在南门外的一间小屋子里，刘金喜一直没有睡觉，正睁大着眼睛，向门缝外漆黑的旷野张望着。

忽然有个人影在门口一闪，这是看守他的那个伪军又在不安地走动了。于是，刘金喜低声地喊他：

“喂，朋友，我要去解个手呀！”

“那你就出来吧！”房门响了，伪军说，“我和你一道去！”

他们一同走到空地里，刘金喜装着大便蹲下来，一边问道：“喂，朋友，你贵姓呀？”伪军答他：“姓赵。”

这样，他们谈起来，原来姓赵的是×县西赵沟的一个庄稼人，后来鬼子抽壮丁，就把他抓来了，家中留下了白发的娘；而他，九个月的工夫变成了今天这样。

时间随着午夜的秋风流去，他们不倦地谈着……

最后，姓赵的几乎用哭了的声音向刘金喜哀求了，说：“刘同志，你这次要是能够回去呀，那一定请你捎个信，告诉我那可怜的老母亲，说她的儿子没有忘记她！也带个信，给弟兄们……”

“那可以！”刘金喜慷慨地说，“可是你为啥永□甘心这样，不想个法儿呢？”

姓赵的沉默了……但是不一会儿就说：“法儿，不知想过了多少次！我和别的弟兄，要是走不了叫他们抓住呢？再说，回去又是怎么个办法呀？你？”

刘金喜立刻告诉他：“只要想走，没有个走不了的，虽说你家靠近城外边，可是十里路外就是咱们的游击队，你要是肯和我走，那么朋友，什么事情全有我。”

这使得姓赵的紧握了刘金喜的手，感激的眼泪流下了，好久，才说：“那，刘同志，我们是不是可以现在就走呢？”

三

——同……同志们，从今天起，让这十三个弟兄，和咱们永远、永远地团结在一起吧！

这是第二天的黎明了。

十二个伪军，由一个“皇军”率领并且监视着，去追击夜间逃跑的两个“罪犯”——刘金喜和姓赵的；然而这时候，他们已经翻过一座山坡，跑出十里路以外了。

再走，“谁呀”像炸雷一样的声音便从前面不远的那山顶上短促地迸裂出来。刘金喜扬起了手，高喊着：“我！回来了！刘金喜！”喊了两次，山上的人听清了，站起来，拍着手：“哟，刘金喜，回来了呀！”

刘金喜很快地走到他跟前，抱着他：“可不回来了，小三！班长呢？”

班长正出现在那边一间小屋子的门口。他听到刘金喜说话的声音，立刻张大着嘴，狂喜地扑了过来，然而他的眼睛忽又奇怪地望着那姓赵的了。刘金喜忙着介绍，说明了以后，班长也就和姓赵的握起手来。

但刘金喜却又怪叫着：“哟，班长，后边还有追着咱们的人哩！

你，快想个法儿呀！”

一班人都集合了，在前面不远的小道的两旁山坡上枯黄了的草丛里埋伏起来。

于是，十三个人的“追击部队”经过这里的时候，马上就遭到突然的袭击和包围。“皇军”的脸孔□瘦了。他以为自己再没有活的可能，拿起刀，自杀了。最后他喊着：“有，有办法！你们……”

第二天，全营开了个大会，一是为了庆祝刘金喜同志的脱险，另外也为了欢迎这十三个从敌人的铁蹄下解放出来的武装同胞。大会上，刘金喜在狂烈的掌声中，不自主地跑上台去，他学着指导员讲话时的那种姿势，扬着手，大声地说了：

“同……同志们！从今天起，让这十三个弟兄和咱们永远、永远地团结在一起吧！……”

那十三个弟兄流出了是伤心也是兴奋的眼泪。

十月于唐县

（《抗敌报》1939 年 10 月 25 日）

再见吧！在新的中国

——华北游击宣传大队告别（来件）

致×分区信

熊司令员、刘政委转全体指战员同志：

我们华北游击宣传大队来到这里，差不多九个月了。在这九个月的过程中，没有一天不在受着你们的关怀和帮忙。因而使我们得以胜利地完成了教育计划，造就了大批的抗日干部走上了前线。这一个伟大的胜利对于整个的抗战是有着重大意义的，而这个伟大的胜利的获得，更使我们不能不感谢你们的关怀和帮助。

我们为了迎接新的任务，离开了这里，要到一个新的地方去了。此后，我们誓以更大的努力，造就更多的抗日干部，争取更大的胜利，来回答你们对我们的关怀和帮助。同时，希望我们更加亲密地团结起来，共同为驱逐日寇出中国，争取最后胜利而奋斗到底。

最后，我们谨以对边区父老安慰关怀之忱敬祝健康！

并致

民族解放胜利地敬礼！

华北游击宣传大队全体教职学员谨启

十月十八日

致第三专区信

徐专员转第三专区全体民众钧鉴：

首先，我们华北游击宣传大队全体教职学员谨以无限的热诚向你们致崇高的革命敬礼！

我们来至贵区已经九个月了。在这九个月的过程中，你们动员了一切人力物力给我们帮忙，特别是粮食的供给，并给我们解决了很多的困难，因而使我们得以胜利地完成了教育计划，造就了大批的抗日干部走上前线，直接增强了华北抗战力量。这一伟大的胜利，就是日寇严重的失败。谨在这里，对你们表示无限的谢意。事实告诉了我们：只要我们军民亲密团结，共同奋斗，日本鬼子是要在我们面前发抖，以致最后完全归于失败。

现在，我们奉了新的任务，要到一个新的地方去。今后，我们当倍加努力，以对中华民族的最大忠诚，造就更多的坚强抗日干部，争取更大的胜利，来回答你们的帮助与爱护。临行匆匆，不禁欲言。谨以“军民亲密团结，坚持持久抗战，为驱逐日寇，解放中华民族而奋斗到底”共勉之。

别了，再见吧！

敬致

民族解放胜利地敬礼！

华北游击宣传大队全体教职学员谨启

十月十八日

致灵寿信

灵寿县政府暨各团体转灵寿县父老兄弟姊妹们：

在临行之前，我们谨以无限的热诚向你们致以崇高的感谢的敬礼！

从我们来到这里，差不多已是九个月的光景了。在这九个月当中，你们动员了一切人力、物力、财力给我们帮忙，并且借房子给我们住，甚至种种的慰劳。可以说，对我们的爱护与帮助真是无微不至。因而使我们得以胜利地完成了教育计划，造就了大批坚强的抗日干部送到前线去，为巩固与扩大晋察冀边区而斗争着，为中华民族彻底解放而斗争着！这一个伟大的胜利，就是日本鬼子严重的失败：因为，它对于巩固扩大晋察冀边区、对于展开华北敌后游击战争、对于争取相持阶段的到来，都有着重大的意义。这个伟大胜利的获得，使我们不得不热烈地感谢你们的帮助和爱护。在这里，也有力地说明了在我军民亲密团结、共同奋斗之下，日本鬼子是一定要失败的。

现在，因为我们奉了新的任务，要到一个新的地方去。在此临别之际，我们全体教职学员敢以对中华民族的无上忠诚向你们宣誓：我们誓以实际的战斗行动，争取更大的胜利，来回答你们的帮助和爱护。同时，希望更加发扬我们军民亲密团结的精神，共同为争取中华民族解放，驱逐日寇出中国而奋斗到底。

再见吧！我们走了。

敬致

民族解放胜利地敬礼！

华北游击宣传大队全体教职学员谨启

十月十八日

（《抗敌报》1939 年 10 月 29 日）

反对白部这种汉奸勾当

这叫哪门子的事儿！白志沂这批坏种，平常吃老百姓的粮，穿老百姓的衣服，老百姓给他们钱花，给他们房子住，长年到头地养活着他们，原指望着他们去抗日的！他们如今不但不正经去打日本鬼子，反倒横不说理地来杀中国同胞，破坏抗日政权。在大天白日，平白无故地拿着刀枪包围灵邱县政府，劫去了县政府的印，抢去了县政府的钱，把县长和许多行政人员捆了起来要架着走。当地的老百姓、群众团体、雁北办事处和地方武装看着实在忍不住了，上前去用好话劝解，要他们释放县长。他们不但不听，反倒不说东三西四放枪跟大家开起火来，当场死伤好几个人。他们这群败类，究竟是些什么东西？是土匪呢？是汉奸呢？什么东西，也不会比他们更蛮横霸道呵！除了是日本军阀养出来的！

他们这帮流氓，也不想想今天中国抗战到了什么时候？知道不知道今天中国抗战已经进入相持阶段了？相持阶段是中华民族生死存亡的节骨眼儿。在这个时候，敌人后方，必不可免地遭受鬼子的拼命进攻。我们要打算熬过这艰苦的阶段，唯有准备一切反攻力量，我们要准备反攻力量，就应该巩固抗日根据地，巩固统一战线，加强团结，力求进步，反对落后倒退，反对分裂摩擦，提高政治军事的抵抗力，粉碎敌人的进攻，这才是正理。

可是，白部这群坏种们，却正在这样艰苦的相持阶段，正在敌人进攻边区涞源走马驿的紧急的时候，做下来这种破坏政权、破坏统一战线的丧尽天良的事，怎能不令人痛心。

咱们边区，是敌人后方一块模范抗日根据地，抗战的成绩，是顶呱呱的，这谁个不知？谁个不晓？前几天，蒋委员长还大大夸奖了咱们边区一番，他对咱们说：“边区一切照旧进行，辖区不变。”他的意思也就是说，边区是决不能叫人随便破坏的。但是，白部这群混蛋们都完全违抗了我们最高抗战领袖的命令和边区老百姓的利益。他们正在走马驿战事吃紧的时候，做下来这一场杀人的勾当，让敌人趁着机会打进到腰站和上寨的几个重要地点，差不点儿占领它们。你看，这些个坏蛋所做的“头顶生疮，脚跟流脓”的坏透顶了的坏事，跟帮助敌人的汉奸有什么两样儿呢？

全边区的老乡们！这些个败类们，正好像我们身上生的毒瘤一样，我们不应该把它们割去吗？我们希望边区其他的一些部队，不要学他们那样才好。这是不会有好下场的。不要说是咱们还有政府，还有法令，还有自个的军队，就咱们老百姓，也要起来治他们的。

（《抗敌报》1939 年 11 月 2 日，《老百姓》副刊第 37 期）

为纪念军区成立两周年宣言

全边区的同胞们：

亡国灭种的惨祸，迫使着我们掀起了民族革命的巨浪，两年来，解放战争的坚持是够痛击了我们的民族死敌——日本帝国主义。

今天正当着抗战已到相持阶段，全国各线，都在风传着胜利消息的捷音声中，军区成立两周年纪念日欣然而来了。

军区是敌后抗日的根据地，它是为不愿做奴隶的人们所凝结成的一个坚强的抗战堡垒，它是为中华民族的优秀儿女在捍卫祖国的前进阵地上所筑起来的一座新的长城。

这样的一个为善良的人民涌汇成了的一支有力的铁军所控制起来的广大地区——晋察冀，是杜遏着敌人的一切凶焰，是有力地坚持了全国的抗战。

在去年的今天，它正粉碎了敌人的大举围攻，在今年此时，它更歼灭了敌人的锋锐，事实上证明了军区它是如何在抗日民主政权的滋润下一天天生长起来、壮大起来啊！

在今天我们纪念它诞生两周年的时候，这是每一个关怀祖国的抗日同胞所应欣然道贺的！

可是不幸，竟还有些隐藏在抗日阵线里面的少数不肖之徒、民族的败类，当此抗战将进入更艰苦的新阶段，敌人主要侧重于妥协投降阴谋的政治进攻的时候，竟甘中敌计，为敌售奸。他们以各种面目出现于中国的各地，觅视着大小的事件，来尽量从中造谣生事，攻陷污蔑，以遂其挑拨离间破坏抗战的奸计。

最近还有人在边区进行着分裂边区的运动，他们要想把边区分辖统治，他们要想把边区割成几块，他们要想把战斗的人民部队各自分孤起来，他们要想把边区供奉给敌人，这样的分裂阴谋的实质是毋庸争辩的。

同时他们为了实现这一阴谋，就在各方面尽量地污蔑坚持敌后抗战的八路军，如说“八路军是光会吃小米的”“八路军是游而不击的……”等等的臭词乱调，这样的妒陷老百姓的军队，讪落抗日的武装，其用心之甚也是不待赘述的。

同胞们！军区是在抗战中光复起来的土地，八路军是抗日最坚决的部队，我们誓要在进步的民主的土地上自由地呼吸，我们要坚决地拥护抗日的八路军的部队。

同胞们！军区成立是两周年了，我们坚决抗战也已两年了，在战争愈接近胜利的今天，我们更要以百倍的战斗精神，来活跃于敌人的心脏里，更加孕育出我们反攻的力量，加速地争取抗战的最后胜利，以求得整个中华民族的彻底解放！

纪念军区成立两周年，我们要：

彻底粉碎敌人的妥协诱降运动！

加紧准备粉碎敌人的秋冬大进攻！

坚决保卫军区！

坚决保卫军区的完整，反对一切割裂边区的阴谋！

坚决拥护八路军！

拥护一切的抗日部队！

广泛地开展民主运动，打倒日本帝国主义！

中华民族自由解放万岁！

边区工农妇青文、抗敌后援会启

（《抗敌报》1939 年 11 月 7 日）

慰劳咱们的县长去（速写）

戴光

“高县长不要紧吧？”

“同志，你知道我们高县长什么时候才能出来啊？”

“高县长在里面能吃饭吧？我们能不能送点东西进去？”

“县政府里的县长、科长们实在是些好人，一点架子也没有，见了咱们老百姓总是笑眯眯的。”

自从灵邱县政府被十区保安队包围，我们的县长、秘书、科长被顽固分子白志沂的武力绑走以后，这消息传到群众的耳朵里，广大的群众顿时感到无限的愤怒，当我们工作同志到每个村子里，老百姓便成群地围拢来抢着问。老太太、小孩子，男的、女的，都在关心和忧念他们的高县长，逼着工作同志非告诉他们一个确实的消息不可，群众都愤怒地叫出：

“他妈的白志沂，带了这么多队伍来不打日本，却抓咱们的抗日县长。”

是一个晴朗的早上，老百姓都狂欢了，几天来一张张愁着的脸都笑开了，孩子们像得着了糖一样的快活，就是淘气一些，大人也不像平日一样的骂他们。老太太忙着从窖里拿出些山药蛋——这灾年仅能糊口的一点粮食呵，前天去××村应差，替二小子买回来的柿子和梨也拿出来吧，还有积了很久预备下个月给爷爷祝寿吃的二十个鸡蛋也放进篮子里。老太太乐得连那没牙的嘴也合不拢来，合了双手直向天作揖，好像早就料到了似的说道：“真是天有眼睛，我早就知道这样的好人哪会遭难！”

只一个上午，消息已传遍了灵邱的每个角落，全灵邱都给轰动了，因为县长已被雁北地方武装、雁北游击支队营救出来了。老百姓提着篮子一路一路从村子里走出来，如果遇着过路人问他们上哪里去，他们会带着一幅堆满了笑容的脸高傲地告诉他说："慰劳咱们的县长去。"

这一个被灵邱人民爱戴的领袖，给灵邱的老百姓带来了最英勇坚决、百折不挠、不怕任何牺牲的斗争精神，全灵邱的人民将永远跟随着他们的领袖前进。

（《抗敌报》1939 年 11 月 11 日）

军区政治部为纪念军区成立两周年告全边区同胞书

全边区父老兄弟诸姑姊妹们：

咱们晋察冀军区从成立到现在已经整整两年了！

回想两年前军区还没有成立的时候，日本强盗四面八方地逼来，我国大军与政府纷纷撤退，地方混乱，人心惶惶，眼看身家性命不保，就要做了亡国奴。那时候，却有一部分八路军在敌人四面包围中坚持抗战，保护人民和土地财产，动员人民、组织人民进行抗日斗争。不久的功夫，大批游击队、义勇军组织起来了，日本强盗被赶跑了，汉奸土匪肃清了，广大的土地收复回来了，军区成立了，边区政权建立起来了，人民的黑暗地狱消失了，光明的世界恢复了！

军区成立两年以来，我们的坚持军区抗战的八路军，在党政军民的密切配合之下，不断地粉碎敌人的进攻，巩固与发展了军区，在与敌人血战当中，创造了及其伟大光荣的胜利与成绩。总计两年来，咱们已经与敌人打了大小战斗一千四百四十多次，打死打伤敌伪官兵三万七千五百五十多名，争取五千六百四十二名被敌欺骗压迫的武装同胞反正杀敌，俘虏大佐以下日军九十三名，伪军一千一百四十七名，已经缴获大小炮三十八门，轻重机关枪二百零七挺，长短枪四千九百四十九枝，步机弹四十九万多发，炮弹、手榴弹一千四百多发，汽车五十九辆，洋马一千零六十一匹，其他俘获及破坏的成绩还有很多，不能一一说明。

咱们的军区八路军两年来就在与敌人不断的战斗与胜利当中保卫了军区，使军区成为不可摧毁的铁的堡垒，保护了晋察冀千百万人民，使我们不做日本强盗的奴隶牛马，保护了广大的土地财产和宝藏，使日寇的“以战养战”毒计无从实现。咱们军队越打越坚强、越正规化；咱们的政权更加牢固与进步，更加民主化；咱们的群众团体和地方武装更加发展与壮大。这都是从来没有过的，这说明了晋察冀军区真正是全国抗战的有力堡垒，是全国模范的抗日根据地，为全国全世界所重视。中国抗战一定要胜利，这从晋察冀军区的存在与发展，得到了有力的证明。这是全边区人民的胜利与光荣，这是全中华民族的胜利与光荣。

亲爱的同胞们！这样的胜利与成绩的得来，乃是由于全边区党政军民的密切合作，由于我们坚决抗战誓不妥协，由于我们实行了民主政治，改善了人民生活，由于军区八路军得到了人民的帮助，不断地取得了大大小小的战斗胜利，粉碎了敌人不断的进攻。这些重大原因，在纪念军区成立两周年的时候，是需要我们更深刻地牢记的。

今天，抗战基本上已入相持阶段，即准备反攻的阶段。这是抗战更加艰苦的时期，也是更接近最后胜利的时期，日本帝国主义在他战略进攻逐渐表现无力的时候，必然加紧对于游击根据地的“扫荡”，以图确保其占领区；对于我大后方，将以军事进攻为辅，以政治进攻为主，加紧诱降，分化我国抗战团结，以达到灭亡中国之目的；公开的汪精卫与暗藏在抗日阵营内部的投降分子，正在执行着日寇的这个政策，破坏抗战，反对共产党与八路军，阻碍进步，实行倒退、分裂与投降；因此倒退、分裂与投降正是目前时局中的最大危险。边区是敌人的心腹大患，敌人的“扫荡”边区、策动汉奸投降分子破坏边区，更将变本加厉。敌人对边区的冬季“扫荡”，可能很快到来。同时，汪派托派汉奸以及准备投降分子，从内部破坏边区的阴谋，也将更加积极起来。亲爱的全边区同胞们，起来，更亲密地团结起来，更紧张地动员起来，英勇地坚决地迎击与粉碎敌人对边区的“扫荡”，严厉地彻底地打败与消灭一切破坏边区的阴谋活动，在坚持抗战、反对投降，坚持团结、反对分裂，坚持进步、反对倒退的口号下，□□□现我们目前紧急的具体任务：

第一，严格自卫队、青抗先、警卫队、游击队组的组织与训练，熟习抗敌、破路、站岗放哨、侦查各种技术，加强政治学习，使我们成为更坚强的地方武装力量，以便随时随地配合军队，击败敌人的进攻，维持地方治安，保卫边区，巩固与发展边区。

第二，更进一步密切军民关系，军队帮助人民解决生活上的困难，人民帮助军队各种必需的工作，加强军民亲密团结合作，以加强抗战的力量，坚决反对任何军队破坏群众利益的行为。

第三，更加提高民族警觉性，彻底铲除已经混进边区作敌内应的汉奸汪派托派，严厉打击准备投降分子的破坏边区抗战、破坏统一战线“反共”“反八路军”等等的阴谋活动，不让一个民族败类在边区存在，粉碎敌人政治进攻。

第四，迅速完成救国公粮，百倍发扬爱国热忱、热烈展开缴纳公粮的竞赛，严格执行必需的坚壁清野，保证抗战粮食，保证前线的胜利。

第五，积极参加生产合作事业，克服水灾所给予的困难，整理田地，发展各种副业，增加生产，改善人民生活，禁止粮食出口，禁止仇货入境，破坏敌人的经济封锁。

第六，大量参加各种群众团体，巩固与扩大各个群众团体的组织，发挥伟大的人民抗战的力量，保持群众团体的独立性，坚决反对一切破坏群众团体及其威信的阴谋。

第七，更进一步地开展民主运动，巩固村级政权，热烈参加各级政府联席会议，督促与保证一切进步政策的实行，保证边区的完整，坚决反对一切分割边区、破坏边区政权的阴谋。

亲爱的全边区同胞们！诚然全国抗战存在着投降的危机，诚然边区不断地遭受敌寇汉奸以及准备投降分子的各种形式的进攻，然而我们坚决相信，只要我们广大人民无穷尽的力量发挥出来，任何可恶的狂妄的敌人，是必然要在我们面前败退下去的。军区两年来斗争胜利的经验，完全证明了这一点，抗战的道路虽然艰难曲折，然而胜利与光明却更接近。亲爱的同胞们，我们要自由！我们要胜利！军区八路军要永远与你们在一起，坚持军区抗战到底，努力吧，争取抗战最后胜利！

晋察冀军区政治部

十一月七日

（《抗敌报》1939 年 11 月 15 日）

解决战斗的保证

——陈庄战斗中的军区×团工人连（转载晋察冀社文艺通讯）

夏风

一九三九年九月二十九日，是陈庄战斗的第三天。水原旅团长率领着他的部队一千多人，于二十五日从灵寿城出发，进攻边区南部的商业中心地点陈庄镇。二十七日从小路迂回到陈庄，闯进我军的重围，受到我军严重的打击。二十八日，他们突围，逃到冯沟里、破门口、高阳庄一带，又被我军重新包围起来，经过我军主力整天的冲杀和猛烈的炮火的杀伤，已伤亡了一大半。这三个村庄被炮火轰毁了的颓垣之下，秋山的山脚，慈河的河滩上，到处布满了日军残缺破碎的尸首，到处染红了日军的鲜血。早晨的太阳，穿过了一层薄薄的白云，淡淡的日光照射在那些为日本法西斯军阀毫无价值而牺牲了的日本士兵的尸首和鲜血之上。二十八日夜间大战斗所留下的炮火的硝烟还充满了冯沟里一带，大战斗虽然暂时和缓下来，但是步枪和机关枪还在断续地呼啸着。这告诉人们“大战斗并未解决，猛烈的冲杀快要到来！”

突然敌寇三架巨型轰炸机从东南方飞来，飞到了秋山上空之后，从五千多公尺的高空低飞下来，直到五百公尺上下的空间盘旋起来，它们发出“轰——轰——轰——”的巨大咆哮，激荡了整个充满战斗的气息的晨空。

水原部队被我军严重打击了三天，找不到一点吃的东西。残敌四百多名，变成了一群被困在陷阱中的饿狼一般狼狈得可怜。他们不敢顽强挣扎下去了！现在，他们在水原旅团长的指挥之下，准备突围，企图在飞机的掩护底下，向冯沟里南面的石梯子沟猛冲，夺取那里的小路逃跑。我军看破了他们这个企图，将计就计，撤下了在冯沟里南面秋山上警戒着的兵力，引诱他们出来，以便利于我军在村庄外把他们全部歼灭。

军区×团×营的两个工人连奉令配合×××师×旅×团×营扼守万寺院北面的一个能用火力封锁住石梯子沟的高山，阻挡残敌的突围。同时随时准备截击敌寇的增援部队，使他们不能汇合起来。

×团的两个工人连，是刚由正太路起义参加八路军的修路工人组成的，他们参加八路军还不到两个月，对于一般步兵所应该熟习的基本战术还不大了解，只能够打步枪和掷手榴弹。他们还是“新兵”，他们从未参加过战斗，但是他们具有高度的政治觉悟性和勇敢的战斗精神。他们无条件地遵守纪律和服从指挥员的命令……他们接受了上级的命令，从高阳庄南面的阵地上转移到万寺院北面的那个有保证主力解决战斗的意义的高山的右侧。他们很沉着地埋伏在山腰上，每个人的心都沸腾着，他们要向残暴的敌人取偿在正太路上凌辱他们的血债!

敌人那三架巨型轰炸机越飞越低，或时见飞到二百多公尺的上空，不断地在他们头上盘旋，像一只咆哮着的饿鹰，在寻找它的牺牲品一般。但是他们头上都戴了一顶草编的伪装帽子，他们伏在山腰，像一堆草一样，它们并不能发现他们一点的痕迹，它们找不到一个可投弹的目标，它们并不能把他们威胁到。

“飞机！哈哈！胆小的耗子才怕你——现在让你们横行吧！等我们的空军壮大起来，都把你们打得掉下来！……”一个年轻的小伙子，怀着满腔的愤怒，继续嬉笑怒骂起来，他的黝黑的方面充满了怒气!

“喂！小三子！安静一点呀!”×连的指导员低声发出这样的警告。那年轻的小伙子听了他这一句半带规劝、半带命令的话，即刻把嘴巴抿住，但是胸中的怒气并未发泄……

“沉着地等他吧！小三子！等敌人来了，把他打一个落花流水呀!”那指导员见他气得又是难过、又是可爱，像安慰小弟弟一样地安慰他，他的脸上很愉快地浮起一个笑□。

枪声越响越紧，越来越近……前头的残敌已前进到秋山上，后头的辎重被×××师××旅×团截住了，同时敌人的两门迫击炮也被×××师××旅×团缴获了。这胜利的消息传来，像在火上添了一些油，使他们更加激奋起来。

“我们要缴他更多的枪炮!”

“我们要把敌人全部歼灭!”

“我们要捉活的!”

这两个工人连的同志们全部沸腾起来，每个人的枪都装好顶好的子弹……在他们热烈地准备战斗的时候，残敌四百多名，刚前进到秋山上，便马上被我军截断了后路，被我军重新包围起来。现在，他们在水原旅团长的指挥之下，从秋山上向石梯子沟冲下来，他们前进到×××师××旅×团×营扼守的那个能用火力封锁石梯子沟的那个高山的前面，被×营突然迎头给以猛烈的火力杀伤，现在正在向那个高山冲锋!

“进入阵地!”军区×团×营营长发出了这样的命令。于是两个工人连都跑上原来的位置。不幸，当他们刚“进入阵地”之后，×××师××旅×团×营所扼守的那个山头，被敌人占领了!

“夺回被敌人占领的阵地!”这个重要的任务，落到这×营这两个工人连的肩上!

“同志们！我们要坚决地完成这个任务！一次冲锋不成功再来一次！我们无论如何要夺回这个阵地！把敌人打回去，让我们的突击部队把他们全部歼灭！——同志们！这四百多个残敌的命运现在全交到我们的手上，如果我们能把这个阵地夺回来，敌人一个也跑不出去，如果我们不能把这个阵地夺回来，他们就可以逃出去！——同志们!

准备冲锋吧!”×营营长是一个长征过来的英雄，他生着一身高大的个子和一副咖啡色的圆脸，接到了上级命令之后，他把这两个工人连撤到山下来，迅速地作了这样一段训话之后，即刻召集这两个工人连的连长，详细下达冲锋的命令。

“上刺刀！准备大刀手榴弹!”他严肃地发出这样的命令，望着占领着山上的阵地的敌人冷笑了一下，好像是向他们表示：“我们快要把你们完全歼灭的!”这样的命令一发下来，每个人的枪上都装上了光闪闪的使人生畏的刺刀。于是，×营营长率领着他们，很隐蔽地运动到那高山底下的山岩旁边。从那山岩到山顶，只有五十多公尺，但是，是一个鄂角的距离。虽然敌军的排枪和机枪疯狂似的向他们射击，一点也不能伤害他们。

×营长一声：“冲锋!”年青勇敢的司号员跟着吹响了尖锐惊人的冲锋号。于是两个工人连即时一齐从敌人的左侧“突击”进去，几百个爆裂手榴弹，无情地投送给敌军。

“轰轰轰！……”在手榴弹的吼声中，几十个日军炸破了头，炸断手脚，炸穿了五脏，倒下去了，残余的敌军，还卧在阵地上，准备肉搏，企图固守阵地。

“冲呀!”

“杀!”

两个工人连和配合作战的友军、群众一齐呐喊起来。巨大的吼声，震撼着重叠连绵的山岳，震撼敌军的肝胆。

两个英勇的工人连全体指战员，有的紧握着尖利的枪刺，有的挥着锋利的大刀，三三五五，一小群一小群地飞冲到敌军的跟前，看见穿黄呢军服的敌军就无情地刺过去、砍过去。占领阵地的敌人二百多人，有许多不敢应战，想向后溃退，但被残暴的水原旅团长威迫着，于是残酷的白刃战斗猛烈地展开了!

“同志们！这是我们决死的时候了！……”×连指导员率领着×连第一排首先挺进敌军的阵地。两个个子高大的敌军，提着枪刺跳上前来扎他，他很镇定的，很迅速地拿他的盒子枪迎击他们，“卜卜”两下就把他们打死了。

“英勇的指导员！模范的共产党员！”谁不佩服他呢？在他这种勇猛的战斗精神影响之下，全连更加威武起来，他们忘记了危险，抱着一个“有敌无我，有我无敌”的决心和敌人进行肉搏。霎时，空间充满了枪刺碰枪刺所发出的难听的响声，充满了人被刺刀刺杀临死时的凄厉的叫喊。有的互相执着枪刺推来推去，有的打作一团，互相抱着，在地上滚来滚去，你抓我，我咬你……有三个敌军企图包围×连的一个身体瘦削的战士，把他刺死，幸而他是一个精通技击的人，反而挥着大刀，把他们三个都砍为两段，敌军鲜红的血，溅满了他的身上。有一个敌军，把我军的一个战士揪住，快要刺死他了，猛不提防我军的一个机警的青年战士，从旁边扑过去，一刀像锄泥一样劈去了他一只手，晕倒下去了……

水原旅团长指挥着一部分的残敌，企图冲上来增援，被×××师××旅×团猛烈的火网压制住，一点也不能抬头！

经过了二十分钟残酷的肉搏，敌军支持不住了，垮下去了！两个英勇的工人连第一次胜利地夺回了被敌军占领了的阵地！

山岳充满了友军和配合作战的群众的喝彩声！

敌人是相当顽强的，他们像被一群猎人围困着的野猪一样，快要走上死亡的境地，还要做最后的挣扎。残敌溃退下去之后，重新整理了一下，半点钟之后，集中了二百多人，向我军反冲锋，又把我军阵地夺了过去。不一会儿，经过我军第二次的冲锋，又把那阵地夺回来。接着，敌人又举行第二次、第三次的反冲锋，又把我军的阵地夺了过去。经过我军第四次的冲锋，又把它夺回来。在这几次反复的肉搏战斗中，两个工人连的连长，一个光荣地牺牲了，一个带了彩，另外一个指导员和副连长也带了彩，但他们不肯下火线。两个工人连的战士一共阵亡了十多个，受伤了二三十人，大刀都砍钝了，手榴弹只剩下五十多个。敌军在这几次反复的冲锋中，伤亡的数目比我军更重大，一共伤亡了一百多人。敌军占领了的阵地，又被我军夺回来，现在他们又进行第四次的反冲锋，付出了二十多个人的生命的代价，又把我军夺回的阵地夺了过去。

在我军和敌军进行反复的拼杀之中，时间悄悄地过去，现在已是下午五时半了！我军从上午战斗到现在，全部精神注重在完成战斗任务方面，忘记了死亡，忘记了饥渴。他们在这几次猛烈的白刃战斗中，虽然遭受了一些损失，但是，他们坚决的战斗意志一点也没有动摇，现在他们又进行第五次的冲锋。

“我们即使牺牲到最后一个人，流出最后一滴血，也要把阵地夺回来！我们要保证胜利的解决战斗！把敌人全部消灭！为阵亡将士报仇！……”×营营长教导员发出了这样悲壮激昂的号召。

“我们要坚决把阵地夺回来！”

“我们要保证胜利的解决战斗！”

“我们要把敌人全部消灭！”

“我们要为阵亡将士报仇！”

两个工人连毫不犹豫地发出了这样响亮的回答，于是第五次猛烈的冲锋又展开起来了！

上午飞来的敌机，在中午飞回去，下午又飞来，投下了一些弹药给敌军。敌军的战斗力增强了一点。我军从山岩出发冲到山腰的时候，被他们猛烈的火网封锁住，不能前进，撤了回来！

“同志们！现在我们挑选一队敢死队，拿手榴弹从他们后面冲过去，配合侧面的冲锋，无论如何要把阵地夺回来！谁愿意参加敢死队呀?”

“我敢去!”小三子手上拿着两个手榴弹，脸上表现出一种使人尊敬的精神，很自信地走出来，大声喊着：“我还有两个手榴弹，我要拿这俩宝贝送给敌人，换他们几条狗命!”

“小三子是模范青年队员!”

“我也敢去!”

“我也敢去!”

跟着小三子之后，许多人很踊跃地跑出来。于是一队三十个战士所组成的敢死队，在×指导员指挥之下，开始从敌人背后，向敌人冲锋了！他们放轻脚步飞跑着，沿着山脚冲上去。敌人一时防御不周密，受了几十个手榴弹猛烈的爆炸，混乱起来。我军从正面冲锋的兵力，乘机突击上去，于是很顺利地把敌人打垮下去了!

同时，当这两个工人连夺回了阵地的时候，×××师××旅×团举行总突击，冲上秋山山顶，把残敌差不多全部消灭了。水原旅团长也受了重伤，从山顶上倒下来，跌得粉身碎骨……

黄昏到来了，黄金色的太阳还在光辉地照耀着。这两个工人连带着胜利的欢笑，威武地站在山头上，他们大声高呼：

“×团工人连是解决战斗的保证!”

一九三九年十月二十五日

（《抗敌报》1939 年 11 月 15 日、11 月 19 日、11 月 23 日连载）

伟大的一周间

——晋察冀边区成立两周年纪念节特写

(集体执笔) 晋察冀社特派记者　田间 邓□ 沈重

"伟大的两年间，在你的怀抱里我们长大了……"——抗敌报社

"集中力量，准备反攻"——晋察冀通讯社

"创造文化的王国"——边区文救会

"抗战砥柱"——国民党边区筹备处

"抗日堡垒"——中共北方分局

"反攻堡垒"——边区行政委员会

"太行堡垒"——工农妇青抗暨抗敌后援会

"青年的军区万岁!"——延安中华青联

(录自一部献旗)

当毛泽东先生发表全国抗战大势基本上已进入到相持阶段的时候，当陈源前线又获得一个大胜利的时候，这正是晋察冀军区的领袖和人民在庆祝军区成立两周年纪念的时候——一切都因为这伟大的纪念节而欢笑!

一、一切都为这伟大的纪念节而欢笑

这几天在会场一带，热闹得很，兴奋得很，差不多是两年来我们第一次在敌人后方所看到的热闹和兴奋呵。

曾经在军区的创造者聂司令员的领导下，四面八方的干部、群众都来了，在他们的身上带着胜利物、带着献旗来了。每个分区和战士们经常在一起进行着战斗文化娱乐工作的剧社也率领着他们年青的伙

伴们，将用新的歌，将用新的舞与戏剧来庆祝晋察冀和它的节日，同时准备竞赛借以检阅自己的力量。

会场附近的所有村庄上自卫队、儿童团举起他们新的披着绿缨子的标枪，每天都在锻炼自己的步伐。

二、正规化、机械化的气象

就是从几个剧社来谈吧。那最令人注意的要算冲锋剧社的同志们，每一个人都穿着短大氅，带起一顶钢盔式的帽子，而战线剧社的同志们则每一个都穿着日本大衣，其他如抗敌剧社、战斗剧社都一律马褂，使我们一看到时，总要说一说："机械化。"

作为每一个分区的运动选手们也有运动服。作为招待所的，每一个小鬼们也有淡红色的侍服，在行动上表现着活动性、战斗化、极有秩序的姿态。

作为某连队的战士们，都是用敌人的三八式枪和其他胜利品武装着。

三、开会场及其周围

在政治部舒主任最高的热情下，全部同志也费了最大的劳力，筹划与建设了这样惊人的会场，我们几年以来，在华北没有看见过的会场设备。

会场广大而又辽阔。里面建筑了中山亭、展览室、烈士纪念碑、两个舞台和各种球场。

在那里面及其周围到处张贴着《抗敌三日刊·大会纪念特刊》，大幅的宣传画、标语，火线诗社的诗画，西战团的壁报和战地木刻。政治部、教导团、民中、华北联合大学文艺部的献诗、献歌及街头诗……

贺龙将军、关政委、于主任，一百二十师英勇的领袖们高大的马匹也经常在附近的树上拴着，那在马背上的日本旅团长的皮鞍子还被人们欣赏着。

四、展览室

这一次几万人能看到这样一个很有历史意义的展览室。

它陈列了军区的领导者聂司令员、宋主任、贺龙将军、关政委巨幅的照片；它陈列了反映边区活动的巨幅的摄影；它陈列了反映边区现实的《抗敌报》《抗敌三日刊》《工作通讯》《战斗报》及其他更多的报纸；它陈列了各式各样的各个时期的敌伪军宣传品，以及敌人欺骗宣传材料；它陈列了胜利品；它陈列了五个竞赛剧社的美术作品；它陈列了从各个政权、各个群众团体、各个部队、各个学校、各个角落，以及李公朴先生个人送给大会的赠旗，分区给聂司令员的献旗……

五、大会的头几天

大会的头几天——八日、九日，算开幕了！

各项的战斗力也开始检阅了。政治部负责同志进行政治测验、文化测验工作。

特别是老战士打靶，使我们看到我们保护者的力量的伟大。打靶是在靠近大会□□一个山坡上举行的。

六、正式纪念会

“晋察冀才两岁，他长了好大，好大……”——宋主任

“……彻底实行三民主义！”——彭真

“……我们要到鸭绿江边去开大会！”——贺龙将军等

"国家至上，民族至上！……"——刘容

"现在一百二十师同边区子弟兵，所流的血是分不开了……"——关政委

"纪念军区，我们的子弟兵还要努力……"——聂司令员

"……无论在前方在后方，这是我所看到第一个值得纪念的纪念大会!"——李公朴

大会进行得更热烈了，更紧张了！

十二日的晚上，一万多人参加了这个正式纪念大会的晚上，舒主任报告开会的意义之后，我们坚持敌后抗战的领袖们用那坚强的铁一般的言语发表纪念的演说、保卫军区的演说，坚持统一、坚持团结，反对倒退、反对分裂的演说。

"粉碎敌人一切进攻……"全体呼喊着。

"坚持团结！坚持统一！"全体呼喊着。

中间，在严肃的音乐里，各方面人民的代表向军区的创造者聂司令员献旗。同时，所有参加威严隆重的阅兵式的战士、所有参加大检阅的妇女自卫队、青抗先们，所有的人都举起了他们的手通过，向委员长致敬。

七、两岁的晋察冀的歌、剧、舞

人民渐渐会感到他们是在走向幸福了……

他们能够看到关于他们自己命运的歌、戏剧与舞蹈了。抗敌剧社的《我们的乡村》虽然在故事上发展不足，但在演出上是用了很优秀的布景与灯光的；而冲锋剧社的《边区总动员》舞也包括相当复杂的情节，把舞蹈向前推动了；其他，火线剧社的《滹沱河大合唱》也用勇敢的声音唱出了。

还有更多的已经可以和晋察冀军区一同前进的艺术社！

八、他们要把大会的精神带回去

最后的一天呵！最后的一夜呵！

一切参加纪念大会的人们“都要把大会的精神带回去”。尤其是这一次参加政治、军事、文化、娱乐各项竞赛的选手们，他们会得到好的经验与教训。

总结的时候舒主任发表了每一分区、每一选手……都有他们的援助，但也有他们的不足。

大会是胜利地完成了！尤其是在敌人企图进攻的时候，大会坚持下来，他就更加有意义了，有历史了！

我们永远不能忘记这个光荣的、繁盛的、团结亲爱的、加强战斗力的、加强警觉性的、勇敢的军区成立两周年纪念大会！

九、执笔者的献诗

无论如何，
晋察冀人民，
都应该晓得：
“十一月七日”。
在十一月七日，
伟大的伙伴，
用血肉救起了血肉，
救起了自由！

（《抗敌报》1939 年 11 月 19 日）

雁宿崖的歼灭战

八路军前线记者　林朗

摧毁政策是敌寇进行“扫荡”的新花样，游击行动又是“皇军”新近时常采用的扰乱方式。十一月四日在雁宿崖我军获得了彻底胜利的歼灭战，那被完全消灭的敌军五百余人，正是执行摧毁政策最出力的分子，也是惯喜玩弄游击的好手。记者不能忘记曾被涞源这一部分敌人，开了一个小小的玩笑。在上月二十二日，敌军指挥部派出伪军三百余人，配合敌军二百余人，占领走马驿。我军立刻进行周密布置，拟予重重包围，决心将其全部歼灭。记者刚由冀中来至边区，当即匆忙走上前线，满以为敌必歼灭矣！可是敌人胆小心虚，观风不顺，就在我军完成包围线的三小时前兔脱了。记者徘徊惨遭涂炭后的走马驿，终于怅惘归来。

正是这一部分敌军，又曾做了一件冒险的“游戏”，在与灵邱之敌呼应配合中，于上月二十二日占领上寨，二十七日攻入下关，立刻杀人放火，损灭资源，实行所谓摧毁政策，但当我军正欲稍试锋芒之际，他就再一次地窜回涞源老巢。

新近乃为大套戏法之第三次复演，涞源之敌一千五百余人，企图摧毁倒马关一带广大山地的我军□越力量，甚至想完成由涞源垂直南下经插箭岭而达走马驿之军事性的汽车路，并妄想于走马驿建立据点，长期固守。的确在涞源敌军指挥部里，有不少“皇军将校们”作这样聪明的打算。

十一月二日黄昏时分，涞源敌军出动六百余人，向涞源东南方前进，这是敌军的主力，附随牲口五六百头，满装给养弹药，从找不出一个伪军参与在队伍里的这一事实，就知道是纯属精锐之师了。番号是独立第二混成旅团，在独立步兵大队长过村大佐（日军中之大队长一般的等级是中佐，正因为过村有他的高明，乃官叙大佐）的指挥下，率领两个步兵中队，一个重机枪中队，一个炮兵中队，突入我军侦查第一线内的白石口宿营，以待翌日与我激战。同时涞源出动敌军百余人，向南前进，以图正面直叩走马驿，当被我军阻击于五间房北面山地，终于毫无所乘。其由涞源向西有前进之敌军百余，准备以弧线的邀击，经杨家川、上下庄子，而想直趋走马驿之侧背，但亦遭我逆袭，致停滞于上下庄子。

上面已写出二日的敌情，不需要报告读者关于我军是用怎样数目的兵力，采取着如何的动作，或是参加的部队是否英勇等问题上，单从军区成立两周年这个瞬将到来的节日上，以及谨防再受欺骗的高涨的士气上，还有八路军特具的机动坚决的特点，和在战斗中群众将用极高的精神来援助等这些基本保证上，就定会相信，只要敌军不事先逃走，那将必然被打得乱七八糟。

同样是在二日的黄昏，驻扎在×××、×××一带我军的主力，连夜向三岔口阵地集中，指挥员们经过一番的考虑和商讨，已把这次战斗的基本原则、兵力部署和配备，以及一些必要的作战艺术，而加以决定了。指挥员们走上各自近被指定的岗位，□百多担架由老乡组织成的担架队、手执土枪的青年自卫队，还有动员给养的区村政权工作者，都在黑色的深夜里忙碌。他们同样认为这一次的能打胜仗将是赠给军区成立两周年纪念最有价值的礼物，他们也同记者同样愤恨敌人在上一次的狡猾，他们的各单位间，各大队，各连、排、班间，都有挑战书，打胜仗比赛……他们的情绪是空前的高涨。的确，目前打歼灭战已成为晋察冀八路军的家常便饭。

谁也愿意在大龙华、上下细腰涧、陈庄等歼灭战之后，再加上一个新的歼灭战。

三日拂晓前，我军已经按照最易使敌人被歼灭的那种战斗艺术而布置完竣，全体参加战斗的指战员在耐心地等待着。

三日拂晓，敌由白石口分两路向前攻击前进，正面突过三岔口，与我军激战于三岔口至雁宿崖的大道上。我军以逸待劳，给予猛烈火力的扫射，敌军遭受阻碍，死伤五十人以上。我军是时即左右分开，向上急攻两面山头，迅速占领优势地形，展开阵地，□□□百以上的轻重机枪的火力，采用密集的压倒的攻势。我军从司各庄之一路，由敌军后背抄入三岔口，是时敌军已去三岔口之南，归路立告断绝。在南面银房之我军，向北压迫，完成包围计划。其在白石口出动时之敌军，另有一路二百余人，从彼之右翼循山挺进，本想由此占据西面山地，不料当敌军进至雁宿崖正面之山地时，我军业已捷足先登，敌见情况恶劣，即全力向我山头阵地猛冲。被压在山涧的敌军大部，此时亦以雁宿崖为中心，分向左右山头死力冲击，战况于是进入最紧张的阶段。敌军炮队因屈处山下，无法仰上轰击，多用轻重机枪及掷弹筒对我军射掷，由其上冲。终因困难，敌连续猛进二次，均为我军击退，其伤亡已达三分之一。其在西面山上与我争持之敌军二百余人，向我军阵地冲击已遭失败，我军立时反冲锋，在敌军机枪密集顽抗下，我军以中华民族不怕死之伟大精神，积极进压，敌军阵地益呈不稳，而死伤已达半数，于是被迫退至山下。此一残部乃与雁宿崖之残部会合，仍行向东西山地拼死猛冲。可是在我军绝对优势的条件下，敌军显已无能为力，就这样又连续猛冲二次，已是死亡殆尽了。于是我军一部乃奋勇冲下山崖，把六百余敌军全部歼灭，在雁宿崖□当彻底完成这个歼敌的战绩时，太阳正落在西山的背面。

等到这个惨败的噩耗传到插箭岭和上下庄子的时候，那两路敌人就丧气落魄地逃回涞源城。

涞源的敌人是不甘忍受这个极不体面的失败，于是派出第二批执行摧毁政策的部队，数目共七百余人，现在与我对峙于银坊以北地区。可是我们部队此次作战的情绪的坚决，已达到空前的高度。正如两个伤兵告诉我的，当敌人有一挺重机枪只剩四个射手在那里支持残局的时候，他们的连长命令他们一班人去夺这个战利品。他们当中没有一个退缩或不愿意的，就冒弹冲上去了，他们两人就是第一次冲去时负伤的。弟兄们并不因为有人负伤而惧怕，接着第二次又冲上去了。仅余的那三个敌人，就很胆怯地离开这挺重机枪，飞奔山下逃命。光荣负伤的战士微笑着，他想：这挺重机枪终于是我们的了。

在这个歼灭战中，像上面那些英勇的故事固然很多，就是全体指战员那种为创造胜利而忘记一切的精神，也是足够钦佩的。譬如自从他们二日黄昏去迎接战斗，一直到第二次碰到现在尚在激战中的第二批敌军，中间就很难有片刻休息的时间，两天没有机会拿水与饭以充饥充渴，但并不会降低他们作战的必胜情绪。自然这两天的不吃饭，是由于时间上的不容许，而不是没有水与饭的供给，显然那些远近咸集的老乡，大都是为送慰劳品而来的。

尤其是老乡们的担架队，在寒冷中等候着，把所有受伤的战士一个一个抬到医治的地方，替荣誉的负伤者减少不少的痛苦。要不是群众有觉悟与有组织，那是不可能的。

这一次雁宿崖的胜利，是一个惊人的胜利。他已起了兴奋民心鼓舞士气的极大的作用，但毫无疑问的，今后我们要迎接更多的战斗，争取更大的胜利，因之我们对于敌人途穷技劣的“游击”行动与心劳日拙的摧毁政策，要予以最严厉的打击、最彻底的粉碎。记者于此愿寄语政权及群众工作者，对准敌寇的摧毁政策，怎样及时对群众进行解释宣传的工作，当被敌寇摧毁后的乡村与家庭，怎样加以救济及处理这个事件中所生的问题，将是头等重要的事，自然当局会比我们想得更加周到些。

一九三九年十一月五日

（《抗敌报》1939 年 11 月 21 日）

广灵事件前后

依沙

一、广灵政权是怎样建立的

广灵是雁北的门户，也是边区的屏障，它是大青山桑干河与恒山太行山各抗日根据地联络的关键，它在保卫边区、巩固边区和扩大边区的意义上有着极大的作用。因此边区政府在加强雁北工作当中，也就下了最大的决心开展广灵的工作。而在边区政府领导下的广灵干部，为了保卫边区和坚持华北抗战，也就用他们为国家为民族而牺牲的精神，不怕一切困难、不畏任何危险而支持广灵的工作。

我们再于另一方面看：广灵是敌人在华北重要据点之一，它是敌人由张家口和大同输送兵力运输军火集散之点，因此敌人在广灵占有均匀全县六七个重要据点，而且都有公路相连——从广灵城东去过暖泉经蔚县可达张家口，北去通羊圈与阳源天镇敌人可以取得联系，西去通南□过乱岭关到浑源城可达大同，南去经超家庄过义泉岭可达灵邱（灵邱敌人的主要路线），每个据点周围四十里可以把全县跑到，因此广灵整个在敌人控制中，敌伪汉奸也异常地活动。因此，广灵是敌人在雁北的模范县。

广灵政权是怎样成立的？是从敌人的魔手和血腥的口里用血肉抢出来的，前任县长齐殿选同志，在敌人去年围攻边区的当中建立了广灵的政权，结果被敌人掳去了。自齐县长被敌人掳去之后，广灵全县又陷于敌人之手，奸淫掳掠，叫苦连天。自刘县长莅任之后，才把广灵的政权，重新建立起来，深渊下过活着的群众，又得重见天日。由于抗日政权工作的开展，和群众抗日情绪的高涨，使敌人害怕起来。

在两三个月的中间，敌人围攻过县府三四次；敌人专门出动捉过公安局局长，结果一个特务员牺牲了；敌人包围过两次第二区公所，结果二区张区长腿部受重伤，至今尚未痊愈，敌人进攻过三次第一区公所，结果第一区同区长被人掳去，牺牲了服务员一名，捕去一名。虽然敌人这样的疯狂进攻，残酷屠杀，广灵工作没有因此而稍后退，相反的，我们根据每次血的经验教训，作为再接再厉，更勇敢更坚定地去开展工作的工具。

二、未劫前的广灵工作

广灵政权，自齐县长不幸被敌人掳去之后，整个陷于停顿状态，全县民众忍辱于敌伪汉奸之下，自刘县长莅任后，重新建立了区村政权，划小区、改编村、摧毁了敌伪组织，遵照边区法令普选村长副，彻底改善区村政权机构，奠定了民主制度的基础；执行合理负担，减租减息，实行优待抗属，救济水灾，相当改善了人民的生活；动员新战士，成立公安局，镇压汉奸，打击伪军，培养了地方武装，加强了抗日的力量。这一切的工作，都是遵照了边区的基本政策，贯彻了抗战建国纲领和三民主义的精神，这是第一。

两三个月的时间，由全县六分之一的政权，扩大到几乎占全县二分之一的政权，由××开展到××，由离敌人三四十里的地方，迫近至敌人三五里的地方，由××开展到××，区公所就立在距敌人据点八里地的村庄。在敌人的交通线上，在夜晚，在白天，经常有我们的工作人员过往着，但也遇过敌人的扫射，也遭过敌人的追击；然而并没有因此而害怕过。这一切更证明了广灵工作，是在敌人枪林弹雨中，用战斗的姿态、血搏的精神开展出来的，这是第二。

建立了军用代办所，自动地动员了公粮供给抗日部队，建立了各种会议制度，加强了县区村政权的领导，密切了政民的联系。虽然在敌区工作，干部的学习与教育，没有因环境的特殊而忽略过。每个干部，经常在乡下跑腿，他的背包里，带着公文带着干粮，也带着书，但在外表上看，他俨然像个老百姓。这一切是说明了广灵的工作，是在干部生活群众化，在敌伪汉奸极端活跃的当中，建立起他们整然一套井然有序的工作制度与工作作风，这是第三。这一切也都是在边区政府正确领导下才能产生出来的。

三、兴高采烈的区长联席会

为了加强雁北的工作，边区召开了晋东北第五次县长联席会议，这个会议，详尽地检讨了以往的工作，充分地布置了今后的工作，针对着雁北的实际的情况，关于救灾治水、合作贸易、金融税收、禁烟禁毒、健全区政权、加强政民联系、统筹优待抗属、培养地方武装等诸问题，做了热烈而详细的讨论，确实而具体的布置。这个会议，费时将近二十天，闭幕之后，正遇着敌人由灵邱、浑源、广灵三路出动，“扫荡”浑源、广灵的政权。刘县长就在敌人围攻当中，追在敌人的尾后，回到自己的岗位，马上准备召开区长联席会议。根据县长联席会的决议，更具体、更切实的布置广灵的工作。在这个会议的中间，也曾接到过几次情报，而且也听到过敌人的枪声，然而终于在战斗的环境中，顺利地完成了他的任务。在这个区长联席会上，费了十几天的时间，把以往的工作经验教训，无情地检讨出来，对上级的各种工作指示与布置，充分地不遗漏地更具体地布置了，用最大的努力，以期把这个会议的决议，充分地渗透到每个敌占区的群众中。闭会之后，订立了两个月的工作竞赛合同，区长们兴高采烈地各奔岗位，准备用他们雷厉风行的作风，机动突击的方式，进行他们的工作，完成他们的任务。

四、横祸飞来

区长联席会闭幕之后，县政府刚转移到一个山沟小村，正准备整理记录，继续召开县政会议、军政民联席会议的当中，霹雳一声，广灵事件发生了。十月十六日晚上，从村背后崖头上，一条人不通行的小道上，忽然有队伍匆匆下来。一时村中非常惊慌，以为是敌人来了，县府得讯，便又准备背起行囊，和敌人转山头、打游击，然而刹那之间，全村四周，便被队伍武装团团包围，断绝交通——原来是白志沂部武装来接收县府。当队伍布置好之后，便有所谓刘营长、郭县长者率领武装十余人，冲到县府，其势汹汹，煞有如临战场之势。

斯时，刘县长和颜接待，并事寒暄，白部马上提出来意，要武装接收县府。刘县长一时甚为惊异，但仍从容相答："我们未奉边区命令，不便办理交接，请到上级交涉，一俟边区或办事处有令当可办理交接。"白部忽然动怒，挺身而起，气焰凶恶，大有用武之势，说："边区政府早已取消，边区政府是不合法的，雁北办事处根本就没有这个东西。"刘县长咽了一口气，笑着脸答道："边区政府早已取消，我不知道；边区政府不合法，我不敢承认。我只知道边区政府是经过阎司令长官转呈中央政府批准而合法存在的，并且坚持了华北的抗战，而且继续粉碎着敌人的进攻。我是边区委派的，我应服从边区的命令，没有边区的命令，不能交代。"白部更凶恶了，那位刘营长，还把他的短枪用手紧握了一下，狞狰着面孔，瞪大了眼睛说："雁北是山西的地方，你知道不知道?"刘县长说："知道，但雁北也是边区的一部分，这是司令长官知道，蒋委员长知道，中国人民也没有不知道的。"白部刘营长、郭县长等齐声喊道："这是山西的地方，是司令长官的，我们是奉山西省政府命令来接收的，你要不服从命令就是破坏政权，破坏政权和敌人一样，哼！……那是没有什么客气的。"

刘县长仍然很镇静地答道："边区是司令长官转呈，蒋委员长批准的，合法存在的，二年来是受着阎司令长官和蒋委员长的直接领导的，我服从边区的命令，就是服从司令长官和蒋委员长的命令，正因为不敢破坏政权，才如此的。今天只有敌寇汉奸才会破坏我们的政权。"白部转移了话向他说道："你是山西人，你应站在山西的立场上彻底想想，好好考虑考虑。"刘县长当即又答道："我是山西人，我爱山西人，我更爱全中华的老百姓，我站在山西人的立场上，拥护蒋委员长、拥护阎司令长官领导抗战到底，我更拥护边区政府坚持抗战到底。我为山西解放而奋斗，我更为全中华民族解放而奋斗到底，这就是我彻底想了的。此外，还有什么可想呢？我应考虑的是正当着全民族大难的当头，要求加紧巩固内部团结坚定抗战胜利信心的时候，竟有些人不顾大义……"这话尚未说完，白部又是紧握着枪把，齐声吓道："这是山西的地方，我们奉令要来武装接收的，你交也得交，不交也得交。你说我们土匪也好，汉奸也好，甚至敌人也好，我们都承认。"这样坚持到深夜，几近五更，室外寒风凛然，暗如黑漆，只有狗吠四起，间或和着小儿的哭声点缀着秋夜的凄凉。这时候大家稍微沉静了一下，郭秘书插着嘴道："问题今天不能解决，我们还没有吃饭，等到明天再谈。"白部说："时间不能迟延，明天六点钟，就得交代。"一场苦战始得暂告停息。——"饭在哪里？粮食已经吃完，但等天明再去买吧！"一个事务员这样说着就走了。一盏残灯懒懒地照着四壁，室内顿陷沉寂，大家失色相顾但没有一人能再说出话来。一夜门前门后，岗哨布满，县府自成立以来，还没有过卫兵守着门，也是不幸中之荣，今天倒有这样多的人在"守卫"！

天明事务员出去买粮，已被武装岗哨碰回，我们只有绝食了。早晨白部复来，迫令交印。刘县长仍以理抗拒，坚不交出，这样又坚持到午后二时，县印被白部抢去。这时敌人已有出动的消息，情况更形紧张。抢走县印之后，又复迫令写咨文，刘县长一言以对“割了头也不能写”，本来是武装抢印，还有什么咨文可言。白部目的已达，也就退出县府。

五、被劫后的广灵工作

白部将县印夺去后，十八日上午解围，马上出动去解决公安局（时公安局驻防于离县府五六里地的村庄），公安局闻讯当即化整为零隐蔽在群众中间。白部解决公安局未遂，回头解决区公所，各区长得讯后，便率领干部转移地区。这样一来白部便更疯狂了，到处捉拿工作人员，财政科长被扣将款抢劫去，秘书也被押。现在群众异常惊慌，社会秩序顿现紊乱，敌伪汉奸的活动，配合这种助力更加猖獗起来。我们的工作人员大部集中到×区照常进行工作，留一部在×、×、×区支持工作。（记者写至此得情报，据说在三区境内被白部扣获工作员两名，已被残杀，此项消息尚未证实，现已派员探查）

白部劫印之后，专事逮捕工作人员，残杀抗日分子，勾结土匪流氓，造谣中伤，破坏公粮，反对合理负担，反对动员新战士，摧毁抗日政权。公理安在？国法何存？

六、被劫后的广灵群众

当白部到后，武装接收政权，逮捕工作人员，屠杀抗日分子，人心惶惶，鸡犬不安，恐怖现象笼罩着大地。二区区长被迫离境时，群众流泪相送，一个老百姓问道：“张区长，这是怎么一回事？齐县长被敌人掳去，刘县长怎么又被××军杀了！”张区长答道：“刘县长大概没有死，只是下落不明，我去看看就回来。”群众道：“你几时回来？我们能活不能活？”张区长安然说：“过几天就回来，你们赶快打粮食吧，恐怕敌人出来烧杀，咱们的抗日部队，还没粮食吃哩！”

话说到这里，大家都哭了，张区长拖着他瘦长而笨重的腿好容易才走了出来。“唉，这成什么年头！”一种长吁短叹的呼声，隐隐约约地送到张区长的耳鼓。三区苏区长被迫离境时，一个服务员把他送了十几里地，一路问长话短，恋恋不舍，最后问道：“苏区长你究竟是到哪里？是不是要回关南去？”苏区长急急忙忙地答道：“不，不，绝不离开广灵，我去看看县长就回来！”服务员更怀疑了：“县长……”因为他也听到县长被残杀的消息，但不敢说出来。区长见他话未说完便向他解释道：“这次白部来广灵，勾结土匪流氓，摧残政权，逮捕工作人员，破坏抗日工作。良心安在！国法何容！”

（《抗敌报》1939 年 11 月 21 日）

敌人的头号大头目给八路军打死了

谁说八路军游而不击?!说这个话的人，真是丧尽了天良！八路军不但游，而且击，不但击，而且击得呱呱叫。这并不是谁故意胡说八道，八路军不但打胜仗，而且常常打胜仗，这是千真万确的事实，普天下的老百姓是无人不知，无人不晓的。

这次在雁宿崖的战斗中，敌人的军队不但给咱们八路军打垮，而且连他们的大元帅、大头目也给咱们杀死去见了阎王爷！

老乡们，这是八路军的一个大胜仗，这个大胜仗真是大得不得了，不但在全边区说起来从来没有过，就是在全国说起来，也统统没有过。在往常虽然说是咱们也杀死过成千成万的鬼子兵，杀死过很多的头目，可是像敌人国内的这样大名鼎鼎的头一号大头目还没有打死过。

你猜这个大头目是谁？在日本提起来，真可以吓破人的胆子，他的名字叫做阿部规秀，是现任日本国宰相阿部信行一家子的。他曾经做过联队长、旅团长和独立旅团长，最近刚刚升任中将。我们知道一个中将在日本是了不起的人物，据说他又是一个能征惯战的好手，还是什么战术家哩！他从他娘的肚子里爬出来，一直到他的骨头化成灰为止，在这一生，打了许多次数的仗，可见他是多么“威风凛凛”！这次日本鬼子知道八路军不好惹，吃过八路军的苦头，特地调他来担任“扫荡”咱们边区的领头大元帅。他刚来到涞源战场上，还以为八路军也不过是那样儿，并没有把八路军放在眼里，哪知道跟八路军还没有干上一个月，就会送了他那条狗命。没有把他活捉来，老百姓还是便宜了他。常言道“强中自有强中手”，八路军的英勇善战，还真是名不虚传的。

这个消息是从日本国自己国里传出来，普天下都知道了。咱们蒋委员长听见之后，特别下命令叫把参加这次战斗的长官和士兵的名字统统开去，预备着全体嘉奖。至于日本呢？全国都吓得了不得，最近在日本全国各地都开追悼会追悼他，又是气又是急。这样看来，保不定日本鬼还要调来一个比阿部更大的更有名气的家伙跟咱们拼，可是咱们一点儿也不在乎，别说他来一个中将，就是他再来十个上将，咱们也要把他轰个稀烂，连骨头渣滓都让他们找不到。瞧着吧，八路军的拿手好戏，还在后头呢！

（《抗敌报》1939年11月27日，《反扫荡》副刊第2期）

决不害怕

有人做事情一碰见难关，就要动摇要向后转，皱起眉头："唉！没办法！"

敌人这一回好几路进攻边区，全边区的人们比早先更普遍地动员起来了。一齐为着打破敌人的进攻想办法。但眼看着深进边区来的敌人，尤其眼看着敌人把房子烧了、把家什毁了、把人杀死了，说不定有人会泄气，会说："没办法！"——实在有的地方，已经发现这样的人了，他说："你看，日本鬼子来得这么猛，又抢、又烧、又杀，真是没办法！"这个人有点动摇了。

要打破敌人的进攻，咱们没有办法吗？有。为什么有人会动摇呢？就是他光看见了敌人，没看见自己。

譬如说，眼下各路敌人都深进来了，但所到的地方没有东西、没有人，这一下就已经把敌人迷糊住了。这几天敌人一直钻山，白天走路，晚上又不敢在村里安生休息，往山头上去，冻得他们也够受，心里更不用说虚惊害怕。这样迷糊敌人、疲惫敌人，接着"敌疲我打"，胜利是咱们的。但如果光看见敌人经过村子，烧了房子、抢了东西，咱们的军队在这个村里没有打敌人，光看见了靠近的几个村子，不往远处看，不看全边区的形势，光看这几天，不往后看，不想想这次打破敌人的进攻，是要长时间的，老是看着"没办法"，于是，动摇了，灰心了。

这一来，可要紧，他会坏大事。非把他改过来不行。眼下敌人想要全中国人投降，他们的诡计就是先动摇中国人的心。敌人攻边区，就想先使咱们害怕。咱们千万不要上敌人的当，一点也不害怕。

一动摇，十成要向后转。在抗日阵营里向后转是最危险的，是全国人所反对的。咱们既然是有决心要抗日，那么，无论到什么时候，无论到什么地步，总要想办法，总有办法想。前年、去年敌人的进攻都给咱们打败了，这一回咱们人更多了，兵更多了，更齐心了，更团结了，打破敌人的进攻是有办法的。

（《抗敌报》1939年11月27日，《反扫荡》副刊第2期）

拿定主意

有些没有主意的人一看见八路军暂时从一个地方走开，心眼里就发慌起来，以为是鬼子要来了，八路军打不赢鬼子，丢下老百姓跑了。再加上汉奸的说长道短，使得那些没主意的人，更加相信，像真有这么回事的样儿，不由得就说出埋怨八路军的话来，这样就更加中了敌人汉奸的诡计，这不真是他妈的天大的冤枉吗？

这个事情，不用咱们多费口舌，只要稍微心眼里开通一点的老乡，都会明白这个实情，清楚这是八路军的游击战术，敌人要学也学不到的打仗的法子，咱们八路军就靠着这保卫了华北，保卫了咱们边区的老百姓。心眼里就不明白的人也只要他想一想，八路军干吗光打胜仗，不打败仗，也就会明白过来：八路军这暂时一离开这儿，走到哪儿，不是不顾老百姓，是为着打更大的胜仗，消灭更多的鬼子，来保卫老百姓，保卫胜利果实。在咱们边区，那是真够多啦，比如神堂堡歼灭战、大龙华歼灭战、陈庄歼灭战、雁宿崖歼灭战……尤其是这次雁宿崖歼灭战中，还把敌人国里顶有名气的一个大头目打死了。咱们中国和敌人开了两年的仗，打死敌人的头号大头目，这还是第一次哩！普天下谁个不说咱们八路军打得好，打得漂亮！看了这些事实以后，再要有那样坏想头，还不是一个糊涂蛋吗？其实，就是糊涂蛋也不会这样想的。

话虽是这么说，可是眼下敌人进攻的时候，还是保不了没有人不作这样想头的。这些人大半光作个人打算，不向大处想一想，咱们八路军不单是为保卫咱们一村一乡，八路军是为了保卫全边区，把日本鬼子消灭干净，最后保卫□全中国的。这样的人咱们还仍旧有办法，使他明白过来。还有另外的一些人，老实说来，这些人本来就不是人，算不得人，是敌人汉奸汪派托派黑心肝的狗子，这些人，他们随时都故意这样说，为的是要叫老百姓不相信八路军，□□□□灭亡中国的毒计。所以眼下，咱们就不能不特别留心这些人，要拿定主意，不要给他们欺骗，相信咱们八路军，最后一定要粉碎鬼子的进攻，并且努力地帮助咱们八路军，粉碎鬼子这次的进攻。

（《抗敌报》1939年11月27日，《反扫荡》副刊第2期）

黄土岭的胜利

八路军前线记者　林朗

十一月三日我军彻底完成雁宿崖歼灭战的任务以后，涞源敌军司令部指挥官们不愿就此罢手，因为这又是一桩有损“皇军”体面的事件。四日敌军乃由涞源重新出动一千五百人携带各式武器，六七百头牲口装载着弹药给养，以所谓有生力量，配合那与我作长时间战斗的决心，向东南前进，企图进攻银坊。我军守备部队，当即迎头出击，与敌激战于银坊北十余里之张家坟阵地。一时机枪声炮声大作，震耳欲聋。我军充分发挥坚决的精神，在敌人野蛮冲击下，数度予以击退，而阵地坚如磐石，且不断利用机会，向敌勇猛反扑，使之渐呈动摇不支状态。经竟日血战，敌已死伤累累，而我军预设之优势阵地，愈见巩固，至此敌锐气大丧，企图不遂，乃于黄昏中慌忙转头东向，由司各庄进至黄土岭上庄子一带。我驻扎□面的部队，□□着情报星夜赶上，阻击敌人。全体指战员克服上次雁宿崖歼敌血战中未获休息的疲劳，在领队首长嘹亮号召下，□□用自己的血肉来增加一份纪念军区成立二周年的礼物，于是又郑重提出来昨天胜利后新的打胜仗比赛的誓词。当他们从夜色中开进敌人阵地，上级就立刻下令向上庄子进攻，务达夺回目的而后已！于是激烈的冲锋开始了，敌人用所有可能挣扎的力量，以大炮飞机密集的火力，进行顽强抵抗。我军第一次冲锋未能完成任务，弟兄们镇静着，紧接又是第二次。这时各级指挥员注意到部下的攻击精神，结果证验他们的情绪是与自己同样的，那是从二年来残酷战斗中所锻炼成的一颗必胜的信心。虽然中间只停歇十分钟，战士们就显得有些不耐烦，互相耳语着：“不要迟了，锦标被人家夺去。”——不久，第三次冲锋又开始了，敌人密弹如雨的火力，阻止不了我们前进，首先被我军突破一处，马上全局就垮了。我军以牺牲很小的代价，获得上庄子争夺战的胜利，让敌人的血迹和死尸残留在上庄子的沟渠中和山腰上。这时，敌军集结在黄土领一带，黑夜中难找逃走的路径，黄土岭仅仅是山沟里的一座小村落，敌军一千多人就紧缩与屈居在它的周围。

在统一指挥下，银坊附近和银坊西北一带的我军，穿沟越岭分南北两路，向黄土岭之敌采取包围形势前进，以速捷的速度，去夺纪念军区成立二周年优胜的锦标。他们战斗力是十分顽强的，雁宿崖五百多敌人被他们全部消灭以后，紧接着又同一千五百多敌人打了一整天，当敌人知难而退转向黄土岭时，他们绝不放松这个难得的机会，并且还抱着更大的希望，相信既然敌人多了，一定会得到比雁宿崖更大的胜利。

五日早晨，我军与敌军就在黄土岭一带山地上展开激烈的血战，我军拿出八路军所特有的顽强坚决的战斗性，把山头一个一个收复过来。从大炮与飞机的数字上看，我们并不比敌人少，所不同的，是这些犀利武器多从敌人手里拿过来的。也正由于这些条件，更显着我们主力兵团雄厚的力量。

我们大部队已经联系与配合上了，这样愈加提高比赛的情绪与竞争心。敌军活动圈与防御线逐渐被缩小，双方激战，呈现空前猛烈，很难找出弛缓或休息的时间。敌人无时不想突围而出，或图转到另一空隙里，我们则用最大的力量，准备把它歼灭在黄土岭。用战士们的身体和武器围成一个不规则的铁桶。敌人着慌了，有时飞机在上空盘旋，但并无任何效果，用所有力量屡次突围，也宣告失败，眼看死伤的数目，继续增大。就在我军背后，正有成群结队的老乡活动，由区村公所及自卫队部领导与指挥下，做饭、送水、救护、担架，迎接与配合战斗。

黄土岭从四日黄昏直至八日清晨，无时不弥漫着浓厚的炮火，经过四昼夜血战的敌军，特别显得疲倦和软弱，炮声逐渐疏落，死尸烧毁的臭气充满空中，我军指挥员判断这将是敌人接近最后突围的打算了。

就正在黄土岭敌军死亡的关头，涞源敌军八日继续出动四百余人，到达雁宿崖，威胁北面我军侧后翼，此时被围于黄土岭的残敌便乘此死力向北突围逃窜，至火尖台，即将一部分辎重乘机运回涞源城。

在黄土岭战斗中，我军夺获两挺机关枪，二十几支步枪。将近四百具尸体烧成一堆灰，二百多个伤兵被带走了。三百多头牲口满载弹药给养，已为我军缴获，这是敌人来不及带走的东西。

惨败使敌人不甘就此罢休，雁宿崖四百多敌人窜入张家坟，与我守军即发生激战。继着这四百多敌人之后，九日涞源敌军又行增援四百余人，以补充刚被消灭五百余的敌军主力，在火尖台会合后，又重复回窜黄土岭，企图打扫战场，想从大亏损中找回一点补偿，或有大炮机枪埋在黄土岭附近地下，尚未被我军发觉，那是很可能的事。可是敌军进入黄土岭后，就又为我军包围了，这一种对敌人显著不利的形势，使他于十日从东面很远的金坡出动四百余人，向西进攻，目的在解黄土岭新的困厄，当即与我军在双峰附近发生激战。

再有一路规模较大的，是唐县和完县的敌军，为配合涞源敌军的行动，于八日各出动四百余人，唐县之敌经店头唐梅与完县之敌经下邑北大悲而会合于齐家佐，冒险深入，沿途烧杀抢掠，以实行所谓“摧毁政策”，先欲向军城前进，当遭我军迎头痛击，乃于九日转向北进，占领神南，待我军赶到，敌又逃至杨家台玉皇庵一带，至此与黄土岭之敌较为接近，但已被我四面包围，目前欲行逃回完唐，极少可能，其命运唯有被歼灭或逃出一部以与黄土岭等处之敌会合。

敌军最近惯用孤军深入的手段，不顾后路，冒险乱闯，沿途所经村庄，烧杀破坏，不遗余力，务达大肆摧毁之罪恶目的而后已！其所施行的结果，所深入之孤军，随时有被包围与歼灭的危险。最近雁宿崖五百余人的被歼灭，这次黄土岭我军所获的大胜利，足够说明这个事实，而黄土岭的再被包围与玉皇庵的受困塞，更可警告敌人。摧毁我们的村庄资财，虽然增加我们一时的困难，但中国人是有自力更生的勇气与毅力，并且必然会克服一切困难，这乃增加与坚固我们的仇恨心与抵抗力而已。

一九三九年十一月十日

（《抗敌报》1939 年 11 月 29 日、12 月 1 日连载）

别忘了互相帮助

鬼子向咱们边区进攻，咱们实行坚壁清野，不给他们留下一粒米和一根柴，更不透出半点儿消息。鬼子到了咱村儿，满心盼望着杀人，打根儿就没有人可杀，满心盼望着烧粮食，打根儿就没有粮食可烧，这样只有烧毁咱们的空房子，来苦害咱们！等到鬼子被咱打垮，咱们回到家里，亲眼看到咱们可爱的家变成了一片焦土，咱们大大小小没有房子可住，那岂不是作了大难啦吗？

果真到了那个份儿上，咱们将怎么办呢？有些人特别是上年纪的老太爷老太婆们，说不定会难受得痛哭流涕，手慌脚乱地也想不出个主意来，这样可真再糟糕也没有了。

自然，咱们瞧见祖祖辈辈传下来的房产，给鬼子糟蹋得不成样子，谁也免不了要心疼难受，可是光是心疼难受能顶什么事呢？咱们还得要继续过日子、打鬼子。咱们要切切实实地想一个妥当的补救办法，那才沾。

这种补救办法，并不是一件难事，只要大家伙一齐出主意、一齐下手，就能里里外外的都做到好处。当然啰，一个人的力量也是万万不抵的。常言说得好“三个臭皮匠，抵得住一个诸葛亮”，又说“人少不顶事，人多好干活”。这些话的意思也就是说明了这个道理。

不过，这个道理，虽然大家都明白，可是等到事情临在头上，有些人竟不那样儿去做。因此，我们在这里，不能不特别给大家提一个醒儿。

补救工作是大家伙的事，不是哪个人的事，大家都应该把眼光放得远些，不要只顾现在，不顾将来，不要只顾个人，不顾全体，要知道没有全体，也就不会有个人。光顾自己，自己有房子住，别人都没有房子，冻死了就不能继续抗日，日要不能抗，等到鬼子消灭了咱们家乡，还分什么你我穷富，统统活不成。你看是哪头是上算呢？

认清了这个道理，那，咱们就不要犹豫，趁着鬼子没有来的时候，就应当赶快准备。先把全村组织起来，谁干这个，谁干那个，都要分配停当。等到坚壁清野过后，鬼子退出去，咱们就立刻做救济工作。那个时候，咱们大家伙应该互相帮忙，如果有没有烧的房子，就先紧着老年人、妇女、小孩子来住，然后大家再想办法在山头上挖窑洞，有钱的出钱，有力的出力，有牲口的出牲口，有家具的出家具。一股脑儿说，有什么出什么，这样把窑洞挖好，大家把冬天对付过去，等到春暖花开时节到来，咱们大家伙再努力耕种，重新修理房屋，那就不愁没有日子过，也就不愁不能继续抗日了。日本鬼子都白搭啦，仍旧把咱们没有办法。

所以说有地有人在，什么问题都好办，只要咱们大伙一个心眼，互相帮助，天大的事也难不了咱们。

（《抗敌报》1939 年 11 月 29 日，《反扫荡》副刊第 3 期）

好好照顾咱们的队伍

有些个把村子，有些个把老乡，一看见了队伍，就把粮食、菜一些吃的东西，藏到地窖和旮旯儿里去，队伍向他买这也没有，买那也没有，真是说得干净，啥也没有啦。你说，这些个老百姓，他真的什么都没有啦吗？其实满不是那码事儿，他家地窖里旮旯儿里藏着大堆的粮食，山药、白菜，什么都有，他只是不卖给队伍罢了。你看，这怎么个事儿。

大家想想，咱们队伍买老百姓的东西，一不赊，二不欠，都是现钱，咱们明放着东西，偏不卖给队伍，这样的事儿不真是泄气吗？这样大冷天，咱们队伍在山头守住鬼子，和鬼子拼命，保卫咱们老百姓，何况这些队伍，全是边区老百姓的子弟，不是亲戚，就是朋友。咱们真忍得下心叫咱们自己一家人去饿着肚子跟鬼子干吗？那才真是笑话哩！莫说咱们军队向来都是公买公卖，不占老百姓一点便宜，万一队伍一时不带钱，就是赊咱们也应该卖给队伍才是话。自己的队伍，自己的子弟兵，是保卫咱们的生命财产的；队伍流的血，是为咱们老百姓大伙儿流的。咱们谁也有份儿，帮助咱们队伍解决困难，这个道理儿，谁个人不明白不清楚呢！那么，咱们藏着东西不卖给队伍，难道硬要让日本鬼子来抢了吃得壮壮的来杀害咱们不成？说来，谁也不愿这样的。

这样，有些人就说啦：“唉！这年月，队伍受罪，咱们百姓也受罪，真是没办法！”你看这些话是多么泄气，多么不长远啰！咱们边区好样儿的老百姓真不该说这话，咱们要说天塌下来咱们也有办法。何况眼下还没到苦叫地势，说句不好的话，就是真到了苦叫地势，咱们也还要伸着腰叫咱们队伍吃得饱饱的去打日本。常说的“人不怕背性只怕懒性”就是这个道理，懒了性什么都完啦。咱们只要不懒性，就是再到怎样苦叫地势，咱们也还是能打走鬼子。这样说来，那么干吗不把东西拿出来卖给自己队伍呢？就是真的不多啦，咱们也还要凑合点，卖给队伍一些。咱们应该学习那许多老乡，常常把自己要吃的好东西省下来，眼巴巴望着队伍来时，好去慰劳。咱们抗日的老百姓，都应该学习他们才是理儿。

最后，还要交代一下，就是有些老百姓，他卖东西给队伍时，分外贵些，这更是要不得的。队伍的钱，还不是咱们老百姓的？咱们队伍辛辛苦苦，不要命地来保卫咱们，一月用上一块二块钱，买点零用东西，咱们还要占他一些便宜，天晓得，不知是怎好意思的。咱们应该体贴咱们自己的队伍，自己的子弟兵，卖东西分外贱、要钱少才像话。再说，咱们自己队伍有规矩，打根儿就不会少下老百姓的钱。

（《抗敌报》1939 年 11 月 29 日，《反扫荡》副刊第 3 期）

咱们胜利了

到今天，咱们全边区的人，军队、老百姓、工作人员们，都可以出一口长气，说道：“好一次大游击，游击得真痛快！”

对啦！这一回差不多边区的人们个个都打啦打游击，一些大道上的住家不用说了，就连山沟小道的人们也都跟敌人转啦几个圈子，有的亲身上前去扰乱敌人、打击敌人，有的迷惑敌人。大家都出了力量，保住了边区，打退了敌人。

本来，敌人来“扫荡”，头一件，就打算消灭咱们八路军，消灭边区的武装。因为敌人知道开辟边区、巩固边区、发展边区的，八路军是主要的力量。岂不知八路军是顶会打游击的队伍，这一回敌人来势汹汹，八路军便让敌人在阜平扑一个空，让它前后左右摸不着门道，使敌人在开头廿来天的工夫，打不着咱们的主力，尽让它摸得兵困马乏，咱们钉住它的前后左右打它，末了看准，一下在武家湾、灵山、党城和高洪口东西两边凑紧一打，敌人就垮了。

这一个月里头，不光消耗了敌人的士气，消耗了敌人的东西（枪炮、弹药、给养），更在山沟里消耗了敌人二千多的精兵，弄得敌人整个进来，烂着回去。一寸土地也未占去，咱们八路军真是游击得漂亮。

敌人来“扫荡”第二件就打算“制服”咱们老百姓。你看：它大烧、大杀，把咱们的村庄烧毁了，家什糟蹋了。为什么呢？它就是一个毒计：想把咱们的东西毁掉，房子烧掉，使咱“没吃、没穿、没住”，使咱们老百姓跟八路军分开。但咱们不要上当，敌人越毒辣，咱们抗日的决心越坚决，正像阜平营里的一个老乡说的：“敌人烧掉咱的房子，烧不掉咱的土地；就算烧掉咱的土地，也烧不掉咱们抗日的决心。”是的，咱们的敌人，是日本帝国主义，咱们不光不会给它“制服”，反而要一点一点地打碎它！

敌人原想打进咱们晋察冀，到头来还是半夜里想屁吃，终究给打回老窝去了。通过这几回的“扫荡”，咱们明白了：有些顽固家伙说八路军“游而不击”是造谣，有些昏头人说敌人烧房子是八路军抬来的，更是不明大势的家伙。这一回反“扫荡”咱们胜利了，可惜还有人说怪话。往后咱们要赶快预备第二次反“扫荡”，叫第二次反“扫荡”游击得比第一次更漂亮！

（《抗敌报》1939年12月11日，《反扫荡》副刊第4期）

心眼儿得往开想

这回日本强盗“扫荡”咱们边区，费尽苦心，满以为这一下总可以把咱们边区消灭，安稳地霸占咱们的土地过太平日子了。谁知这么个把月来，日本军队张张惶惶像撒癔症似的在咱们边区东碰西撞，到处扑空，受冻挨饿，给咱们军队和老百姓弄得头昏眼花，迷迷糊糊，末了，□便宜没有找到，还落得损兵折将耗财伤命。眼看这回又给咱们神出鬼没的八路军耍得不轻，吃了这样大亏，又没法报复，因此气红了眼，更疯狂地到处乱烧咱们的房子出气。

事情是明白的，这回日本强盗“扫荡”咱们边区是又失败了。在这次“扫荡”当中，咱们没有什么损失，可是敌人在这个月来，耗材伤命却不在少数，虽说咱们的房子给日本强盗烧了不少，可是这算不了什么。自然，困难是困难，不过只要咱们咬紧牙干，还是有办法的，不能因为敌人烧了咱们几间房子就垂头丧气，觉得一点办法也没有了，没心思活下去了。这种想法是不对的，真正好样儿的人，是不吃这一套的。满当你日本人把我的房子都烧完，只要我人在，就非和你拼到底不可，反正咱们得活下去。烧了房子，咱搭个草棚也能住，再不，咱们挖个窑洞也能住。要说让咱们在日本强盗手下“降服”，算是妄想。咱们知道，要想真正过太平日子，非把日本强盗赶出中国不可。

这人心眼儿得往开想，说实话，这年头只要日本强盗在一天，咱们就不得安生。如今遇到苦，大家也得咬紧牙挺起骨头干下去，不能稍微遇点困难就往死路上想。这回虽说日本强盗烧了咱们不少房子，可是总归还是咱们把敌人战胜了。人总得往大处着想，不能单单看见咱自个儿的几间房子。再说人总是人，只要挺起骨头，还是有办法的。比方说这回咱们的房子给敌人烧了，咱们用不着灰心，有的是手在，大家咬紧牙，能挖窑洞的地方咱就挖洞住，不能挖洞的地方弄个草房子住，下定决心跟日本强盗干出个长短，谁也不要埋怨谁。咱们边区老百姓，大家不分彼此，一起想办法，军队帮助老百姓，不受害的帮助受害的，受害轻的帮助受害重的，这样大伙儿像一家人一样，互相帮助，就不愁打不走敌人。要不，本来房子是日本人烧的，可是大家像跟自家人过不去，一个劲儿跟自己人闹别扭，你埋怨我，我埋怨你，再加上敌人的挑拨，弄得一家人就不团结不和气，事情越弄越坏。这样，不但对抗战没有好处，反倒更要给敌人趁机捣乱，这是顶不争气的事，这种糊涂路咱们是决不能走的。

（《抗敌报》1939 年 12 月 11 日，《反扫荡》副刊第 4 期）

人民自己会……

——五台一区为反对白志沂、张启元、白槐等举行反对分裂游行大示威，路程三十里，情绪热烈

特讯：在一个山沟小村子里的戏台场上，挤得人山人海。自卫队都很雄壮地拿了自己的武装长苗火枪鞭子等，儿童团妇救会不断地唱着歌，最使人惊奇的就是会场的四周站了一排武器精良佩带粗绳的纠察队（老百姓自己组织的），好像是示威的样子。在问到他们“干什么?”的时候，他们都一致地说：“准备捆那些活动的顽固分子。”

在会场的周围，贴满了红绿色的标语和告同胞书，在讲台的上面写着最注目的几个大字——“五台一区反对分裂游行示威运动大会”，使那些顽固分子看到，就可吓得失掉灵魂，变成无用的东西。

大会开幕了，主席在热烈的鼓掌声中，出现在台前，很沉痛的声音，传到每个人的耳中：“同胞们，同志们……现在抗战基本上已进入了相持阶段……在边区应更加团结统一……不幸得很，竟有白志沂配合敌人进攻，武装包围灵广县政府……”

“反对白志沂！”“巩固边区！”的口号响亮地喊出来。

“同胞们！”主席继续说，“……在五台一区的村长张启元和白槐等，竟响应着灵广事件，企图破坏群众组织，摧毁群众运动，反对救国公粮，抵抗政府法令，煽动少数村长企图实行暴动，挑拨政民合作，制造分裂运动……”

“枪毙张启元、白槐！”“取消张启元、白槐等的村长资格！”的口号雄壮地震动了全场。

“同胞们！”主席又说，“这些民族败类，企图分裂边区，破坏团结统一，反对坚决抗日的八路军，向边区收复失地……我们一定要揭

穿他们，粉碎他们……”

主席在热烈的鼓掌声中、充满天际的口号声中退出了讲台。

跟着各代表次第讲话，语句都很沉痛！

在台上喊出了“提案讨论”的时候，主席又走了出来，跟着就是接二连三地提出了《电请中央及阎司令长官予汪派白志沂绳之以国法》《依照危害民国紧急治罪法严处张启元和白槐等》《取消张启元和白槐等的村长资格》《严密防范和侦查驱逐秘密活动的汪派汉奸》《分别到专署和政府请愿》这几个提案，就在全体群众的洪亮“赞成”声中，一致通过，并高举了拳头喊着：“反对分割边区的汪派白志沂！”“枪毙张启元和白槐！”

时候是在下午三点，就开始游行了。纠察队、自卫队、妇救会、儿童团一个个扣上自己的武器，排成了三四里长的队伍，走了三十余里的道路，要向那些顽固分子示威和到专署请愿。一路上唱歌声、口号声充满了山沟，配合了山沟的回音，好像山崩崖塌，显得更是雄壮。

在××村里，专署的门前，挤着不愿做亡国奴的一群群众，他们中间亲切地爱护地围绕着专署的代表×××，他答复着请愿团，他完全接受群众的意见，给了热望着反对顽固分子的群众一个圆满的答复。跟着又是一片口号声：“拥护抗日民主的专员公署！”“打倒破坏抗战的白志沂！”“要求枪毙张启元和白槐！”

游行的队伍，继续前进，□□□□时，天已黑了，可是这个队伍，仍很兴奋地为了反对顽固分子而示威着，高喊着：“反对顽固分子！”“拥护英勇善战的八路军！”……声音越喊越高了，越雄壮了。

时候已是深夜，这个大队伍在“打倒一切公开与秘密活动的顽固分子、汪派托派汉奸！”“拥护边区政府！”“打倒白志沂、张启元、白槐！”的口号声中和雄壮的“……请他们都滚蛋”的歌声中，情绪激昂地返回原地。

在深夜里，空中的月亮向他们欢呼！星星在祝着他们的胜利！

十一月十八日

又讯：五台一区在十一月十七日举行“反对分裂游行示威运动大会”，在大会决议《分别到专署及县政府请愿》一案，除全体群众到专署请愿外，另有代表携带请愿书到五台县政府，要求严处张启元和白槐等。

（《抗敌报》1939 年 12 月 13 日）

阜平、王林口、王快的克复

晋察冀社特派记者　林采

一、阜平、王快、王林口的克复

在陈庄，在银坊，在黄土岭，八路军以模范的歼灭战给予敌人的致命的打击，这，在“满面光彩”的“皇军”的面子上，实在太不好看了。于是，在“皇军”的指挥部里，我们可以想象到，太阳牌的“御制”的指挥者是怎样地焦虑着，以恼羞成怒面带着恐慌的心情，布置着没有办法的然而不得不布置的对边区的“扫荡”。但是，“皇军”的可怜的兵力，对于这拥有广大的土地、广大的人民、广大的军队的铁的抗日堡垒晋察冀边区，它有心有余而力不足的苦衷是显然的。全面“扫荡”既不可能，兵力分散又有被歼灭的危险，于是，在没办法中想出的办法，是只有集中兵力，“分区扫荡”。

“分区扫荡”的计划被确定后，紧接着银坊和黄土岭的大吃瘪，首先，在唐县、完县、曲阳等处集中了兵力，敌人开始了它的“分区扫荡”。

很显然的，敌人的目的在占据阜平，用牛刀子的战术，分割边区，破坏我们的后方，逼使我们没有立足之地。同时，在战略上，鉴于陈庄、银坊、黄土岭的覆辙，这次，敌人所出动的兵力，每路都在七八百人以上，而且每路的距离都在一二十里左右，万一一路被我们包围了，另一路就可以很迅速地前来解围。在这样的情况之下，在坚决保卫边区、保卫阜平的伟大的任务面前，我们的英明的领袖便决定了侧击敌人、封锁敌人、疲劳敌人、破坏敌人的交通，以机动的灵活的游击战术，相机地消灭敌人，而且敌人找不到我们的主力。终于，敌人无法在边区立足，而不得不狼狈地退走的战略。

这样，自十一月初开始，敌人以万多人的兵力，分五路进攻阜平的战争便开始了。总计：一路自党城，经王快、王林口；一路自灵寿，经陈庄、城南庄；一路自倒马关，经台峪、平阳；一条自灵山，经娘子神、平房、王林口；一路自五台，经耿镇、龙泉关……

这样，在十一月二十五六号，五路敌人约有八千多名，遂在阜平会合。然而，在当时，阜平早成了空城，敌人以九牛二虎之力，到处扑空；而我们的神奇的兵力，用侧击、袭击、伏击、截击……随时给予敌人很大杀伤，而且以齿轮的战法，弄得它疲于奔命，困守在空空的残破的据点里，惊恐万状，不知所措。

敌人困守在空残的据点内，一面受到我们不时的袭击，兵力不够分配，既无法固守，更无法保持交通线，粮秣的供给大成问题；一面受到我们“坚壁清野”的封锁，“以战养战”的美梦既成画饼，连找锅子也得到十几里地以外。于是，“骄贵的皇军”在枵腹饱惊的威胁下，到二十九号，阜平的三千多敌人，城南庄的一千多敌人，不得不狼狈地退去。

这时，阜平尚有敌三千多，党城一千多，王林口和王快各三百多，闸口一百多……

二十九号，我××团×营到平阳一带活动。三十号，×连向阜平推进。上级所给予的任务，是不断地扰乱和袭击敌人，相机地占领阜平；同日，×营的一个排在伍庄湾（王林口与王快之间）伏击自王林口退王快的敌人，当场毙敌十多名，伤敌二十多名，而我仅一人带花（详见下节）。一号，敌人的交通已被截断，不能来往而没有来往；我×营进到柏油店，在王快、阜平之间活动，×连到东西庄。二号，×连到八里庄、辛庄活动，×营到王林口一带活动，×营到王快、罗峪、铁岭一带活动；夜，×连袭击阜平，×营袭击王林口，敌更惊恐。三号早晨，王快敌退党城，阜平敌退王快，我×连和×营相率追击，毙敌甚众。于是，阜平和王林口遂告克复。晚上，×营袭击王快，毙敌二十多名。四号早晨，王快敌退到党城闸口，在不落岩又遭我伏击，死伤十余名。

当天的袭击、伏击与追击，在阜平和王快一线，总计毙敌百多名，缴获骡马十几头，其他军用品文件多种……而据所得敌人文件，此次会攻阜平的敌人的番号是桑木师团，新美联队，驻党城敌则仍为过去驻党城的刚田部队……

在八路军神出鬼没的游击战术的威胁下，在老百姓坚壁清野的封锁里，当敌人的交通被破坏，给养被阻断，当敌人所带的大米罐头吃光了，不得已而吃了几天小米，还饿了一天的时候，便不得不狼狈地退走了。于是，阜平、王林口、王快，终于被我们克复，敌人的“扫荡”被粉碎了。

二、伍庄湾的伏击

从稀疏的星光与山坡上的残雪的映照下，可以看见张连长的被北风与兴奋染红了的脸孔，脸孔上的麻点，放射着暗红的光。张连长，这曾经过草地、爬雪山的英雄，显然又沉入战斗的热流里了。

他像电线杆一样笔直地站在全连弟兄的面前。

“同志们，阜平的敌人要退了。今天，一定的，我们预备搞他一家伙——伏击！”

最后的两个字是特别有力，钢铁一样地从他的嘴里跳出来。

一道兴奋的电流霎地穿过排着连纵队的弟兄们的心，没有一点声息。只有沙河，沙河，远远地，哗哗地，笑着……

“好，同志们！我们现在要挑四十个人，要强壮的，没有毛病的，脚痛的不要去，谁愿意？”

“我去！”

“我去！”

“我也去！”

……

钢铁一样的声音，像停息在芦苇丛里的一群麻雀，被突然的惊恐骚动了而飕飕地飞出来。

“站到这边来！”

连长指着旁边的土墩，检点着人数。

弟兄们像一群蜜蜂看见了花朵一样地飞到土墩上。

“够了，够了，让我检查一下子！”

大家站得笔直的，好像他从娘肚子里出来后就没有生过病似的。

“好，就是这四十个人，跟我来！”

大家把步枪、手榴弹、机关枪，检查过，准备好了。

连长带着这四十个人走了。

远远地，沙河，哗哗地，笑着……

没有一点声息，队伍影子似的移上了山坡。

伍庄湾，这被敌人烧得七零八落了的村子，像一只受伤的野兽匍匐在岸上，挣扎着，要从灾难里挺起身来。

四十个人分做两部分，埋伏在庄子后面的两个小山上，连长，同着两个机关枪手和机关枪，蹲在两个小山后面的大山上。

等着，等着。

风，叫着，爬过一个山，又一个山……

“妈的，鬼子怎么还不来送死呀！”

有几个人等得不耐烦了，心里在骂着，然而不敢出声。

东方渐渐地泛白了。隐约地可以看到，沿着沙河，从王林口缓延而来的，满印着鬼子的蹄痕的大路像一条蛇，爬到此地，一折，消失在山坡里了。

从山后传来凄迷的鸡叫，被北风掷碎在对面的山石上。

沙河，笑着……

太阳出来了。太阳用温暖的嘴唇，吻着战士们被北风刮红了的写着一百个不耐等的符号的脸孔。

大约近七点钟了。

远远地，传来杂沓的蹄声、咳嗽声、闷塞的语声……

连长探出头去一望。

啊，隔着稀疏的树影，沿着沙河，一队日本鬼子摇晃着来了，像一条受惊的蛇，还是弯曲的。

大家，把心灵拉成满引的弓弦。

前面的几十个通过去了。中间，是骡马、辎重、大炮……

——格格格格格……

山头上的机关枪响了，子弹，像狂风一样地向着鬼子的队伍扑过去。

——啪啪啪啪……

鬼子慌乱了，像一群受惊的雁子一样地在沙滩上散开来，呜里哇啦的声音嚷成一片，一时找不到目标，也来不及开枪。人，一个一个地倒下去，马，乱跳着、乱蹦着，倒下背上的东西……

枪，更紧地放着。

前面的鬼子，慌乱地、拼命地抢爬东面的山头。一阵机关枪，把他们扫下来，又爬上去。

鬼子，还是，倒着，一个、二个……

前面，鬼子爬到了山腰；后面，鬼子的主力——五六百只黄色的野兽，也赶上来，向我们的阵地猛冲。而我们，这仅仅的一个排，是显得太孤单了。

机关枪掩护我们的队伍往后撤。

“赶快，向后，往下上!”

张连长使劲地喊着，更紧地打着机关枪。

九班长带着五个弟兄，还是打着、打着，他似乎没有听到连长的命令。

“揍他妈妈的，还不往下上!”

连长咆哮了。

敌人从他们的下面爬上来了。九班长才带着五个弟兄往上退。一边嘟哝着：

“才打得有劲儿，为什么叫退?”

我们的队伍撤到后面的山上，像一阵风，走了。

敌人的大炮还在咚咚地响着。

敌人的血，染着沙土，敌人的死尸，十七八个，背上驮子；敌人的伤兵，二十多个，也背上驮子；惊慌地，向王快退去了。

沙河，哗哗地，笑着……

（《抗敌报》1939年12月15日、12月17日连载）

反“扫荡”速记

晋察冀社特派记者　田间

——一九三九年初冬，晋察冀边区又开始了对日本帝国主义的“扫荡边区”的反“扫荡”，有许多事情在反“扫荡”中看得更明白，比火还要明白！

现在记者还懊悔，为什么我不打死那老家伙呢？

就是许多人□说着敌人到了王快和阜平城的时候，在一个沉静的月夜，一个记者大步地从柏崖往王林口走。王林口是靠着沙河那么大的村庄，已经什么人都没有了。记者决心沿河边大路向阜平城前进，所经过的村庄，记者总要敲着门，结果，或者会碰到一两个老太婆留在屋里。当记者毫无顾忌地进了城，没有灯火，没有人声，也没有敌人，阜平城还是我们的呵。记者很兴奋而且好奇地想尝试敲敲那些朝里面关得紧紧的大门板，里面一定会有老头子或老妈妈的，但是他们都不回答了。

后来，记者钻进一个院子，向一间小屋做最后的尝试，这一下，一个瘦骨头的老家伙很爽快地答应着，他从烧着很好的煤火的暖炕上爬起来把门开了，他告诉记者自己是一个钉马掌者，前几天从王快搬来。好，不管你什么家伙，记者赶了七八十里夜路也很疲倦，将就他那暖炕暂时躺下，把手枪当作枕头，同这个来历不明的老家伙睡在一块儿，这老家伙身上还盖着两件短皮袄哩。

第二天，太阳出来了，记者过河往城南庄赶，走上五里多路就看见两个穿黄制服的兵士，再望一望，前面那个村子冒起很大的黑烟。记者才知道那是两个敌人，后面一定还有敌人，敌人是一路放火从城南庄向阜平城撤退的。

记者想，那个老家伙该是敌人的前头侦探，是一个老汉奸。可是现在记者还懊悔为什么不打死那老家伙呢?!

追　　击

记者在山沟里歇了一夜，再爬了一些雪山，终于会□我们×分队的五团。

五团跟着敌人屁股后面，毫不放松地一路追击着，这才把敌人从陈庄赶到城南庄，从城南庄赶到阜平。敌人没有得到好好休息，据说只是在城南庄外面的河滩上烧了一顿饭，烧了一些房子，杀了几个人，还用刺刀戳死了一只小猪。

刘团长说："可惜我们得到的消息迟了点，没有什么部署就追来了，不然……"

"你看，我们平山灵寿的老乡多好!"

当五团到达××一带，并不□□，平山灵寿的老乡们赶着好几十个驮子，麻布口袋完全装的是白面烙饼。

战士们看见老乡们送来东西，尤其是饼子，那真快活呀，也不感到疲劳了，满脸笑嘻嘻地喊着：

你看，我们平山灵寿的老乡多好!

装得很可怜的小汉奸，但有人可怜他吗?

在五团驻扎底地方，老乡们已经回来一部分。

二十七日的早上，几个老乡拿绳子绑起一个汉奸，大概是属于领路的或者是替仇人打听消息的小汉奸，据他自己承认是从保定城外来的。

他脚上都没有鞋子，肿得不像样，就是衣服也很单薄，看来不是抽大烟的就是吃红丸的坏蛋。他在几个老乡前面还装得很可怜，但有人可怜他吗?!

送到团部以后，那几个老乡还不回去，似乎要等着看枪毙他。

“呵！这又看到咱们的队伍了！”

敌人把城南庄烧了一半，那一半在敌人滚蛋了之后的两三天还冒着烟。

记者经过城南庄向别一方向出发，路过新房，在村口一个老乡看到穿黄衣服的就要躲避，记者用力喊，一面又用力说明，这才算碰头了。他还不放心，仔细地检查了记者的路条，最后，我掏出“八路军”的肩章，附加说明，得了他的信任。——原来他就是村长。

村长领记者到了家里，硬要记者喝一点稀饭，接着他就嘴也不歇地问这问那，记者也很耐心地答复。在休息时，记者听到他嘴里说了好几遍这样的话：“呵！这又看到咱们的队伍了！……”

滹沱河沿岸人民向新的生活前进……

敌人算是打陈庄过了一下，看看他们水源旅团长的血变成什么颜色吧。他们一走过，滹沱河沿岸的人民还是活跃着。在这一带，老乡们欢笑着集合在大场子上，哪怕女人也抱住自己的孩子参加那些村级选举大会。

——一个很小的姑娘，已经不是小脚不是蓄发的姑娘了。她向主持村级选举大会的负责人大声地提出了名单。

滹沱河沿岸许多村落都在这里进行边区的工作，许多人都在过着边区的新生活！

靠火也烧不热他们的身体的

从敌人的来路我们再走回去看看，就会看到一路上都留下烧火的火堆。

是的，他们也很冷地、很可怜地、很胆小地跑到边区的土地里面来，边区没招待他们，让他们在雪地上自己烤火……

其实——日本帝国主义者的兵士们就不思考靠火是烧不热他们的身体的吗?!

欺骗的新花样

这一回敌人是梦想“扫荡”边区。

他们一□进攻某某地方，事先一面分派些武装汉奸于敌人据点附近的村庄，强抓民夫，夺取□子，一面就进行欺骗的事业。

因为他们做的梦是新的，欺骗也有了新花样。

——在烧了人民的房子上写着：“因为你的房子住了八路军，所以要烧的……”

——别的地方写着：“中日战争□止了，大□兵□□华北扫荡华北……”

…………

这不是在对自己开玩笑吗?

一九三九年十二月二十日

（《抗敌报》1939 年 12 月 25 日）

论反“扫荡”战争中的政治动员和宣传鼓动工作

英明

敌寇对边区大规模战役进攻的新“扫荡”，由于我们军政民一致的努力，经过四十余日残酷的流血的反“扫荡”战争，把进攻我们的敌人“扫荡”到边区以外去了。我们胜利地保卫了边区，巩固了边区。但这只是反“扫荡”战争胜利的开始，我们决不能因此而松懈了对于敌人的警戒，相反的，我们必须深刻地了解到敌人“扫荡”边区的长期性、残酷性、深入性和频繁性，而加紧我们反“扫荡”战争的政治动员和宣传鼓动工作，在军事上、政治上、思想上、舆论上动员一切力量，迎接和彻底粉碎敌人再一次及连续不断的战役与战斗的进攻，积极地准备我们反攻的力量，坚持抗战到最后的胜利。在此次反“扫荡”战争的经验教训中，证明只有在我们政治动员与宣传鼓动深入的条件之下，才能更有力地打击或消灭进攻我们的敌人。我们要知道我们自己是处在“扫荡”与反“扫荡”战争的新环境中，很容易发生对于客观形势估计不足的现象，以为敌人不会深入山沟小道，或者以为敌人经过这次“扫荡”烧杀以后，不会再到山沟小道里来；也很容易发生对于敌人力量有过高的估计，不能及时地利用敌人兵力不足与兵力分散的困难和弱点，给以足够的打击或歼灭。甚至有些人因为新的战争经验不够，很容易发生惊慌失措或悲观失望的想象。特别是敌寇的野蛮烧杀，敌人的特务机关汉奸的活跃与欺骗宣传，投降派的幸灾乐祸、消极怠工、动员逃跑，甚至配合敌人扰乱与破坏边区、分裂边区内部团结，这一切都能够影响到我们对于战争动员的工作，都能够增加我们的困难与危险。这正是说明反“扫荡”战争与反汉奸、反投降的不可分离性，这也是说明加强政治动员和宣传鼓动工作以克服困难与危险的重要性。

我们要在政治动员和宣传鼓动工作上承认自己的困难和危险的存在，特别是在长期的残酷的“扫荡”与反“扫荡”拉锯式的战争中，这种困难和危险将继续增加，但是我们也有克服困难与危险的条件存在着，特别是这一次反“扫荡”战争的胜利，完全证实了这个真理。

目前的政治动员和宣传鼓动工作应该是：

一、动员广大群众为巩固与扩大这一次反“扫荡”战争的胜利而斗争，要响亮地指出为什么我们胜利，同时要指出我们一定能胜利的条件：（一）敌人在军事上、政治上完全失败，在这一次战役中死伤达二千余人（五分之一），阿部中将、炮兵大佐、联队长都死于这一次战役中，给予敌寇在精神上以非常严重的打击。（二）敌人企图扩大据点分割边区，消灭我们的主力，打击后方领导机关，利用大批汉奸造谣挑拨，欺骗收买，实行“以华制华”，摧毁我民族精神，结果是完全宣告失败。（三）我们能胜利的条件：甲、我们有广大人民热烈地参战除奸与坚壁清野等工作，尤其是边区两年来坚持抗战的锻炼。乙、八路军的英勇奋斗与游击战术的灵活运用。丙、边区军政民亲密团结，同生死、共患难，艰苦奋斗。丁、军队政府与群众团体有正确的政策与正确的政治领导。由于这些条件的互相联系，不仅取得了这一次战役伟大的胜利，而且奠定了将来更有利的更伟大的胜利的物质基础。

二、我们的政治动员与宣传鼓动工作，必须与群众切身利益密切地联系起来。首先应该动员一切力量进行救灾工作，因为敌人烧杀的政策给予我们的一种极大的困难，许多人的房子粮食都被鬼子烧掉了，明年春耕的农具种子都有问题，这是群众的痛苦，也是群众空前未有的灾难，能否关心这种痛苦与灾难，并设法解决，是我们政治动员和宣传鼓动工作是否深入群众的一种标尺。我们要做得彻底地粉碎敌人的政治欺骗与打击汉奸投降派分裂群众与破坏边区的企图，应该动员全体军政民进行深入的广泛的群众救灾工作。我们要组织军政民慰问团，组织救灾委员会，发扬民族友爱精神，提倡群众互助互济募捐及赈济运动，扩大生产运动，积极准备春耕，要求政府适当地分发赈款，没收汉奸财产，救济灾民难民，向国内国际宣传日寇的野蛮兽行，将群众对日寇的消极的不满，组织成为积极的抗日的行动，并将日寇汉奸投降派企图将群众不满转移到军队和政府方面的阴谋诡计，加以彻底地揭发，这是今天我们政治动员和宣传鼓动工作主要的着眼点。

三、在目前政治动员和宣传鼓动工作中，应该根据新环境的需要，广泛地动员人民开展群众性的游击战争，说明这种游击战争在现阶段战略上的特殊作用。特别是由于敌人兵力不足与兵力分散的困难，敌人据点游击□与我们抗日根据地之间，常常形成内紧外松或外紧内松的紧张的形势。由于我们游击区工作的深入，再加紧地组织脱离生产的游击队，一批一批伸到敌人据点去活动，扩大我们的游击范围，这就可以使敌人的泥脚陷入更困难的泥坑中，同时也是配合主力粉碎敌寇“扫荡”边区最有力的武器。大家都知道灵寿地方的民兵在这次反“扫荡”斗争中袭击了慈峪的敌人，配合了主力，给了敌人以有力的打击，那么，我们就应该学习这个经验，普遍地开展地方游击队的工作，一定能够更有力地打击敌人，保卫边区，保卫家乡，保卫中华民族。

四、应抓住有利时机进行政治动员和宣传鼓动的工作：（一）在总结反“扫荡”战争的经验教训下，吸收战争中各方面新的经验，教育广大群众，提高群众对战争胜利的信心与决心。（二）召开群众庆祝反“扫荡”战争胜利大会，发动群众慰劳，实行军民联欢，使广大群众更清楚地认识人民与军队的亲密结合，是一切大革命发展的规律。（三）在冬学运动与文化战线上应该以反“扫荡”、反汉奸、反投降为其活动的中心内容，只有将冬学运动与一切文化战线上的活动，作为反“扫荡”、反投降的组成部分，这种运动与活动，才是最适合群众迫切的需要，同时也是抓住了政治动员和宣传鼓动工作最有利的时机。我们要防止可能发生的不良现象，即将冬学运动与文化战线上的活动脱离总任务，而为狭义的单纯的无生气的运动与活动。（四）边区的民主政治机构，在这一次反“扫荡”战争中起了比以前反围攻更重大的作用，无论在战争动员方面、除奸方面，都有极大的贡献，因此，更加强这一个民主政治机构，动员群众积极参加村选区选，提拔积极的坚定的先进的抗日分子到队伍中来，而把那些残存在政权中的腐朽分子顽固分子淘汰出去，更有高度地发扬我们根据地的模范的民主□□政权，是保证长期的残酷的反“扫荡”战争获得胜利的有利条件，也是克服投降危险，克服困难，□□□□□□，积极准备反攻的重要条件。

（《抗敌报》1939 年 12 月 29 日）

雁宿崖战斗小景

一分区工作通讯稿　魏巍

一、月下动员

二日午夜，月亮出在东方。战士们集合在广场上，教导员开始向他们说话了。教导员是一个政治工作的老手，他并不费力地使全场战士都为之激动，主要内容便是以胜利来纪念军区的成立两周年。我们一连要去军区参加比赛，他们便派出代表向我们要求，要求我们取得胜利。我们也向他们提出要求，要他们在争取比赛的优胜，来配合我们的胜利，于是双方的战斗热情，都为之鼓舞了。

正如柯仲平的诗，月有光，山有阴，寒冷的月色，照着山谷的白沙与骨棱棱的山石，脚下的路更显得崎岖和大水后的荒漠。

我首先跟着机枪连行进，战士们沉默着，只有营部的通讯员王清江嘁里嘁喳地说话。到了黄土岭嚼着小米饭，他又招呼大家不要吃饱，准备下午多吃日本饼干，其余附和着也随之兴奋了。前面大炮空隆空隆地响着，战士纷纷呼嚷道：不会空来了。

从一道山沟里，队伍上了山。三连支部书记非常活泼，四川人，别人都叫他锤子，他用大声督促着这个连。我和青年干事苑海坐在那儿休息，山那边便是敌人了。大炮空隆得讨厌，嗞儿嗞儿从我们头上穿过，在不远的山头，爆裂了，升起一朵朵的蓝烟。

在这迫切的时间里，支部书记召集了全连的党的活动分子会，怎样来领导新战士不惧怕地来完成一切战斗任务。太阳已经出来了，照着那些欢喜而且有胜利的自信的共产党员们的脸色，战士们的热情可说是达于沸点。

二、战场小景

随后我们就实行接敌运动了，我的心也像新战士一样的紧张而忐忑。支部书记和连长在前面领着，战士的脚步非常匆忙。我们进入了一条山沟，有几个没有跑的老百姓向我们看，用他那艳羡感激的发光的眼睛。战士把枪更握紧。我观察战士，也都感到自己的光荣与尊贵。民众们低声钦赞着八路军的威容。

机关枪和大炮更加紧密。部队上了山，我爬在山梁上，向那面窥视，而指导员和支部书记已经大声地吵着，“哎呀！上去了五个日本人，打，瞄准——”于是带病的机枪班长韩大林，擎起黄黄的脸，对着那机枪的枪尾了。卜卜卜卜一阵，两三个日本仔抱着闪光的刺刀滚下去了。但是河坝里那黄黄的小影子还往上蠕动。

“好哇！好哇！”大家叫着好。

支部书记还是在那里吵着：“你们注意呀！呵哟，又出来了，顺着河坝往上爬呢，打，打——”

又是机关枪。有五挺机关枪摆在上边，沉重的马克沁咆哮着。

敌人已经上山了，占领了一个低山一个高山，四面完全被我们包围，四外的山上是我们的队伍。在阳光里，刺刀，闪着异常明亮的一片刀光。从左方的大黑山上，也有密密的模糊的人影，别人对我说那是老百姓，不，青抗先和自卫军。东边，辽远的东方便是长城了，那长城的蜿蜒的腰身，上面弥漫着一带紫色的云气，笼罩着炮楼和堡寨，更显得这场景的无限悲壮。

那边一簇簇的人，拿着枪照炮火前进了。

三、第一次冲锋与第一次反冲锋

冲锋号在西北的高山上吹起了，撕裂了白色的云传播开来。更高一层的机关枪，出奇地击打着敌人的阵地，那迅捷的激烈的拍子使人心惊。我们冲上了，支部书记走在了前头，他把棉衣棉裤完全脱了。他简单地向战士鼓动了一下，战士哇的一声随着他的身躯飞开了，像滚动的火炭一样，向敌人的山头行进，敌人的歪把子机关枪照冲锋者的身上发射。

战士魏廷栋，人都叫他迷糊，十九岁了，在这次战斗中显出了出奇的英勇，他习惯地把手榴弹甩到敌人的阵地上，先看见一冒烟随后“梗”的一声，更浓的蓝烟笼罩着山头，敌人的眼睛迷糊住了，一个个都撤到山的侧翼，我们随即占领了那山头。随后东边山头的敌人的机枪，向刚才冲锋的胜利者发射，炮也连串地疯狂地击打着那山头。顽强的敌人施行反冲锋了，把我们的人又压了下来，有几个受了伤，其余人整个退到原来的阵地。敌人重新占领了那蓝烟笼罩的山头，蓝烟袅袅上升着成了白色像浓重的雨云。

敌人的大炮的火力完全集中到一个山头，那炮火的烟幕里，向前窥视，都睁不开眼睛。老战士和党员们安慰着新战士，并给他以鼓励，一个个趴在烟幕里，像晋察冀倔强的大山一样屹然不动。

四、第二次冲锋与第二次反冲锋

少顷副营长用愤恨的嘴唇咒骂着，很远的山头也可以听见他那声音：“这日本子这样的顽强呀，操他娘，进行第二次冲锋！”于是机关枪掩护着，二次冲锋又开始了。支部书记用驳壳枪向前戟指着，鼓励着战士：

“我们已把敌人包围了。同志们！虽然敌人很顽强，但我们无论如何要夺得这块阵地。死了也得夺下，硬要夺下，你们说有把握没有？”

“有！”战士激动地用对着机尾的嘴唇回答。

“对了！”支部书记接着说：“我们今天为了国家，为了民族，不顾一切地冲吧——!"

于是哇的一声，旋风一样卷向敌人阵地了。支部书记的声音，和那充血的发红的眼睛与那拿驳壳枪的英姿，深深地使我感动。我像一般战士一样的感动，我认识了一个共产党员真实的姿态与一颗赤红的为民族的忠心。

像前一次冲锋一样，我们占领了那块阵地，但是又像第一次一样，我们被顽强的敌人反冲锋压退下来。支部书记他不退，他带了五粒子弹和一身的鲜血滚下来了。

五、第三次冲锋——病号排的战斗作风

太阳已经斜到了西山将要落下去了。双方对峙着，顽强对着顽强，很容易使人感觉今天战斗不能解决了。一会儿，第三次冲锋又开始了。机关枪射手孟宪荣——一个最优秀的射手，过去曾无法统计他射死过多少敌人，敌人如果在前边他可以看得见的地方运动，那么不管敌人带着的是一种什么样的“军人安全”或“金甲神的守护”的纸坊都是无可逃避的。今天他又大显神威了，机关枪发疯地咆哮，把敌人打得乱叫，手指乱舞着。五六个敌人都卧下了不动。团长用年轻而愉快的声音大声地喝彩:“好呀，模范的射手呀，再来一个呀!”

随着团长的声音，喝彩的声音像雷一样的响动了，声音没有消散，我们的病号排也参加了冲锋，由曹保全领着哇的一声冲下去了。说也奇怪，这个病号排如像着了魔一样，不知哪里来的那股子劲，一下冲上了那山头，魏廷栋把新战士的手榴弹拿过来，身上挂满了，照那山头击打着，敌人一下垮下去了，被压到一个深深的山沟。我们的战士都立在山上往下猛烈地扔手榴弹，顿时烟气盖住了那山沟，日本仔为浓烟所葬埋了。

冲锋号响成了一片，震动了整个的大山谷，敌人怪叫着，听来好

似在哀哭。他们把枪丢掉，戴的帽子也丢掉在山沟里，四处乱窜乱跳，像猴子一样，有的则跪下举起了双手，挥舞着旗子，其他的都躺在山沟不动了。

有一个头脑非常固执的人物，这就是那个最顽强的日本仔，他拿枪藏在大石后打着我们。青年干事到了山沟里，他还用钢盔打他，我军干事在外面无论如何地喊话，他都不理。魏廷栋以迅速勇敢的动作，上去抓住了他的头发，打了他两枪。他穿着一件非常可夸奖的大衣，袋里装着一本《宣抚心得集》。这原来是个宣抚官，可怜的麻醉已深的人物。

顽强对顽强，但是谁最顽强呢？我想起了我们部队，还有很多的新战士能得到这样的成绩，战败了“皇军”，实在是令人钦羡的。

六、纪一个奇遇

当我们搜索山沟的时候，有一个日本伤兵，年纪挺轻，不过十八九岁，侧卧在冰冷的岩石上，钢盔扔在一边，血流着。他那年轻而肥胖的腿，在痛楚地颤抖。我用几句单纯而机械的日本口号安慰他，他起初不理，后来我们把搞来的罐头让他吃，他却用中国话回答我：“不怨你的！”后来他伸手从袋子里掏出一张相片递给我，呵，一张可贵的镜框装着的一个年轻而漂亮的小照，是他自己的照片，还指着我竖着大拇指。

我带着好似不理解而又像已经理解了他的感情一样离开他，找担架把他抬向后方了。

我沿着河坝上走，染着血的日本兵一堆一堆的，可怜地蜷伏在岩石上，从那边过来很多很多的牲口驮着各色的炫目的胜利品。黄包包着的，木箱装着的，子弹、炮弹、大米、大衣、毯子、饼干、罐头，士兵们挂着两三条枪，很响地笑着，嚼着饼干和糖，谈着刚才和敌人搏斗的经过，过去了。

我跟着我们的队伍往前走着，战斗已经大部解决了，敌人大部被我消灭，只是还有几门炮没有夺回来。炮兵阵地的白旗，□□被手榴弹烟掩盖的山沟，悲哀地飘动，意思像要他们到那里同他们会合，然而可怜的他们已经不能去了。

七、十几个人缴了三门大炮

我又重新到了一个山头，对面敌人的炮兵阵地已被我们的手榴弹打着了火。黄昏从四外的山谷里无声地落下，荒草的火焰随着薄暮的寒风熊熊地烧着。

最后营长指示了冲锋的目标，指导员老许又鼓励了一下，政治战士也大声地向哑默的士兵宣布：

“今天我们肩上担了民族解放的担子，我们要不顾一切地去冲吧——！”

于是哑默的战士哗然了，随声附和着，风一样地卷到了河坝。优秀的射手孟宪荣大叫我们兴奋了，在敌人动摇逃跑之际，一连三四梭子，打落了敌人二十多个，随陡壁咕噜噜地落到了黑色的山沟。最后还没有落下的那个，还想抱着那最后落下的那个，被我们孟宪荣哼了一声，手指一动，两个一齐落下来了。

冲锋的人们兴奋了，新战士也不再惧怕，但是新战士使用武器还不熟练，打手榴弹没有五米远而落下了，顺着山坡滚到了自己的脚边，副排长赵炳之敏捷地拾起来，掷到敌人的阵地，于是那红色的花朵在敌人炮兵阵地之前爆开了。

敌人的机关枪发觉了，子弹在脚下突吃突吃地叫，我们同志已经有一个离开冲锋之群，而顺山坡滚下了。

副排长赵炳之，走在前边呼喊着，别人随着他喊，这声音太令人感动，简直就是悲壮的诗。接连恶性的红色的花朵，开放在炮兵阵地的周围，赵炳之背了一支冲锋式。

敌人恐怖地叫嚷，像鬼一样地叫嚷，有的则哀哭了。赵炳之打了一梭子弹，上前一摸就抓住了炮架，他心里喜欢极了，但忽然从漆黑的炮脚下伸出一柄刺刀，挺进赵炳之的胸膛。他没有叫，也没有呼喊，但他的手还紧握着夺过来的炮架。

于是这阵地被我们占领了，借着荒草的火光，看见一堆堆戴着红领章的、戴黄五星的尸体，约四五十头，撇开他们可观的骡马、大炮、炮架、在夜色里发光的炮弹，躺在一边不动了。

冲锋的人们没有刚才紧张了，十几个新的战士，用那满城以东的农民的手掌，抚摩着大炮，露出那不洁净的牙齿，天真地得意地笑了。

夜，漆黑之极。四外零落的还有枪声，那是搜索残敌。弟兄们蹲在山头，把罐头劈开了，吃着，把小白口袋撕开了嚼着饼干。他们似乎有点疲劳，但又像没有疲劳。

“我们从大龙华后，轻易没打这样的胜仗了。”有一个战士说。

十一月五日魏巍寄自一分区前线

（《抗敌报》1940 年 1 月 1 日）

陈庄战斗以后

晋察冀社特派记者　田间

陈庄被杀害被污辱好几次了，在它四面宽阔的村庄差不多遭受了同样的命运。

而陈庄战斗是我们在陈庄一带给污辱者一个很痛快的污辱呵！

上篇：再到那一带看看

战士是很喜欢谈战斗的，尤其是他自己的战斗的故事。

在大佛庄一位同志就和我谈起来，他用手指着破门口旁边的几个大山，告诉我在陈庄战斗的时候，他们怎么样翻那几个大山，甚至就□远不熄的光辉——那时候我的脚下正踏着敌人白色的骷髅，碎的骨骼，空空的头颅，而且还有被狗子拖出来的尸首整体，身上有更多干枯得已经不像血色的血。

“这是侵略者的下场呵！这是侵略者所获得的报酬呵！”我心里说。

日本帝国主义者是一定要拿“皇军”的尸首甚至把尸首的手□下来，欺骗□

但为什么□

下篇：□

□

据有人说：“敌人也要报仇……”

可不是吗？——阿部中将死在边区了，水源旅团长死在边区了，联队长也死在边区了……死了这么些！还不算，还要死得更多，更多！

离开陈庄战斗大概不到一个多月吧。从灵寿又出来一批要向陈庄前进。

——一九三九年十一月二十二日，我们×××师×旅×团便又握起武器在陈庄附近南北谭庄和敌人展开了冬天的战斗。

到处是雪，到处是风把雪粒吹起来，从山上一直到很高的天空。看吧：我们的战士有的还没有鞋子，但是却非常高兴自信。天气越冷，仗打得越有劲……☐制☐要把敌人消灭的。

指挥的人后来宣布要把这里包围的时候，里面的战士正在掩护我们部队撤退，我们的几个战士就可以担任了这伟大的任务，敌人攻近，相隔只有十多米远，但我们的几个战士对峙了差不多有一刻钟……

在陈庄战斗以后，我们的战斗力更加巩固和顽强了，我们的步调更加稳重了！

南北谭庄战斗是我们一些还没有鞋子的战士，是我们没穿着大棉袄的战士在雪里进行的，就在这次战斗中，有一个战士抱着枪□□来了。——☐

（《抗敌报》1940年1月3日）

浑源民众的声音

——浑源各界追悼被害同志大会特写

晋察冀社特派记者　夏风

十二月十六日。

今天是浑源县王庄堡镇“当集”的日子，浑源各地的乡民，有的背着小布袋，有的背着鸡羊，有的背着果子，三三两两，男女老幼，一群群地走过日寇和顽固分子白志沂的“保安兵”的封锁，向王庄堡附近走过来。

倘若你问他们：“老乡，你到哪里去呀？”

他们回答你：“咱们到王庄堡去赶集。”

但他们的腿却从王庄堡这个被大水冲坏了的大镇子走过去——他们走向王庄堡附近的××村。

××村的树林子里，搭着一个大木棚，木棚的四周挂满了白色的挽联。木棚里摆着四副棺材，棺材里面放着四具被挖了眼睛、割了鼻子、砍了头、剖了肚子的尸首——这是被顽固分子白志沂惨杀了的浑源第二区区长卢实之、边委会雁北察南办事处工作团工作员江枫、浑源青救会工作员张守泉、浑源县政府工作员孟云这四位抗日干部的尸首。

老乡们走到××村的树林子里，把他们带来的东西恭敬地放在这四副棺材前面的桌子上之后，都突着充满了血丝的眼睛带着怒气，按着编村极有秩序地站起队来——他们等着开追悼大会。

前几天下来了的大雪正在融化着，猛烈的北风又在刮着，一种刺骨的寒冷在威胁着他们，但是这一点也不能冷却他们的热情和怒火。

下午二时开会的时间到了，他们都往会场集合了。人数共有一千多，这一个伟大的群众大会是在日寇和顽固分子白志沂的包围中进行的。

他们齐唱《救亡进行曲》，一千多个粗壮的嗓子的歌声，结成一阵轰烈的怒吼。

当大家唱完了歌，县长代表主席团站在群众中间，宣布开会意义。老乡们靠拢起来，紧紧地围绕他，很认真地听他说，他们沉静起来，大会顿时充满了严肃。

“……卢区长和其他三位同志都是被白志沂杀死的……今天我们从泪眼中清楚地看出：白志沂已由顽固分子变成汉奸，他和日本强盗和汉奸土匪乔日成勾结起来，出卖了祖国，破坏抗战，破坏群众利益……”

“打倒汉奸白志沂！”

“反对破坏团结！”

“反对妥协投降！”

群众怒吼起来了！他们为着这四个抗日战士被白志沂惨杀而怒吼了。

县长的话讲完了，民众代表跟着站起来讲话。

“白志沂破坏救国公粮，破坏合理负担，破坏减租减息……白志沂想瓦解我们的抗战力量，想让我们一辈子当亡国奴，当牛马……”

“打倒汉奸白志沂！”

群众激愤的怒吼响彻天空。

接着第一游击总司令第一游击司令——察绥军的代表、浑源公安局局长、新任第二区区长讲话之后，张守泉的父亲被群众拥到台上来说话。

“我的儿子下乡动员救国公粮，被白志沂打死了！……白志沂说救国公粮是苛捐杂税……他说我的儿子是反动分子，所以他把他杀死了……抗日的人是‘反动分子’！只有日本强盗才这样说，只有汉奸才这样说。”一个六十岁上下的脸长而消瘦的老人说到这里说不下去了，气愤与悲痛冲塞了他的咽喉了。

“白志沂是妥协投降的汉奸!”

“为被害同志报仇!”

“通电军政民各界反对白志沂!”

“电请当局严惩白志沂!”

群众以这样的口号回答了那个老人的话，他们通过了一封向边区首长及各界人士反对白志沂破坏政府法令勾结汉奸土匪屠杀工作人员的再电。

致祭的时候，老乡们都用古老的礼法——向被害的烈士们叩头致哀。听说当二区长被杀之后，二区的老乡，很多在夜晚偷偷地走到埋卢区长的土坑上烧纸钱，老乡们对于被害的烈士们多么尊敬呀！从这里也可以看到他们对于抗日是多么拥护的。

（《抗敌报》1940 年 1 月 5 日）

高洪口战斗

晋察冀社特派记者　江涛

十一月十九号，从五台城出发通过高洪口、耿镇、龙泉关进攻阜平的敌人一千多名，于二十四号进据东西下关。经我×分区×团不断的袭击后，敌人兵力已削弱不少。当进攻军区的各路敌人在阜平城会师后，这一路敌人又顺原路向五台方向撤退，十二月三号在南北高洪口王家庄一带宿营。

四日早两点驻方子口的我×分区×营接到上级“配合某团袭击在高洪口一带宿营的敌人”的命令后，只有七八分钟，便把队伍集合起来，开始向高洪口挺进了。

从方子口出发，顺山沟向西南前进，在爬上三四里高的瓮子沟山梁的时候，已经三点多钟了，再继续挺进，便是一个约五六十度斜度的大坡和一条狭小黑暗的山沟。满山遍野都堆集着半尺多深的白雪，看不清哪里是路，哪里是沟。可是这一支身负重任的部队，为了按期完成自己的任务，所以不管它有没有道路，便连滚带跑地涌下来，顺着这黑暗的山沟，转向正西方向继续前进。

在这没有道路的崎岖的山沟里，走了四个多钟头，天气已经大亮了。这一山沟的尽处，紧接着一条一百多米宽通高洪口的南北大沟。他们刚刚走到两条沟的交叉口上，便发现南北高洪口一带冒起了大烟——敌人在烧房子了，跟着清脆的枪声，从那一带响了起来，送到每个人耳壳里——前边×团×营×连已经与敌人接火了。

爆杂的枪声更提高了每个人的战斗情绪，于是全体跑步前进。×营长×副政委和一连长带领一连，从唐家庄村北向西北方向南高洪口村西南的山头跑步前进。×政委×副营长带领二、三连顺唐家沟向南高洪口跑去。

敌人的先头部队，已经向河口方向出发了，后尾部队约五百余名，正在南高洪口村外集合，准备撤退。占据北高洪口村后山头的我军×团×营×连，仍然在集中火力向正在集合的敌人射击着，这时我××营一连，已经占据了南高洪口村后山头，二、三连也赶到距南高洪口不过二百多米远的有利地势。于是步枪机枪手榴弹一齐爆发，向敌人开始猛烈的射击，同时开始向敌人喊话了。

敌人遭受到这一不意的袭击后，手忙脚乱，指挥官不能掌握队伍，骡夫也拉不住骡子了，于是五百多个敌人，以及骡马驮子乱七八糟一窝蜂似的向河北距离南高洪口五里路的王家庄方向狼狈逃窜。

从南高洪口到王家庄，必须通过一条被冰封满的大河，敌人在这个宽广的冰河上，便演出了一幕滑稽剧。

正当大部分的敌人走上这一冰场的时候，我们的炮火更加密集，更加猛烈了，于是敌人的队伍也更加紊乱了。在我猛烈的炮火下，穿着大皮鞋的敌人在光光的冰场上东倒西歪，有的跌在冰上挣扎着往起爬，刚刚站起来，向前一迈，又跌到河水里去；有的摔到冰窖里；有的躺在冰上爬不起来；有的好像鸟枪下的雉，只顾头颅不管身体地把头钻到冰窖里去；有的刚刚立起来了又被我们的炮火打倒下去……简直好像几百个不倒翁在那里摇荡着，这时在这个广大的冰场上和河槽里，已经有一百四五十个敌人横躺竖卧地倒在那里不再跳动，不再作不倒翁了。

最初敌人在南高洪口对岸的河槽里设钢炮两门，南高洪口村西树林里设机枪两挺，向我还击，顽强抵抗，以便掩护他的主力撤退。可是在我十数挺轻重机枪的扫射下，终于被打垮了。

这时大部敌人已退到王家庄村外的树林里去了，只留下了四五十个敌人，仍然在南高洪口村西树林里，强力抵抗，掩护主力继续撤退。

“嘀嘀嗒嗒”的冲锋号响了，它更振作了每个战斗员的精神，更加强了每个战斗员杀敌的勇气。一阵惊天动地的雄壮的“杀”声，震动了山岳，二、三连的一部战士，如生龙活虎般地一齐冲了过来，接着一连长和×副政委带着一连也从山头上冲了下来，霎时杀声冲天，飞尘遍地，明晃晃的刺刀把四五十个敌人紧紧地包围起来，开始白刃战斗了。

正在这个当儿，忽然在战场西北河槽边上的石阶子下边，发现一个敌人右手拿着一支手枪，一手提着一把指挥刀，独自一个人，呆呆地蹲在那里。这时从山头上冲下来的一连另一部分，便很快地绕到他的南边，同时刚才和敌人肉搏过的一部分战斗员，也从他的北边取弧形的包围形势涌了上去。一连一排三班班长李振龙同志很快地跳到他的背后，打算捉活的，可是竟被他发觉了，马上转身来举起指挥刀来向三班长腿上砍去。三班的班长非常机动地将左腿一曲，身体蹲下来，恰恰把他的刀紧紧地夹在腿弯里，使他没办法再抽出来，同时半转身体，“崩”的一枪，击中在他的肩。他松手了，不再握着指挥刀了。我们的战士便把他身上背着的很漂亮的照相机一架，望远镜两个，手枪一支，指挥刀一把都取了过来，背在自己的身上，这时战场上再看不到一个走动的敌人了……

正当这一血的白刃战斗刚刚结束，我军正要打扫战场的时候（已经是上午十点多钟的工夫了），忽然发现退至王家庄的敌人二三百名从王家庄村东南的树林里走了出来，又向我南高洪口凶猛地冲了过来，同时用一百以上的兵力向王家庄村西南的山头上跑步前进，企图占领那一山头，利用居高临下的优势地形，配合他们的反冲锋的主力消灭我军。我军见所处地形于己不利，为了保全己力，准备退出战斗，于是由×政委带领三连在南高洪口村西南树林里及村后山麓一带掩护其余[三]连及×团×营×连，跨过唐家沟，从容地有秩序地向北高洪口村后的高山上撤退。等到我军主力大部退到安全地带时，由一连的一个排在北高洪口南山麓一带担任掩护，三连便顺唐家沟原路撤回。当我军又在方子口集合队伍整理完毕时，天已黄昏，大概已经下午六点多钟的光景了。

在这一天的血战当中，缴获的不计外，总计消灭敌人二百余名，击毙敌总指挥官木内一名（该指挥官的确实官职尚未查明，大概是少将级），中队长一名，分队长数名。

（《抗敌报》1940 年 1 月 13 日）

母亲——晋察冀边区

——太行山的儿童这样呼唤她

《抗敌报》转劳苦功高的宋胡主任及各位首长：

二年前敌寇疯狂的铁蹄踏过我们的家乡，旧政权便因之瓦解，我们广大的土地及一千二百万民众便沦于无主。在眼看着敌寇的暴力便会吞噬了我们的自由生命，为了民族解放人民幸福的各位首长以为国救民的宏伟胸襟，大无畏的不屈不挠的精神，从敌寇残暴兽行的血腥里救出来，创造了抗日的模范根据地——晋察冀边区，我们便得能在自己的土地上自由生活，并获得真正的民权。在民主政权的领导下，去为民族解放，保卫家乡，保卫自己身家性命参加抗战，使我们的力量同母亲——晋察冀边区一同长大、健壮。

二年了，胜利的果实结遍了各地，人民的幸福，亦在战斗的工作的胜利声中如夏禾遇雨后的精爽长大。

在自己土地上生活着的我们，没有一日不在记挂着为国尽瘁的劳苦功高的各位首长，当母亲——晋察冀边区成立二周年的日子，我们更不能不念及着，我们除了以万分的真诚乞望正确的领导，全边区人民完成民族独立、民权自由、民生幸福的革命任务，并祝各位首长与边区一样安康！敬致

民族解放敬礼！

灵寿县谷乐羊沟村初级小学学生抗日救国会

一月七日

（《抗敌报》1940 年 1 月 21 日）

庄严的阵容

——晋察冀边区政府成立二周年纪念大会杂记

晋察冀社特派记者

一九四〇年一月十五日，灰暗的天，飘着细雨。

××庄的附近，猬集着几千个各色各样的人，有自卫队、儿童团，有妇女、老人、战士……他们来自各个不同的角落，他们穿着不同的服装……但是相同的却是□那埋藏在心底深处，一颗兴奋□心和他们脸上挂着的永远是一样的微笑。他们一个个、一队队流进了会场。

会场，布置得辉煌，前面巍然屹立着用布扎成的排楼，右边搭起一座纪念塔、展览室，左边休息室里悬着三百多幅绚丽夺目的献旗。

人，□展览室，走进了休息室，拥挤着蠕动着，时不时飘起了高亢的歌声，像海风荡起了浪潮。

下午，天依然是那样阴沉沉的。

会场，人有次序地排列着。一阵悠扬的军乐里出现了一个个首长，他们带着无限的喜悦，凝望着下面的人。于是一切骚动、歌声霍然停止了，他们在向这些辛苦劳碌的边区创造者□领导者，致着崇高的敬意。顿时会场充满了严肃的空气。

检阅时，自卫队、青抗先、儿童团……都迅速地将队伍整理好了，他们行列是那样整齐，一个个挺起胸膛迈着一致的步伐，雄赳赳地走起来，使你不自觉地感到极度的兴奋和快乐，同时也给予你以无限胜利的确信！他们那一张张朴实的脸像是在说："看看我们的力量吧"！

这是一幅民主共和国的缩图

大会开始了，这个会恰像吕司令员所说：“这是一幅民主共和国的缩图!”

的确，你看吧，这里边区的工人、农人、富人、战士、少数民族代表、国民党代表、共产党代表、宋主任、聂司令、吕司令、新二师副师长、罗校长、成校长……这一幅缩图象征着未来的三民主义民主共和国。

首先边区政府的献金运动，在大众中得到并卷起奔跃的热潮。一个代表起来了，他代表着边区政府三、四两大队向政府献金二千二百八十元，于是会场震动了，像一阵飓风扫过人们的心海。

代表们的讲话

代表们的讲话，使台下五千民众感到空前的激动，他们的话代表了边区千百万人民坚持抗战、反对投降妥协的心愿。

边区的国民党代表罗先生：“……男的女的，老的少的，全国一致的要求是抗战到底……我们所有的国民党员都是坚持抗战到底的……”

中国共产党代表彭真先生：“二年来把晋察冀练成一个巩固的进步的堡垒，以这个堡垒来反对妥协投降，反对倒退，反对分裂……向顽固分子、投降派、汉奸的仁慈，就是对中华民族的残酷……”

宋主任：“我们胜利了，以后还是要胜利，敌人从哪里进攻，我们把他消灭在哪里，顽固分子从哪里来，我们把他消灭在哪里，我们是有这样的决心的……”

聂司令：“在相持阶段中敌人要更频繁地对我们‘扫荡’，我们定要给他更大的打击，我们一定要抗战到底，我们无论如何要胜利！”

高副师长：“妥协投降、顽固分子都是我们新二师的敌人！”

李公朴先生：“两年来的成绩是由军政民亲密团结得来的。”

最使人感动的是边区的抗属代表王老先生。他是六十几岁人了，他的八个儿子都是保卫边区的子弟兵，他的两个哥哥也都是六七十岁，而他自己说：“只要抗日我们家里的老头子都能互相帮忙！”

当一个喇嘛代表刘先生走上台，讲到他们在五台山的生活和那里喇嘛的抗战决心时，台下的人感动得几乎要流泪了。

在展览室里

——我们看了展览室，在里面有一种力量，那就是乡村能够战胜城市的力量，这个力量保护我们，引导我们到民主之路。

走到展览室就看到那站着一个角落地位的唐县的大纺纱机，靠纺纱机看过去就是曲阳的瓷器（如蓝色帽花之类）、瓦器，阜平的编织，五台的药材，完县的布匹以及各种纸、雕刻、塑像、肥皂、毛毯，许多许多五颜六色的东西，带着晋察冀边区土地的光辉和气息闪在人类的眼睛面前。

平常在我们手里的边钞，无论是五块钱或者是五分钱，那决不单单是一张漂亮的空纸——这里□看□□的保证（基金），那闪着光的金器、银器和法币。

几个木板箱子外面被黑油墨印着“晋察冀边区制造所”“统一战线”“抗敌救国”等字样，里面装着小型手榴弹，同地雷、大刀、枪头、单打一步枪、单打手枪放在一起的，平常大家会晓得它，边区子弟兵用过它得到战斗的胜利，但是个个人都相信这是在晋察冀边区造的吗？

一册百张的统计表告诉我们边区已经建立了□千三百零八个合作社（“民国”二十八年十二月），冀西三专区冬学学习站是八十二处，识字班是三千二百二十二班（二十九年□月），还有仅仅平山县村选结果村民代表就有五千三百七十五人，村长副就有八百五十一人，外加一个女村长（二十九年一月三日）。除此之外，尤其是抗属、光荣的子弟兵、光荣的受难者，都作了精密的统计，一切的统计表都像伟大的纪念碑在竖起。

像《抗敌报》《边区文化》《新长城》《抗敌周报》《群众杂志》等铅印的，及石印的《救国报》《抗敌三日刊》《抗敌画报》《战斗画报》，油印的《晋察冀通讯》《边区诗歌》《诗建设》，为粉碎敌人进攻的指示信。这些报纸，这些杂志，这些画幅，是有着更多种更多样的，差不多的和纺纱机对照着也占满了一个角落。

这个展览室，在河滩里，在露天里由几张席搭成，我们看到过许多展览室房子比它辉煌，布置比它富丽，然而我们没有看见过像这样充满着民主作风、充满着战斗力量，像挂在这个展览室画影一样的场面。

夜里，我站在高山上

夜里，冒着冷峭的寒风站在高山上，远眺着这欣腾鼓舞□会场□□□□展览室里陈列着□少辛苦的脸，西边的休息室里，悬着那几百幅彩色的旗帜，红灯□卫星一样围绕着会场，潺潺的小溪在四周载着红光欣快地奔流，并将要载着这些人奔驰于熊熊燃烧着的民族大火里，锻炼，焚烧，铸成一个新中国的模型！

（《抗敌报》1940年1月25日）

从工人身上写的通讯

晋察冀社特派记者　田间

第一次反“扫荡”起来的时候，那时候，那时候以前，有许多奸细，装着各式各样的人物，用着五花八门的姿势，混进晋察冀边区，进行他们所能够进行的帮凶与危害！这里便是“一只眼”来打工人的主意……

“一只眼”在×××一带差不多跑得很熟了。

那一只眼上蒙着白布，有时候拿他的手摸摸白布，故意要人知道他是受伤的，因之，休养所他也跑跑，和伤员们混混，闹过非常亲密的样子呵。

“一只眼”窜来窜去，向着这个笑笑，向着那个笑笑，笑只在脸上，心里却阴毒得很，混蛋得很。如果那时候工人能彻底看一看他的眼睛，那“一只眼”就是一把钩子。——他要把×××和在×××的一切东西统统卖给敌人的。

第一次反“扫荡”起来了的那时候，他很快就不见了。没有人晓得啦。这里也不写了。

敌人隔×××不远了，在×××曾经有几箱子手榴弹放在那里。——工人是很勇敢的，也是有出路的，他们要在敌人面前决不逃走，他们生来了，就是要和敌人斗争的……

像战士一样，工人们以手榴弹把黑色的身体在反“扫荡”的季节武装起来了，站上他们的岗位！

八十多个工人发狂地马上举行了“临时会议”。——要把他们的工厂当作战场。在那里把两箱子手榴弹拿出来，过着战士的生活。

一定的，一定的，就是那“一只眼”率领了他的上司，其实也是他自己、他的爸爸和儿子的敌人来进攻这里了。工人是勇敢但不是愚蠢的莽撞，当他们发现敌人比他们多得太多，乃准备暂时退却，在退却的时候，他们背起修养所的伤员们一同退却，他们没有损失，伤员们也没有很多的损失。

工人和反“扫荡”，□□一同胜利了，奸细在反“扫荡”中死了……

就在“一只眼”带着敌人一同进攻×××扑了一个空以后，他——“一只眼”又来了。

他，还是用手摸摸眼上的白布，一个妇人牵着她的孩子正经过一条大路；而他，他倒要检查这两个手无寸铁的人，并不像他是个出卖祖国的人□被工人看见，这就不客气抓住了。“一只眼”上的那块白布被扯下来，原来那一只眼是好好的。

“一只眼”死在工人的手里了。敌人虽然知道在×××有那么些工人，有□□不错的窑洞，多少还有些肉可以吃，还有些房子可以烧了，然而再不敢进来了！也许他也□明白——工人的爱与力量都交给抗日工作了，已经交给反“扫荡”了，在爱与力量应该没有□人，如果发现□人，是非斗争到底不止的！

（《抗敌报》1940年2月6日）

记察绥游击军

方

察绥游击军，这个名字在不久以前，对人民是异常生疏的。但近来由它在雁北粉碎白志沂破坏晋察冀边区抗日根据地阴谋的斗争中的英勇坚毅的姿态，已引起广大人民们对它的敬爱与注意，这不是偶然的。它是代表了人民的意志，用英勇斗争保护边区人民，两年来用血肉斗争巩固与扩大了的晋绥冀边区，也因此□乐于将它介绍给读者。

还是在一九三七年冬天，正当敌人闯入雁门关，忻口□□正急的时候，二三十个察南雁北青年学生怀着满怀的热血在太原在中央□员张砺生先生号召之下，组成了一支小的游击队伍。虽然他们都是从未出过学校门的青年，但为了民族的解放，他们组织起来，准备深入到敌后去，迎接战争的洗礼，在斗争中锻炼自己，用斗争来收复察南绥东雁北的失地，这就是察绥游击军的雏形。当时它的名字是第一游击军，总司令是张砺生先生，参谋长为宣侠父。就这时，太原失守了，一时大军纷纷南退，于是这支新生的游击队不得不随同西退到离石。

在败退的洪流中，他们坚强地立住了，在黄河岸上坚持着，收拢起许多溃散下来的健儿，这就是第一支队。这时张砺生先生已去西安了，而这批学生青年就领着这群各处集拢的健儿们向北挺进。这时大军都南撤了，雁北已成为恐怖混乱的世界，□他们就在左云、右玉、平鲁一带活动，牵制了敌人的南进，也打击消灭了这一地区的敌伪政权。

一九三八年夏队伍更扩大了，又派遣了挺进队向察南挺进。沿途扩大到二三千人，一直挺进到张家口附近，在张家口南十里的干庄子与敌寇进行激战。此次战斗进行了数日之久，虽因敌人屡次增援而未能取得胜利，但已震悸了察南一带之敌人了，以后更向北挺进到崇礼、赤城一带袭击下花园、怀来、涿鹿以及平绥沿线车站。同年更建立了×支队由晋西到□镇凉城一带活动，在绥东也展开了广泛的游击战争，于是敌人统治下一向平定的绥东也时时有察绥军的足迹了。同年十月军部的政治部被伪军包围，大部人员殉难，而事后更积极整理，仍向各处活动。

此次在察南雁北绥东广大地域上即不断见察绥军之活动，在这广大原野上团聚了数十万民众，打击敌人，消灭汉奸及伪政权。与敌人在芦岑桥广武黄苇子战斗数十次，消灭著名汉奸土匪李占鳌、施万陆、王□相、郭养恩、夏秀岩等十二股，恢复了凉城、□镇、应县、山阴等地的政权群众工作，并掩护了平鲁、右玉的工作。

在前年粉碎敌人围攻中，察绥军即在繁峙、应县一带活动，牵制了繁峙敌人，并不断在应县打击汉奸乔日成，帮助了应县政民工作的顺利开展。在反“扫荡”战役中更与军区主力配合，向繁峙敌人各据点英勇出击，猛攻神堂堡、白陂头等地并保卫浑繁根据地未受敌人蹂躏。

也正因为察绥军屏藩了边区的西北角，它就受到了白志沂的仇视。白志沂在他破坏浑源、广灵、灵邱之后，即与乔日成配合进攻察绥军，企图消灭了察绥军以达他摧毁应山政民工作出卖边区的目的，但它的阴谋在察绥军全体将士奋勇迎击之下粉碎了，并缴获白逆、乔逆枪支数十支。而以后白逆与敌人“扫荡”边区配合，在浑源、繁峙、广灵一带肆行无忌，察绥军遂与雁北游击支队协力将白逆全部驱逐西去，使三县人民摆脱出白逆之压榨生活，政民各项工作亦得以恢复。

这样白志沂更仇恨察绥军了，称察绥军为“察匪”，并高呼“与

‘共匪’‘察匪’不两立”，消灭“共匪”“察匪”。这正说明了察绥军是如何为坚持抗战，坚持进步而努力，对保卫边区上是起了如何的作用，而更明显的指示我们看到白志沂所反对的是一切进步的力量，他已走入了汉奸汪派之营垒中去了。

现在察绥军大部在雁北边陲活动着，在与敌寇汉奸乔日成、白志沂进行着斗争。察绥军首长向我这样说：

“我们以往与白志沂、乔日成进行了多次斗争，今后我们为了人民的利益，为了抗战胜利，我们仍将与日寇顽固派投降派作无情的斗争！”

（《抗敌报》1940年2月16日）

新乐的村选

晋察冀社特派记者　夏风

一、抓紧机会，提早完成

也许，看来有点奇怪罢，边委会议村选的指示是今年二月间举行村长改选，现在边区其他各县正在进行村选的时候，在我们随时受着敌人的威胁和残害的新乐，早已于去年一九三九年十二月底胜利完成了。并且，村长训练班也已于本年正月底完满结束。

为什么新乐要提早完成了村选呢？原因是这样的：因为新乐的敌人是要在旧历新年间强迫各村改选村长村副的。新乐县政府为了打击敌伪，所以站在主动的地位，提早举行村选，不与敌伪同时举行，使我们边区的村选能胜利地完成，使敌伪村选毫无收获！

二、很有意味的游击选举

在县政府和各群众团体所组织的村选监察委员的领导下，各区的突击队很迅速地开展了新乐的村选运动。各区互相提出竞赛，造成了村选的热潮。

村选的突击队、宣传队，深入各个乡村，挺进敌占区；各群众团体广泛号召和动员他们的会员参加村选运动。各群众团体的会员，百分之百地参加到村选运动中来了。

整个新乐县十二万民众被卷入村选的热潮中，开展了一幕历史上空前未有的伟大的“游击选举”的喜剧！

在比较安全的游击区里，村选大会公开举行，采取票选的方法选举村长村副。参加选举的民众，他们高声演讲，高声唱歌，高声欢笑，他们对敌人和汉奸的欺骗和恐吓，一点也不理会。

在敌占区里，在敌人的所谓爱护村里：各村的干部到比较安全的游击区去参观，他们学习了这些乡村的经验，在他们的乡村中，用一些很技巧的方法和方式进行。

新乐县的政权、群众团体和广大的民众，都称他们的村选运动为“游击选举”，因为他们的村选是在敌伪的残酷进攻和多方面破坏中进行的，他们选举的时候，须要很周密地布置侦察和警戒以监视敌伪的行动，有些乡村要在夜间举行，有的村庄要在别的村庄举行……

敌伪是知道各乡村举行村选的，他们不断出动来“扫荡”（如十二月十六日县城的敌人七十多人出动到××一带惨杀乡民一人；十二月十八日，化皮敌人三十多人出动到×庄骚扰……），不断地派武装汉奸出来破坏，但是，都不能摧毁我们的村选，反而遭受到我们的很巧妙的打击，许多武装汉奸被民众捕捉住（一区××村自卫队于十二月十四日抓到武装汉奸二人；十二月十九日有武装汉奸三人到三区×村活动，被该村自卫队报告新乐自卫队抓住）。

三、给敌伪以严重的打击

新乐的村选运动，从去年十二月开始举行，到十二月底结束，经过了各级干部的努力，和广大群众的热烈拥护，使四个区九十八村的村选百分之百地完成了。这个事实证明了，敌人只能暂时占领我们的一些城镇，绝不能统治我们的乡村。

新乐村选的成功，给了新乐的敌伪以严重的打击。据一个汉奸说：在上月（一月）上旬新乐的敌伪开会讨论改选所谓“忠诚于‘皇军’的村长”。这时候，伪新乐治安队长吕逆福成在会上发言说：“他们（指边区方面）已举行了村选，老百姓都不愿再选咱们的（按敌伪的）村长无法重选了，就用他们的吧！”从这句话，我们可以看出，新乐的敌伪说他们“忠诚于‘皇军’的”新乐村政权的建立是多么悲观啊！

四、破天荒的游击区村长训练班

新村长选举出来了，新乐县政府马上便举办村长训练班，号召和命令一下，一百八十八个新村长们，都依照规定的日期到达指定的地点受训。在这一百八十八个新村长中，有三分之一要越过敌危险地带，有二分之一要赤脚渡过半结冰的大河。这些新村长们的积极负责和忠于抗日政权彻底执行命令的精神是多么值得我们表扬和钦佩啊！

新村长训练班共分两期，每期训练时间为半个月，训练的课程有持久战、政治常识、现阶段的抗战形势、游击战术、边区问题、村政权、区政会议、斥新民会、除奸、救亡歌曲……第一期于一月五日开始。至十九日毕业，第二期于二十日开始至二月三日毕业，由于干部领导有方和“打游击”得法，从未遭受过敌伪一丝的损害。有些人说，游击区不能办训练班，但这里的事实都告诉我们说：这些人的意见是不对的！

后记：此文经新乐县庞县长改正过。

（《抗敌报》1940年2月18日）

血战高洪口

晋察冀社特派记者　林采

一、保卫边区，保卫春耕！

我们早就估计到，在我们进行春耕的时候，敌人会对我们进行“扫荡”和骚扰，企图来破坏我们的春耕。

因之，边区的八路军，时时都在准备着，为保卫边区，保卫老百姓的春耕而和敌人作决死的斗争。当三月初五台的敌人要出动骚扰春耕的消息得到后，×团就进行了战斗的动员，准备彻底地消灭敌人！

响亮的号召，在每一个连队里沸腾着。

“坚决粉碎敌人的春季‘扫荡’！”

“保卫老百姓的春耕！”

“保卫晋察冀边区！”

这是一九四〇年的第一个仗。战士们都期待着，擦亮了刺刀。

“一九四〇年的第一个仗，一定要得到一个大胜利呵！”

二、高洪口——敌人的墓地！

雪，下得很大。

本月六日，九百多个敌人，从五台城出发，经过东南茹城、石盆口、河口、窑子城、高洪口、侯城围……晚上，到了河北村。

很显然，敌人这次的企图，是来破坏边区的春耕，想在经济上给予我们以危害……

七日，东方刚泛白的时候，敌人就从河北村分两路出发了，一路由照吞口沿沟上，到方子口；一路从耿镇后面的山上经浅水沟，而从照吞口又分出一路，沿着山头，到浅水沟会合。

我们八路军英勇的×团，早布置好了，准备在××与××之间阻击敌人，完全消灭它！当时，我主力安置在×××右面的山头上，准备突击；另一部分在××沟的山梁上，准备侧击；另一部分则从×村去截击敌人的后路。

天刚亮，在照吞口后面的山上开始了战斗，在我们密集的火力下，敌人几次冲锋，均被打垮。而在耿镇山上的一个连，在敌人猛烈的炮火下坚决地守住了那个有决定战斗胜败作用的孤山。首先，□十多个敌人向我□冲锋二次，都被我们用手榴弹打下去。第三次，□百多敌人，分三路猛冲，亦被打退。当我们的另一个连换上来以后，即以一个排向敌人冲锋，敌人也反冲上来，激烈的白刃战便展开了。敌人渐渐地增多，□面□路，侧面两路，像苍蝇一样往上爬，又被我们的手榴弹和机关枪扫下去……

正午，敌人进到方子口。

我们决定诱敌深入，再行激战。一个营移到方子口以东的山上，正面阻击敌人，其他的部队，则左右侧击，敌人四面受到威胁，恐慌万状，不敢再行前进，傍晚，狼狈地退回河北村。

夜里雪还是下得很大。

五台×区的自卫队，从大山上爬下去，二十多个手榴弹，一直掷到敌人的驻营里。敌人更惊慌地蜷缩着，像一只受伤的刺猬，咚咚的大炮和哒哒的机关枪，乱轰了一夜。

天亮，我们的阵线严密地摆开在山头上。

八点钟左右，二百多敌人向照吞口佯攻，主力则偷偷地往高洪口撤退。当我们发觉了，马上集结队伍，向敌人追击。二十多里□跑步，爬了五个大山，到侯城围终于追着了。于是猛烈的战斗便展开了。

起先，我们的一个营在×××敌人的后面埋伏着，一个营更以迅雷一般的速度绕过去，截住了敌人。从南，从北，两面夹攻了好几次，乘敌不备，猛烈冲锋，把敌人逼到河边，重重地包围住。从下午一点一直打到天黑，眼见着二百多个敌人死狗一样地倒下去了，而战斗还没有解决。

夜，黑得像一团漆，又刮着大风，看不到敌情，也判不清方位，而敌人粮食完了，子弹也快完了，简直像□落在冰河里的狗一样狼狈呵！

敌人，把一堆一堆的死尸，四个一包，四个一包地装起来，背上驮子，乘着我们警戒的间隙，脱了皮鞋，贼一□的，偷偷地跑走了。

这是第三次，二百多只野兽，又送命在高洪口。

三、投降派是敌人的“先锋队”！

在这次出来骚扰的九百多敌人中，有二百多个伪军。正当战斗进行得激烈的时候，一个伪军偷偷地跑过来……

跑过来了，他告诉我们一个消息。

他是新二师的一个士兵，这次，敌人中的二百多个伪军，完全是新二师投降过去的。在这次战斗中，他们的一个营长被打死了，一个团长和一个团副被打伤了。

他们站在侵略战争的最前面，狗一样地替敌人当炮灰，从这里，我们可以得到这样一个明确的认识：投降派就是敌人的“先锋队”，他们像狗一样被敌人驱使着，狗一样地死去……

三月十五日

（《抗敌报》1940年3月25日）

给边区儿童们的一封信

边区的数十万小同学小朋友小弟弟小妹妹们：

今天是儿童节，我□想你们一定在□□召开热烈的庆祝大会，拾柴的也不拾柴了，抱娃娃的也不抱了，上学的今天也不上课了，都来庆祝你们的节日。我们没有什么好吃的好看的好玩的东西送给你们，也不能亲去和你们一块儿玩，可是我们没有一会儿□□了你们，总是想和你们握一握手，可是离着□远呵！我们向你们弟弟妹妹们行个亲爱的哥哥敬礼，同时还向你们有几句话说。

第一，就是要加紧学习。因为咱们要做这一代主人翁，将来要管国家大事，打走日本还要建立三民主义新中国，咱们要不努力学习那就不行。咱们在持久战争中，在敌人屁股后□的边区，□明白打日本救中国的道理，要学会打仗，文武双全，要学活泼热闹、积极勇敢的模范儿童，男的女的穷的富的都要学，拾柴放牛的也学，抱娃娃的也学，大家伙儿一块儿学，互相帮助。学得多的当小先生，学得少的要赶上来，上学的教不上学的，学的法儿很多。青救、儿童团要加紧领导你们，看大家竞赛一下子，谁沾，谁是小英雄，大家都上□□班，都按时候上操，都组织歌咏戏剧□跳舞队……

第二，就是要增加生产，多打粮食，才能吃饱饭，才能有力打日本。咱们边区今年又闹了个大水灾，鬼子烧□又很厉害，使咱们今年不好过。可是咱们不怕，今年要多生产哪！大人们开□□滩开渠，儿童们要多拾粪，多种树、种菜、喂鸡，多养蚕。看谁□得多，看谁□得好，谁也不许偷懒，谁好吃懒做，谁就是没出息的“坏小子”，咱们要做“生产的小英雄”。

第三，就是维持后方治安。咱们什么时候也不要忘了鬼子还要来进攻边区，什么时候也不要忘了汉奸□到咱们家来捣鬼，探消息、造谣言、破坏电线。咱们不能放松一个汉奸，认真□查条子，把咱们的枪弄整齐，在打仗的时候要勇敢地运输、送信、探敌人的消息。

第四，不要受鬼子汉奸的欺骗。日本杀的小朋友们不知有多少了，还改花样，有些地方鬼子每到一个村，先给儿童们糖吃，给儿童们好看的玩意儿。有些儿童就上鬼子的当，和鬼子一块儿玩，还有替鬼子做事情。这都是“坏小子”，也不知鬼子给糖吃是没有安着好心，是要咱们中国的儿童给他做事，杀咱们爹娘姐妹，打咱们自己的人。咱们要有志气，死也不吃鬼子的糖，死也不带鬼子的路，□□□□模范□抗日儿童。

第五，反对投降分裂倒退，坚持抗战，团结进步。现在有一些人不愿抗日了，愿意和鬼子讲和，想把咱们卖给鬼子，□咱们投降鬼子，当亡国奴，他们要反对坚决抗日的共产党八路军。咱们反对这些大王八鬼子的投敌阴谋的鬼脸，坚持抗战团结□□□把咱们民族的仇人赶到鸭绿江边，建立三民主义的新中国。

第六，□□宪政。宪政是件最大事儿。虽然你们还年轻，不能参加，可是你们要学，因为不久你们也就可以参加了。这时候明白了，懂得了，等到长大了那就更容易。你们这一代可以成为将来的模范公民，有本领的主人，可是还要告诉你们一件事，你们听了一定生气，就是现在有人害你们的哥哥（青年们），也不许参加管国家大事。我们反对这种说法，我们要你们帮我们的忙，咱们站在一块儿共同反对这种不合道理的事，因为我们成功，对你们也有好处。

小朋友们小弟弟小妹妹们！这些话你们愿意听吗？只有这样才能打败鬼子，只有这样才能过平安日子，只有这样儿童才能永久幸福永久快乐。小朋友们，你们愿意不愿意过幸福的快乐的日子啊？你们就要时时刻刻记着加紧学习，增加生产，维持后方治安，不受鬼子欺骗，反对投降分裂倒退，坚持抗战！

再见吧！亲爱的小弟弟小妹妹们！祝你们快乐！

晋察冀边区青年抗日救国会启

四月四日

（《抗敌报》1940年4月4日）

活跃在边区的这支儿童队伍

“小孩子家不顶事!”这句话在边区不许再说了，因为边区的儿童也是保卫边区不可少的一支队伍，只要是亲自参加边区各种斗争的，只要是亲自看见边区是一天天在壮大、一天天是在巩固的，只要是没有整天介闭着眼睡觉，那他就会感到或看到边区儿童是怎样保卫自己可爱的母亲——晋察冀边区，出了多少力，起了多大作用，同时自己进步了多少，所以说在边区应该换换口气说：“这一代的孩子可真了不得!”

一、他们怎样保卫边区呢?

(一) 直接地参加抗战。边区的儿童无论是在反围攻反“扫荡”中，还是在无数次的战斗中，总有战绩。有的是到敌方探听消息，有的是在激战的时候，通过火线送信，有的是到火线上运送子弹□给养，有的是在非常紧急的时候，仍不放弃自己的责任——站岗，更有的亲自拿着炸药包破坏敌人的桥，有的成群结伙儿破坏敌人的交通要道，拿着自己的武器去扰乱敌人。

(二) 巩固了部□与执行并完成了边府的号召。在这几年多中，边区儿童是用了各种各样□□□去优待抗属，给抗属行敬礼送□□牌，在过年的时候，举行□拜，给抗属打□抬水扫院子，到春耕□时候□抗属□□□抬粪，夏天给抗属捉蝗虫，秋天组织□秋，□□□，在节日里给抗属送粽子□□，送□饼送□子。

慰劳部队，到火线上□送水送饭，写慰问信，欢迎与欢送作战□部队，慰劳伤员，还捉住了许多开小差的士兵，又送回原□。

宣传与完成了政府各种工作，救国公债的推销与省下自己的钱来买救国公粮，儿童也起了模范作用（盂县放牛儿童卖了自己的新鞋交了公粮），献金只五台一□儿童就献了七十余元，救灾有的进行了普遍的募捐，有的发动了一大枚的捐款。

（三）在生产□□线上更以活泼的姿态热烈地□开了。各地普遍建立儿童林，自己开辟儿童□园，建立拾粪场，更有的向青年、向妇女实行竞赛，看谁开地多。

（四）在冬学中更起□骨干作用。在反顽固分子、反投降运动中更表现了无比天真纯洁。

二、他们怎样在进步呢？

（一）首先他们自己在青救会领导下建立了独立□统一的组织。□边区任何一个地方都有儿童□□□结着所有的儿童，成□儿童□学校家庭乐园。在这里他们有学习，有娱乐，有集体生活，常见他们有事向团长请假，有问题□团长来解决，有工作要团长来分配。他们还有□种的会议，□会议贯串着他们□生活□，他们有自己的领袖，有自己的纪律，有自己的礼节。

（二）边区儿童自己管理了自己的学习和娱乐□□有儿童识字班，有模范的小先生，还有识字先□员；他们在学习上□□许多新的方式，岗哨教育，行路教□□□□人经过岗位的时候问问题），识字牌；他们自己组织了歌咏队、跳舞队、小剧团、宣传队，参加了各种大会，自由讲演呼口号，他们学习了政治还学习了军事。

（三）在不断的斗争中学习了许多本领。巧计捉汉奸，争取伪军，恐吓敌人，向虐待儿童的家长作斗争。

三、可是在他们里面，还有许多缺点

（一）儿童工作还不够普遍和□常□活跃。就是因为还没有更好地树立起儿童工作的内容，没有更普遍地展开儿童的文化娱乐工作，同时在儿童工作的方式、方法上还不够灵活和适合儿童的心理。

（二）儿童组织还不健全。没有很好地建立起一种完善、有系统的工作制度。

（三）青救对儿童工作还没有更高度地注意起来。在县区有的还没有建立起儿童部来，同时还缺乏对儿童工作深入的研究。

（四）工作还不平衡。有些地方□□□□及男儿活跃，□外□□□□儿童□落后，一般的游击区儿童工作很差。

四、今后儿童工作

（一）健全与加强□童组织，特别是健全儿童□部，建立各种制度与定期会议，青救更对儿童有更系统的领导。

（二）多领导儿童□集体活动，并按具体环境划分小队，充实其小队会的内容。

（三）开展识字教育，加强政治教育，破坏敌人的奴化教育，造成儿童学习热潮。

（四）建立儿童部门工作。培养儿童干部，加强领导，并创造儿童化的工作内容与方式方法。

（五）改善儿童生活。反对家长□虐待，争取参加抗日工作的自由，改善童工生活，实行优待贫苦儿童入□，反对早婚，禁止童养媳。

（六）在目前应动员儿童热□参加春耕，□加生产，实行代岗。

最后我们希望全边区爱护与关心儿童工作的各界人士（特别是

人民教师）应该以最大的力量来帮助儿童，使边区的这支儿童队伍更活跃更壮大起来。

（《抗敌报》1940 年 4 月 4 日）

纪念“五四”中国青年节告边区青抗先队员书

“五四”是中国青年节，全国青年都热烈地纪念这一光荣伟大的节日。咱□处在敌后边区的青抗先队，更要以战斗的姿态，举行隆重庄严大规模的阵容检阅，用雄厚伟大的力量，百折不挠的顽强精神，坚持敌后抗战。因此更要：

一、全边区青年更加团结起来，武装起来，促进全华北，全中国青年的团结统一，武装筑成钢铁的青年阵线，坚持抗战、团结、进步，对于出卖民族、破坏抗战、中途妥协、暗中捣乱、“反共”“反八路军”的顽固派、投降派，及有意分裂破坏青年运动的坏蛋分子，予以严厉的打击！

二、我们早知道，敌人在相持阶段中，更要拼命地挣扎，加紧“扫荡”边区。因此我们要随时准备反“扫荡”，擦亮红缨枪，带好手榴弹，拉紧边区子弟兵、八路军弟兄们的手，坚决保卫家乡，保卫边区，保卫春耕，保卫麦收；叫进攻的鬼子、无耻的汉奸，统统消灭在边区的土地上！

三、今后更要多学习打日本的本事，锻炼健强体格，学军事，学政治，学唱歌，学游戏，练成飞行军、神枪手，露营，集训，充实武器，实际游击，大家都作[为]铁的战士！

四、参加子弟兵最光荣。青抗先要响亮回答边青救及边区抗先队部的号召，踊跃参加“青年支队”。各地扩大青年营、青年连、青年排、青年班，于六月十五日前，胜利完成青年支队的光荣任务。

青抗先是在斗争中成长起来的！纪念“五四”要继承青抗先前进精神、光荣传统，树立优良作风，坚持组织的独立性，向着光明而前进！

晋察冀边区青年抗日先锋队队部

（《抗敌报》1940 年 4 月 20 日）

一件光荣的大事

易一

春天到来的日子显得又暖和又热闹了。人们显得事儿多又忙了，做事干活儿益显得更起劲儿更有精神了。

瞧这些天咱们组织各县春耕运动、武装动员这两件大事，人们不是正做得很起劲、很热闹吗？

干吗在春耕运动的日子，人们正忙着参加生产，又要忙着武装动员，参加边区子弟兵呢？这个道理咱们老乡比谁都要清楚。日本鬼子去年夏天曾放大水来冲坏了咱们许多土地粮食，太坏的心眼儿，想把咱们全边区老百姓和军队都淹死、饿死的这条毒计没有成得了功。到了今年这春耕时候，你想狼心狗肺的日本鬼子，能让咱的老乡们在这里好好耕种下去吗？□不急想法子再来破坏咱们的春耕么？再说日本和咱们打仗打了□快三个年头，已经够拖得他精疲力尽了，已经拖得他再没有精神气了，打咱中国的时候，还在全国各地胡□□□□□□□□□□□，更加因为他国家内的老百姓反对他们□□不讲□□□□□正常常□闹乱子，这就逼得他们狗急跳墙，没有再向咱们中国进攻的气力，只打主意再拼□□□□咱们边区，再来毁坏咱们边区老百姓的生命财产。可不是吗？这几天来鬼子正在边区四面八方调动他的队伍，看样子好像又要发一阵疯似的。

这么一来，所以咱们要一面加紧春耕，更要一面加紧武装运动，把精强力壮的小伙子都要动员到边区子弟兵里去，拿起枪杆儿来，准备得好好儿的，日本鬼子不来便罢了，来就得把他杀败回去，送他一批鬼子见阎王老子去，这么来才能保卫家乡保卫春耕。

古时候一家儿子点了状元，大家都以为是很光荣的事，可是点个状元不过□那压迫人的皇帝老子一个人的做事，算得什么！如今参加边区子弟兵，当个名震天下抗日的八路军，往大处说，救中国为国家尽了大忠，往近处说，保家乡为家乡父老尽了大孝，为兄弟姊妹尽了大仁大义。当一个大忠大孝大仁大义的抗日军人，乃是最光荣的大事，比起从前点个狗屁状元不饶高过多少倍！

所以当父母的应该把劝儿子当兵看成一家的光荣，当妻子的应该把劝丈夫当兵看成一门的光荣，当弟兄朋友的应该把劝兄弟朋友参加子弟兵看成一乡一族的光荣。

一句话，“好男要当兵，好铁才打钉”。瞧着吧，为了热烈争取参加子弟兵的模范，咱们边区现在各县各乡正提出竞赛，看这次老乡们谁先争得光荣的飞机！

（《抗敌报》1940 年 5 月 1 日）

五十九个殉难者

晋察冀社特派记者　邓康

五十九个殉难者死在日本人的不可想象的酷刑里，死在汪精卫的“青天白日”旗子飘扬的望都城里。

四月六日□□里，敌人包围了五区的柳陀村。包围之后搜查出区工、农会主任，男自卫队干部十五人。敌人所指引的女汉奸共招出妇女自卫队干部中队长以下十六人及其他群众五十余人。

从房里拖出了区工、农会主任□装在口袋里，几个人抬起来高高地往地下摔，□□□主任已经摔得昏迷死过去，鲜血从鼻孔从额角流出来，然后日本人便把他们一齐绑向城里。

半路上望都的县工会主任在另外一个村子动员了四十名“青抗先”用着大刀和火枪，发挥了工人弟兄对民众的热爱，他们向着一百多的敌人打去，从被绑去的人中夺回几个群众和区村级的干部，尽他们最大的力量以后，他们不得不离开了……

在日本帝国主义的血腥的牢狱里，妇女自卫队的同志们互相誓言：“我们只有干去，无论是谁不能投降敌人！”向着中华民族呈献了她们的最崇高的人格，五千年的古老的民族在这里找着热爱着她的女儿和孩子了。

县政府曾暗里派人前往慰问她们，她们说：“回去告诉程县长，请他们放心，我们是绝不投降。”

敌人和汉奸把烧红了的铁条烙向她们的身上。

“招不招啊？”汉奸问。

“……”她们流下了眼泪……

敌人把针刺进她们的胸脯，细小的针眼在胸脯上布满……鲜血流出来。

“招不招？”

“……”

敌人更凶狠了！把啤酒瓶子，打碎了口，拿着它扣在乳房上用力地一转，乳房被划开了，血与肉块从身上吊下来，或悬挂在那里，但是她们还是那样的顽强。汉奸狞笑着问：

“好受吧！拥护八路军还是拥护新中央政府？”

中队长的奶头让敌人用铁钳子拔去一个，她已经晕过去，她仍拼力用她最后一口气领导着十六个妇女自卫队员呼喊着：

“八路军万岁！万岁！打倒汉奸的伪中央政府！”

妇女们一致这样呼喊。没有屈服的女性，敌人和汉奸并不能让她们投降！

从五十九个节烈的儿女身上敌人没有得着一点口供，所得到的只是晋察冀边区的烈性儿女们是怎样的顽强和怎样的热爱和忠诚于边区。这只能使日本帝国主义感到它会迅速死亡和汪精卫的傀儡戏的垮台！

过了十天敌人看从她们身上酷刑拷打也不能获得口供，于是在处死他们之前用着滚开的水从五十九个人的身上浇下来，妇女同志们的头发浇光了，皮肤泡肿起来。

四月十六日的下午，敌人和汉奸押解着五十九个人走向城外，到望都城的十字道口上，这天适逢着赶集。五十九个人又喊起来：

“打倒汪精卫！”

“拥护为咱们谋幸福、谋自由的八路军！”

“中华民族解放万岁！”

每个有人心的中国人望着他们都为他们暗暗地悲泣。出了城关，日本兵把中国人撵开，于是在那里挖好了泥坑，妇女自卫队的小队长王俊英首先跳到坑里，敌人向着她的胸口就是一刺刀。十六个妇女同志都是青年人，他们每个人身上在临死之前都受了三四刺刀，有的敌人把她们肚子割开了，有的用刺刀从阴户刺进去，把肚腹一直血糊糊地划开了。

男同志们在临死之前，敌人把他们的头割下来，泡肿的身上穿满了刺刀。

四月二十日的夜里，望都的英勇自卫队员们冒着艰险从敌人城根下的大坟里，把他们挖出来。回来的时候，久已参加了队伍的柳陀的子弟兵们已经哭得不成声了！

人民、政府，都为这五十九个殉难者而悲愤。

二十一号的时候，柳陀村的人民亲眼看了他们的青年的姐妹兄弟的惨死。那一天死者的兄弟们穿上了白色孝服，□勇地响应政府的号召，结成了一个排！一个边区的有力的保卫自己家乡的柳陀排！他们要用刺刀或者枪弹打□日本人和汉奸的胸膛！

边区的人民呀！保卫着你的故乡！像英勇的柳陀的人民一样地参加子弟兵吧！

四月二十□日

（《抗敌报》1940年5月1日）

挣脱了敌人的镣铐

——记十九位脱难的大同煤矿工人

晋察冀社平山通讯

四月十七日，平山来到十九个衣破脸瘦的人，向县府缴出五台县府的证明文件，知系河南人民，被抓捕到大同口关下煤窑做工，因不堪敌人虐待，逃□□□，遂由各团体共同筹划食粮住处，并深加安慰，与其谈话情形如下：

“我们□家在二七年五月，就被敌人占领，房子家具粮食全被烧了，很多同胞惨遭杀害。我们逃到开封城里做小买卖，在敌人的百般压迫奴役下，过着非人生活。今年阴历二月，我们被敌人逮捕，押送到大同口关下煤矿，用强力压迫我们下窑做苦工，生活简直比牛马还不如，肚子天天没有吃饱。煤窑真是十八层地狱呵，工人们时常被大水淹死。开炭的方法是用火药炸的，每次开炮时，都□打死很多人，我们亲眼见到一炮打死了一百八十个，我们的老乡这样惨死的就有好几个；窑里经常的失火，工人们被火烧死那就更多了。所以敌人不断地从老远的地方抓捕工人，送到那里去补充，但总是不够用。因为每天抓捕来的赶不上每天的惨死。这个葬人的□坟墓，吞吃着无数的工人弟兄的生命。下工了，几百个工人像羊群一样地被关进一间大房子里，有的立着，有的躺着，有的坐着，污浊的空气闷得□□□□，□外守着两个丧尽天良的汉奸——伪警，不让我们说一句话，工人们经常受他们脚踢打□的惨无人道的虐待。我们再也不能忍受了，这样的忍受□□，只有死路一条。所以有三两□一起的，有单独一个的，借着买东西或趁着那汉奸熟睡时跑了出来，煤窑的四周围绕着铁丝网，我们是从底下钻出来的。大家身边没有一个钱，沿路是讨着饭吃，现在到了边区，愿意参加游击，拿起枪杆子，把日本帝国主义赶出中国去。”

（《抗敌报》1940 年 5 月 10 日）

杨师在晋察冀边区的战史

晋察冀社特派记者　田间

一支铁的兵团，在晋察冀边区两年多所写的战史，不是一篇通讯，甚至也不是一本通讯就可以叙述完的。今天记者在以极概括的写法把它介绍出来，只为了纪念与回忆而已。请再参考我们集体执笔的《一分区史》吧。

一、战史是怎样写的

著名的八路军一一五师的独立团，从平型关战役以后，便在这边战斗了。独立团的杨支队，当他们站到国防前线上的第四天，他的第一个战斗开始写他们在晋察冀边区战史第一页的——便是腰站战斗。这是配合着一一五师主力消灭在平型关的敌人的一个战斗。他们以寡敌众，以低劣的武器向精锐的武器作战，他们胜利地粉碎了敌人。那时候他们就表现了轻伤不下火线，就创造了战斗的模范连队。班长李洪迪说："真是好打得很！……"这第一页战史就写着这样的勇敢和胜利！

他们把战史写得最光辉的，使中国人民永远要纪念的，使晋察冀边区永远要纪念的，也使日本帝国主义、汉奸、托派、投降派、顽固分子恐惧与战栗的，是比腰站战斗更大的战斗——终川战斗、冯家沟战斗、浑源城战斗、紫荆关及王安镇之战斗、东西庄战斗（保卫阜平战斗）、大龙华歼灭战、易满徐地区廿天战斗（雨季战斗）、四十天反"扫荡"战役（包括三岔口歼灭战及黄土岭包围战）。我们不能把这些大战斗一一叙述出来，但我们必须说明这些大的战斗，它在晋察冀边区的意义，它在中国的意义：

冯家沟战斗，是在一九三七年□月上旬，为了配合中央军晋绥军在忻口的那一战役，他们在冯家沟半点钟工夫，将敌人全数步兵连同五十名骑兵一起消灭了，大批的胜利品到了手里。这一战斗，是晋察冀军区的成立、扩大和巩固的第一声响炮，连续的占广灵、灵邱以及蔚县、浑源、阳原、易县、西合营等城市，开展了一个大的胜利局面。

东西庄战斗（保卫阜平战斗），当时敌人正集中四十个师团以上的兵力进攻武汉，同时，在华北，敌人要占领五台和阜平，实现它的速战速决的迷梦，一九三八年九月便开始以一〇九师团、山下师团、铃木师团，及一部伪蒙军，总计在四万人以上，出平汉、平绥、同蒲、正太各铁路线，四面八方地对军区大围攻。东西庄战斗，便在保卫晋察冀边区的任务中开始了，虽然敌人放射了一四〇〇个毒瓦斯炮弹，但杨师三天便解决了这个战斗。敌人伤残一千三百以上。最后完成了粉碎敌人大围攻的光荣任务，也就完成我们配合正面牵制敌人对武汉围攻的重大目的。

大龙华歼灭战，大龙华那时候是敌人的一个重要据点，敌以日寇二百五十人，清乡队五十人，民夫七十人，附大炮二门，轻重机枪十三挺守护着，并和附近的瓦格庄据点相呼应。他们从一九三九年五月二十一日一时至二十时粉碎了这个敌人切断平西与察南区联络的计划，消灭了三百至四百个敌人，俘获了敌人的最宝贵的文件。据被俘的日指挥官说：“这样的胜仗，一年能打四五回，日本便要塌台了。”其胜利意义，可想而知。

易满徐地区廿天战斗（雨季战斗），那时候正下着大雨，敌人便利用这个机会，于一九三九年七月九日，开始向敌人自己所认为的“要消灭晋察冀军区，必先要消灭易满徐一带地区”的重要地区，以五千以上兵力三路进攻了。战斗一共二十二天，主要战斗共十九次，他们终于在异常艰苦的环境当中，胜利地完成了保卫易满徐地区的任务！

四十天反“扫荡”战役，在这中间，他们创造了两个最伟大的战斗。第一个是三岔口歼灭战，他们以实际战斗的胜利来纪念了军区成立二周年纪念！在军区反“扫荡”战役的意义上来说，这个战斗是打破了敌人各路进兵“扫荡”的计划与威胁了敌人……时间是一九三九年十一月三日，接着便是四日到八日的又使敌人伤亡一千五六百人，而且连第二混成旅团长阿部中将也跑来赶死在里面的世界闻名的黄土岭包围战。

我想读者也会从这些简单的报告里，看到想到这些战斗的历史意义了。但这不过是杨师的晋察冀边区的战史中间的几页，还有好几百个记者没提到的战斗哩！

二、铁一样的人物

这样的战史，只有中国的铁一样的人物才有勇气，才有力量来写的：

鸭子沟战斗×大队×中队的一个新兵连能以一班人完全以手榴弹打垮敌人一个连五次的冲锋，使敌死伤□七十名。

东西庄战斗中，他们九连长中枪三次仍带全连攻击，他们二营伊体恩，一个手榴弹炸死四个敌人，夺获一挺轻机枪，后站起身来与自己左侧的敌人拼刺刀，一个日本军官举起指挥刀来砍他，他右手与敌兵搏斗，左手与指挥官搏斗，结果我全班炮手打死两个敌人。

模范的一团九连以手榴弹，连攻下敌人六个阵地。而且大龙华战斗他们的炮手共发五十七炮，只有三炮未命中，连敌人也在战斗当中赞扬这些炮手。

同时，敌人在这个战斗中向×团三营打了□五百发炮，战士都丝毫不移动。

雨季战斗当中他们的战士赤着脚进行战斗，在大雨中进行战斗，饿着肚子进行战斗……

三、胜利的统计表

从一九三七年九月抗战起至一九三九年十二月底止的连续统计，这里我抄下这些差不多每一个都带着无比的光荣色彩的数目字！

一、战斗次数（小战斗在外）	二二一
二、俘虏总数（包括敌军伪军）	二四四一
三、敌伪伤亡总数	九七八〇余
四、枪数	三七一八
五、炮数	一八
六、刀数	一一八二
七、牲畜	一四三五
八、弹数	五二七〇八三
九、望远镜	二十二
十、照相机	一八
十一、炸药	一八〇（桶）
十二、汽车	四三
十三、炸毁火车头	八五
十四、坦克车	一
十五、马车	二百
十六、毯子	九二五
十七、大衣	九六三
十八、发音机	一

十九、收音机	一
二十、无线电机	二
二十一、重要文件	四一五
二十二、收回电线	一二〇〇〇（斤约数）
二十三、破坏铁轨	三十（里）
二十四、无线电台	六（架）

（附）遗失、不确的不在此数目内，此外其他胜利品无数。——记者注

四、我们等待新的战史

我们今天已经看到这一铁的兵团，铁的领导者，铁的将军们所创造的人类的光荣战史，它对晋察冀边区的功绩是无法形容[的]，汉奸、托派、汪派、投降派、顽固分子们看到这战史又要作什么打算呢？光荣的战史是毁灭不了的。

这一铁的兵团在战斗[中]壮大了，尤其是经过一九三九年两次整训，无论在哪一方面，基本上走入了正规化，战斗力大大提高。这样高的程度，由他们表现在伟大的大龙华歼灭战上，表现在易满徐地区二十天战斗上，更表现在四十天反“扫荡”战役的一个□岔口歼灭战与一个黄土岭包围战[上]。从这些战斗中我们看到战士普遍[的]轻伤不下火线，即使在二十天雨季战斗里，战士没有逃亡现象，坚决执行命令，充分发挥民族自卫战争的勇敢牺牲精神，创造了许多标□的可歌可泣的模范例子。其他在射击的技术上，在夜战上，在手榴弹与大炮的使用上，都能看到他们惊人的成绩！

——使我们看到他们把八路军光荣的传统巩固与扩大了，使我们看到他们把这模范的抗日根据地巩固与扩大了。更由于军区聂司令员正确的领导，杨师长、高副师长、罗政治主任正确的直接领导与灵活

地运用了游击战运动战的战术，彻底地执行了八路军的八项注意，使人民与军队弟兄般的密切联系，密切帮助。因此，我们可以预料这一铁的兵团在坚持敌后抗战和不断粉碎敌寇“扫荡”的战斗过程中，会更加勇敢、会更加善战，写下他的新的战史。

我们等待新的战史！

一九四〇年四月十二日于易县

（《抗敌报》1940 年 5 月 10 日）

“五七”“五九”

畏

二十九年前的辛亥革命，虽然把清朝皇帝赶跑了，但是中国还是乱七八糟。许多领着大兵专门抢地欺负老百姓的军阀到处作乱，帝国主义强盗还是在中国横行。日本鬼子更是老早就想来灭亡咱们中国，把咱们中国的人民都当作他的牛马，所以趁着英法美俄几个帝国主义国家对德国打仗（第一次世界大战），无法来抢夺中国的时候，就向中国提出亡国灭种的二十一个条件。

这二十一个条件是一九一五年的五月七日，向袁世凯提出的，要袁世凯二十八点钟以内答复。袁世凯本是个卖国的奸贼，老早就想做皇帝，所以想趁此借日本鬼子的势力来做皇帝，五月九日那天就满口地答应，签订了“二十一条”。

“五七”“五九”的原原本本，就是这样，这两个日子是日本鬼子想灭咱们中国，欺负咱们中国的无耻纪念日。咱们今天来纪念它，不只是光开开会，或者像过什么节气日烧烧香一样的，咱们要□打鬼子打汉奸的工作上来纪念它。咱们大伙都知道，日本鬼子欺负咱们中国，想消灭咱们中国的念头是不会变的。咱们同他打了三年的光景，已经把他打得精疲力尽，没法儿再打下去了，他就来一套花头，讲什么“东亚新秩序”“中日亲善”“和平”等鬼话，想不用兵来打，就把中国亡个干干净净。咱们现在知道了他的这套鬼把戏，一定要同他打到底，一直把他打出中国去，打出一个独立自由幸福的新中国来。

打日本鬼子，要别忘了打像袁世凯一样的卖国贼汉奸汪精卫，大伙儿都知道他是比袁世凯还可恨的汉奸，他同日本鬼子订的《日汪密约》比袁世凯签订的“二十一条”还要厉害，他现在已经在南京做起了日本鬼子的走狗向咱们抗战的人们进攻，咱们一定要消灭他。还有一些有很多大洋钱的大资本家，他们想同汪精卫一样去投降日本鬼子，天天在那里反对全国打鬼子最坚决，最会打鬼子的共产党、八路军、新四军。他想把国民党和共产党又分家，使中国没有力量再打鬼子，他们好去投降。所以咱们一定不要上他们的当，要拥护共产党、八路军、新四军，全国抗日的人民一齐团结起来，打倒那些准备投降的家伙。

这样才算是真正纪念“五七”“五九”。

（《抗敌报》1940年5月10日，《老百姓》副刊第40期）

王英杰种地打鬼子

这是一个实在事儿，就发生在咱们边区的平山，这个地方离平山城很近。正因为这是个实事，就不能把什么村和他们的真姓名说出来，提防鬼子汉奸知道了去害他。虽然这么说咱们也给他起个名字，叫他王英杰，这是一个挺英武的名儿。

这个王英杰平素在村里对抗日工作怎么积极，能牺牲自己为大众谋利益。都不说，单说他对武装工作非常热心，平日他常说："眼前抗日武装最重要了，有了武装力量，才能打起鬼子。"咱们老百姓要都能武装起来，鬼子汉奸也就不敢这么横行霸道了。

"虽说咱们在后方主要的是种地生产粮食，可是也得武装自己才能好好地耕地。"他在村里是个队长，遇到破坏交通，扰乱敌人都比别的小队成绩好。

春耕来了，他便给大家说："咱们有年生产经验教训，今年敌人一定会来破坏咱们的春耕，咱到春耕就要注意武装保卫春耕，不然春耕做不好。"大家伙全赞成他这个意见，每个人下地全带着两种家具，一面拿着种地的家具，另外腰里揣着手榴弹，扛着火枪，大家都说："除非鬼子不来，来了，一定要让他知道咱们的利害。"

一天向晌，大家正忙着哩，一抬头可把大伙儿吓了一跳，远处一堆黄黄的人正朝他们这里走，他心里着急："鬼子当真来破坏咱们春耕了。"又仔细一看，一孤堆不足二十个鬼子，他心里想："只有这么几个，咱们足能打他。沾。"连忙给别人打了个招呼，让他们把家具准备好。他自己也把手榴弹掏出来，把火线绳拉好，跑到离路不过三五十步的沟里假装挖水沟。

鬼子越来越近了，王英杰一边挖着泥，心里扑腾、扑腾跳得更厉害。他斜眼一瞅鬼子大摇大摆地走着，他咬着牙骂：“狗日的，可有你们的啦！”鬼子走到近处了，他一使劲，一个手榴弹掷出来了，正掉在鬼子当中，轰的一声，打倒了四五个鬼子，接着第二个手榴弹又响了，打得鬼子乱窜乱蹦。

鬼子刚要定定神，瞧是哪个打来的手榴弹，“轰！轰！砰！砰！……”四面八方的手榴弹火枪像雷、像雨地打了来，吓得他连忙背起死尸逃走了。从这以后，王英杰种地打鬼子的故事便出了名。

（《抗敌报》1940 年 5 月 10 日）

易县营在创造中

晋察冀社特派记者　田间　王□

易县，它是晋察冀边区的一个组成部分，当边区提出壮大人民铁的子弟兵的号召传出后，易县即卷在武装动员的热潮里，他们用自己的努力来保证创造一个营。你们看吧，易县营是怎样在创造的！

一、热烈的挑战

易县为了胜利地完成动员新兵的神圣事业，四月八日，何县长召开了区级干部联席会，又召开区长联席会，决定关于建立易县营的计划以后，就勇敢地向边区其他各县挑战了。其主要内容：

一般地，按时完成，争取超过，保证政治动员，避免坏方式，保证工农分子占百分之八十以上，青年占百分之四十，大会报名者占百分之□五以上，五月□普遍优抗一次，保证不混入一个汉奸敌探，年岁[由]十八岁至三十五岁，与春耕[密][切]配合，不能因武装动员而影响了春耕工作。

二、新兵动员委员会

新兵动员委员会，由军政民共同组织，设正副主任各一人总理会务，下设组织、宣传、招待（欢迎与欢送及管理新兵生活，并负检查新兵质量之责）等股外，另设秘书一人，长久驻会办公。

三、竞赛小组

一般地按照职业、性别、年龄，建立各种从军小组（如妇女小组、儿童小组、□□□小组），对于这些小组让他们自动建立竞赛小组，以便实行小小区与小小区的竞赛、村动委会与村动委会的竞赛、各小小区的突击竞赛、组的竞赛、各种从军小组之间的竞赛。

首先，七区向六、八两区挑战了，其竞赛的内容，除与县的挑战书相同外，另有“保证抗属土地一寸不能荒废”“保证抗属有饭吃”“保证七区境内每个群众都能尊重抗属”“每个新兵都是身体健康的”“抗日坚决意志坚定，并且赞成共产党八路军的主张，保证送到以后，没有开小差的”。其他四区的区村级干部，也在热烈地进行着。

四、《动员新兵》小报及其他

《动员新兵》小报，是他们动委会的机关报，三四天内出一次，有时一天一次。凡挑战书、模范例子、小消息、检讨以及有关于动员新兵的文字都发表，它不单□传在各区各组，甚至街头也张贴着。“八路军是一个完善的学校，当了八路军，可识字念书，明白国家大事，增加自己的能力，担负抗战建国更重大的事业”。诸如此类的小传单，印发得很多。还有更多的具体口号：“发扬□区人民武装斗争的光荣传统！”“反对□人抽壮丁！”“好男儿不当日本兵！”（在游击区的口号）“当八路军三年赛过一个孔明！”……

五、动员新兵的模范

“同志们向十二区看齐”“十二区已经掀起动员新兵的热潮”“十二区打了冲锋”，《动员新兵》小报用大号字写着。小报上还登着四区□定决心追□十二区——开□讨论会、训练班，讲解动员方式和具体办法。十二区到底是怎样好呢？他们把工作布置到村后，还不到一个礼拜，就完成了□分之六，已经分几批送到“易县营”了，干部抱着最大决心，从军小组布置严密，妇女发挥威力，儿童团作了宣传队，新战士也编成从军小组出发宣传，在春学里、在地里、集市上，进行深入的动员与热烈的竞赛。到二十八为止，他们已□完成了规定数目，并超过十名，垦荒团从军动员小组白日开荒，晚间突击，两个妇女小组（只喝着稀粥的）一天一个。这样就保证了十二区工作很好。

六、一个村级底从军晚会

七区××村儿童团欢送了新战士回来以后，马上忙着准备演剧。晚会前一个多钟头，自卫队、模范队、青抗先、妇救会的都早到了，特别是八位老太太到得比别人更早。她们唱歌，呼口号："拥护边区政府！""好男儿上前线！"一个儿童团员出来演讲，把□□的危机，把敌人的罪恶都说出来了（虽然不透彻），鼓动大家武装上前线（接着又喊，妇女也喊）。这个晚会上，儿童团唱了《参加八路军》《当兵谣》，演了《当兵去》《捉拿汉奸汪精卫》好几个话剧，充分地表露着武装动员的精神。

七、新战士结成大队

七区的三十多个年轻力壮的小伙子，都是母亲送来的、妻子送来的……头上扎着新手巾，有的□着茶缸子，成群结队地，向易县营出发了，除了在区公所欢送的外，再没有人跟着他们，但大家还是高兴得很。我问过他们到哪里去，都大声回答："参加八路军去！""抗日去！"

八、突击队下乡

为了配合战斗动员，突击队都武装着下乡去了，同时，检阅民兵，扰乱敌人，加紧锄奸……以提高群众武装斗争的信心，每个突击队队员以本身之职务（例如他是实业科员，他要检查合作社，在合作社里同时检查合作社从军小组工作……）帮助推动区村的宪政、反汪拥蒋、五月纪念□运动，□检查□□春耕的成绩。五月——他们的“动员月”，在五一节他们□发动工人武装，提出增加工资，号召援助井陉工人□□，以工人运动为中心进行武装动员；五四青年节以青年运动为中心进行武装动员，他们在准备大会自动报名的数目：六区二十、七区三十、八区十、十区十、十四区十、□□区十五。特别是六、七两区，要动员成班成排，参加在大会上报名，一面发扬武装动员的精神，一面发扬五月各种纪念节的精神。

九、祝“易县营”

根据易县新兵动员工作初步总结（自四月至五月二十五日），与我们所见的事实，易县已掀起了从军热潮。他们采取了灵活的方式，深入的动员，普遍地进行了精神与物质的优抗：优待新战士，是提高抗属及新战士的政治地位，造成竞赛作风，与各种工作的配合（虽然根据他们自己的检讨，个别的方式还不好，发生凑数现象，强调物质优待，个别的影响了春耕工作）；严格检查新战士（已经洗刷了几十名）等。因之“易县营”一定很好□完成，是可预料的。将来这个“易县营”也一定是边区铁的子弟兵最好的堡垒之一，也是可预料的。记者面向着“易县营”的创造者们、新战士们、模范的抗属们，谨致一九四〇年春天武装动员的敬礼！祝你们渐渐地接近伟大的胜利！

一九四〇年四月底于一分区

（《抗敌报》1940年5月12日）

赵象铭事件真相

仓夷

一、严重事件

自边区政府传出了撤职查办贪污腐化顽固分子赵象铭的消息以后，各方人士都非常重视，尤其是边区里各级工作人员，更坚决要求政府彻底查明这次赵象铭事件的真相。因为这事件的发生，是远在一年以前，而直到最近才被发觉的。顽固分子赵象铭，七七事变以前，他在盂县县政府里任财政局局长，后又任支应局长，贪污腐化，无所不为。七七事变后，他摇身一变，就参加了八路军，当了×支队的供给部长，后来因为他怕苦怕死，而且在八路军里根本不能“升官发财”，便辞了职，到边府来了。他一潜入边府后，便借用了国民党名义与庶务科科长的地位，来进行结党营私、破坏抗战的罪恶行为，到现在已经一年多了。事件的确是严重的。

二、自供与掩饰

据顽固分子赵象铭在四月十一日写给边府的悔过书，自供说：

“我参加了国民党的组织，动机就不是为了革命，而是为了升官发财……到政府以后……对工作只是应付，不求实际。在心理上不是为了革命，也不是为了抗日。因为脑子里存在了许多不正确的意识，所以在介绍同志上就想办法拉拢收买，把一些可爱的青年满脑子里装上了升官发财的观念。现在政府里的勤务员同志、管理员同志里边有的国民党员大部分都是我拉拢收买的……对政府的团结进步，不但没有积极地推动与努力加强，反而起了破坏的作用……对于公款公物上，总是不愿意积极地负起责任来……用了公家的东西，不花钱，企图马虎下去。”

我们读了这篇悔过书，就好像读到一篇汉奸自首的罪状。然而，这是非常不诚恳的。边区政府当下给他的处分是“应予撤职查办，暂留科清理经手事项，戴罪图功”，并通知各处科展开反贪污腐化、顽固思想、官僚作风之讨论。但是在这期间，赵象铭竟措辞掩饰，在几次的讨论会上，他仍顽固不化，竟然否认自供之罪状。边区政府全体人员，闻之非常愤怒。边区政府为了彻底查明赵象铭事件之真相，并肃清赵象铭卑鄙龌龊的思想行为与撒下的种子，乃于本月三日下午，开了一个激烈的斗争大会。在这个大会上，我们更发掘了很多与这事件有关的材料。

三、斗争会上

主席宣布了开会，才用力地把愤怒的呼喊声压制下来。会场上的空气很紧张，每个人，每颗心，都在倾听着主席的报告：

“……赵象铭犯的错误，是非常严重的，是不可原谅的！我们来开这个斗争大会，就是要知道他犯了些什么错误，这些错误的根源在哪里。我们以后要根绝这种错误，不让它再发生……”

主席略略地报告了关于赵象铭的罪行之后，会场上高呼着：

“建立廉洁政府！”

“加强政治领导！”

斗争会热烈地进行着。坐在我右旁的一个长个子的同志也站立起来声音很响亮地说：

“顽固分子赵象铭，他自己组织了一个小组织，来进行破坏团结进步的贪污腐化的阴谋活动。有些头脑不清的青年，一被他拉进去了，就有纸烟啦、水糖啦！不参加他的‘小组织’的，就是拿了条子也不容易领东西！听说他这个坏蛋，过去还曾经要求加入共产党，但是共产党是最进步的，革命性最坚决、最彻底的党，当然不要这种坏蛋！到了政府，他又企图开一个‘顽固学校’来培植他的□破坏力量……”

他的话刚一讲完，“主席！”“主席！”的呼声四起，声音非常尖锐、沉重。主席的眼睛迅速地向每个呼声望去。在山岩上，一位穿草绿军装的武装同志，他很愤慨地说：“我们的政府，是讲团结的话，做团结的事！赵象铭这混蛋家伙，他破坏了我们××队的名誉。而且命令合作社不要把鞋子卖给××队，大家都晓得××队是最忠实于抗战的！因为他们来往的东西要经过我们的警戒线，使他们不能大摇大摆地贪污……而且他有‘反共’的企图，叫人监视共产党员，大家晓得‘反共’的人就是汉奸……”

人丛中，又站起了一个人，脸孔黄白色，声音尖利地说：“赵象铭这个坏蛋，他诱惑我们的特务员同志说：‘何必当特务员，当办事员不好吗？’当晋东北保安队整编的时候，他自己便向首长要求，要去当保安队的军需处长，他想好去大胆地进行政治阴谋，进行贪污腐化啊……”

现任的庶务科王科长也站立起来。他说他是赵象铭“视线之内”“集团之外”的人，所以知道的材料不会多，不过赵象铭的罪过的确是太大了，所以我就所知道的讲一讲吧！譬如在吃东西方面，赵象铭在每次政府开会的时候，都喝酒吃肉。在××寺打游击时，有一桶菜油，自己先吃了半桶，然后再分发给各灶，结果每斤菜油增加了九毛多钱。最近有××号发给政府一大批货，总值几万元，现在该号让政府查阅账目，账上既没有这笔账，货物也没着落。还有，最近又发现了一大批东西，有电池、油墨等等，这些东西已给埋藏了一年多了，也没有一个人知道，这都是赵象铭干的事情。在账目上，张树勋管理账目时，粮票、银钱的花费都不记账的！所以每次交接时都交不下去，每人交账总要一月多的时间。在□月份以前，许多花用都不记账，“马马虎虎”地贪污着。

“聂文贵把公家的白面偷卖了八十斤给老百姓，这件事情被我们发觉了！但是聂文贵是赵象铭的狐群狗党，所以赵象铭袒护他，口口声声说是王××有偷卖面的可能。当事件一经揭发，当天晚上，赵象铭、张树勋、聂文贵等这一班狐群狗党，就在庶务科里开了一个会。已经是深夜里，我恰好从那里走过，只听见很轻微的声音说：‘唉！这事情知道了可不得了呢！……’我再留心细听，声音就更低微得听不见了……”

王科长的话刚说完，要求发言的人又是喊着“主席”，一个一个的发言，都发表着自己的意见之后，这次讲话的是在会场右后角，一位特务员同志，他的话非常忠实、质朴、刚强，他说：

“打游击时，我们连水都没得喝，他只走了几步就疲倦。歇啦！歇啦！吃白面啦！到了××地他吃不了苦，他说：‘就是枪毙我，我也不□这庶务科长的事了！’他自己又抽纸烟、喝酒，摆出他的‘臭官僚’！违犯了政府的法令……”

一位年轻的同志脸孔很悲愤，声音很沉痛地说着：“我刚到庶务科的时候，是一个勤务员，我认识不清，赵象铭拉我进了他的升官发财的组织。我参加了三四个月后，他就叫我监视哪一个哪一个人，注意他们的行动。后来我一想：人家是抗日最坚决最彻底的，是我们中华民族唯一的救星，要监视他们干什么呢？后来我想开了：他是要来破坏团结、破坏进步的！我便马上退出了他那升官发财的‘组织’！可是一退出‘组织’之后，领东西就不方便了！……我听说他的亲舅舅现在还在盂县伪政府里当伪县长，恐怕他们有勾结，希望政府要加紧查办……”

一个说话很急躁暴□的声音喊着："我们要求枪毙民族败类赵象铭！"

主席用长长的手臂镇定了会场的秩序。大家要求赵象铭出来答复的呼喊声又震荡起来。我们按□住□脏愤怒的弹跳，我们要看着这位民族败类是一副怎样的形容。看啊！呼喊声中，这位就是赵象铭啊！肥胖得使人厌恶的身体，战战兢兢地从人群中，摇摆到主席台前了。红红的脸孔是多么丑恶啊！他的声音支支吾吾，说了大半天，什么结党营私是为了"彼此热乎"啦！贪污的钱是"募捐"啦！顽固分子真无耻，他想抵赖，他不坦白地承认自己的罪过，却口口声声要求"悔过""自新"。这更使着许多愤怒的声音都在急叫起来，要求发言。

这次发言的是矫健的董秘书，他大声说："赵象铭的答复，我们是非常不满意的。赵象铭的贪污腐化是与政治上联系起来的。他的账目不清等等，我们都要求政府作最清楚的审问与清查，一定水落石出！我们晓得上次马夫盗马，为了私卖马粪、贪污腐化、破坏群众利益而枪毙了！我们希望对于赵象铭事件，不能轻轻放过。"

"赵象铭是国民党的叛徒，他在这里对不起孙中山先生为革命而奋斗的伟大精神。他是国民党里暗藏的败类，他更是全民族的罪人！为了各党各派一齐进步，一齐为革命而奋斗，我们应该彻底清查这件事件。"

四、宋主任的总结

斗争会进行了四五个钟头之后，已经是深夜了！最后，是宋主任作总结。宋主任说：

"……赵象铭假借国民党的名义，来收买我们的勤务员，收买我们的伙马夫，成立私党，在政府里建立特务工作，进行破坏政府的团结与进步，作为某些落后、顽固、投降分子的耳目！……他在这会上，仍旧企图瞒骗，他一点的悔过的影子也没有！”

全场高呼：“拥护宋主任，彻底肃清贪污腐化分子！”宋主任更提高着嗓子说：

“我们要把赵象铭在政府里所撒下的坏种子，从政府组织内部肃清出去。”

“赵象铭竟敢侵犯抗日党派合法的权利，实行破坏统一战线，政府对此决不放松，决予以无情的打击！”

全场上的呼号声，已经与宋主任的讲话声融合在一片了。宋主任对大会的要求答复说：

“政府对这种无耻的坏蛋决不再客气了。现在我代表政府向同志们宣布，政府已经接受同志们的要求，立即将顽固分子赵象铭交给司法处严加审讯依法办理！一些赵象铭私党，政府□□宽大为怀之旨，均予悔过自新之路！但必须诚恳坦白地承认自己的错误，否则与赵象铭同！……”

全场高呼，在明亮的汽油灯的照耀下，几百张闪耀着光彩的脸孔在摆动着。赵象铭被两个武装同志押着，低着头。——这就是破坏团结，阻碍进步、贪污腐化的顽固分子的末路呵！

一九四〇年五月五日

（《抗敌报》1940年5月14日）

完县的武装动员热潮

晋察冀社特派记者　董逸风

⧄四月十二日，军政民的联席会议上关于武装动员⧄议，在十三日晚上，已完全传达到每个乡村里去了⧄在全县一半以上的村子里，组成了动员突击小组，很快⧄了工作。在四月二十八日，已经有二百一十人（内青⧄百七十人，模范连四十人）光荣地参加到人民子弟兵⧄。

⧄次完县武装动员工作的收获是怎样的呢？首先应⧄的，就是他们宣传工作的深入和组织的健全，各种⧄如各区突击村、突击小组、汇报、会议、检查制度的⧄在宣传工作上，县里出版了动员五日刊，各区出版了⧄传刊物，印行了漫画、街头诗之类的东西。所有这些⧄进行，就成为完县这次武装动员工作成功的保证。

一、和敌伪破坏阴谋进行斗争

壮大我们人民子弟兵，就是增加抗日力量，这不能不引起日本强盗的恐惧。所以在完县四、五、六区敌人屡次出城来包围我们的村庄，想阻碍与破坏我们武装动员工作的进行；或者四出散布如“日军快要走了，治安军快要来了”等谣言，想迷惑和动摇我游击区同胞，增加我们这一工作的困难；或者在城附近，□□□青年壮丁，以造成群众恐怖和不安的现象。然而所有这一切破坏阴谋，都是完全要遭受失败的。我们看见在方顺□、王家庄、巷北距离敌据点非常近的居民不到一百家的××村，模范自卫队整□地走进了光荣的子弟兵的队伍；距离敌据点巷北很近的××村青抗先，二十人手携手一同从军了。所有这些事实，都证明了敌人的一切阴谋伎俩终究要被我们打碎的。

二、政治动员、组织动员、新的方式

完县这次武装动员工作是做到了如我们所提出的提高新战士的质量，保证“政治动员”和“组织动员”的口号，克服了雇佣、威迫、欺骗、利诱等不良现象。在××庄为了动员两名新战士，费了两天的工夫去说服他。在组织动员上，工农妇青救会、自卫队总队部，都带领着大批的会员，参加了部队。像三区××村，在自卫队动员下，整班的模范队到区里报了名。

在动员上，他们也创造了新颖的方式，采取了组织抗属新兵动员突击队和新战士动员新战士的方式。在动员小组中更动员了进步的绅士参加，一同进行工作。这些新方式的创造，就是使这次完县武装动员工作顺利完成的最大原因。

三、模范的人物

由于敌人残酷的烧杀抢掠，人们普遍地觉醒了。他们知道太平日子，只能在打走日本鬼子之后，才能得到；他们更明白，要打走日本鬼子，必须动员全边区的人民大量地参加子弟兵，壮大子弟兵，才能够完成这个伟大的任务。在这普遍的觉醒下，人们参加部队的表现，太使人感动了。四区××村郑××送儿子到区后，第二天自己也到了区里报名。三区工人马××，去年送[二]儿子参加了部队，今年又亲自送他大儿子去报了名。许许多多的妇女欢送自己的丈夫、儿子、弟弟参加部队，“拖尾巴”被认为是可耻的事情。二区××庄的妇女干部杨××去年送了自己的丈夫，今年又送出了她的弟弟。一区××营的妇救会员刘××，送她的儿子参加部队时，爽朗地说：“家里的事情你别惦记，安心去打鬼子吧！”在×区，各村的儿童团到处呼喊着：“参加八路军，爸爸最光荣呀！”……

在完县武装动员的热潮中，这些光辉的模范人物，是数也数不尽的，而我所记的，不过是被人所称颂的几个而已。

（《抗敌报》1940 年 5 月 20 日）

反对投降派破坏咱们抗战

眼下咱们中国和日本打仗，已经确[定]打到相持阶段，这就是说，咱们和日本的劲儿已不差上下了。咱们当真再好好地多费点气力，一定就会很快地打到反攻阶段，把日本鬼打滚出去。你想这是多么高兴的事呀！可是世间偏偏就有一种丧尽良心的人，他们却不高兴咱们干。他们愿意叫日本把中国灭亡，自己给日本老爷们舔屁股，却绝不高兴咱们老百姓有自由，去过好日子，老百姓越倒霉，他们便乐得拍胸脯。眼下咱们打到相持阶段的地步，他们那些坏蛋们急得要命，气得发疯。这样儿，他们就在咱们国里到处捣乱起来了，打算破坏咱们抗战，拉咱们的后腿，好叫咱们打仗打不成，永远受日本的气。说了半天，咱们说的那些坏蛋们究竟是些什么人呢？别忙！让我告诉你，这种人样数很多，不过现在闹得最凶的要算是中国大资产阶级投降派和顽固派们，咱们眼下说的坏蛋们就是指的这种人。咱们这回和日本打仗，打了几个年头儿，把中国变成了另外一个新样儿，老百姓们都醒过来了，老百姓都一天比一天抬起头来了。这本来是一件天大的好事，世界上说理的人谁都在替咱们喝彩赞咱们的成绩，甚至帮助咱们，却不料咱们中国的一些坏蛋们偏和咱们不对劲儿，要和咱们作对，这看来好像是怪事，真要说来，其实是没啥可怪的。大资产阶级投降派们向来刮惯老百姓的地皮发了不少的财，他们过惯阔老爷的生活了，他们这回看了咱们和日本打仗，自己就有些熬不过，吃不下来，又看见老百姓要翻过身来以后再不好欺负了，他们就害怕起来，再也不想干了，怎么办哩？这功夫儿，正赶上是日本鬼，也没啥办法再向咱们作大的军事进攻了，一心眼儿打算从政治上破坏中国抗日统一战线，破坏抗战，这样儿他便找着投降派说：“我给你们点油水，你们还可以发财，还是赶紧跟我来，不过你们得先把中国抗战势力拆散得七零八落才好哩！”这样一来，果真大资产阶级投降派们就动了心和日本勾搭上了，他们依了日本的吩咐就来和我们老百姓开火。还有，中国的一些顽固派们，不用说也一样，他们既不愿意中国进步，又不愿意咱们老百姓有自由，他们以为世间只有他们才是人，天下的事应该由他们胡行乱为，在他们眼里，老百姓原就不是人，应该永远受他们的气，做他们的下人，支应他们这些老爷。咱们这回打日本，他们看见老百姓抬起头来便讨厌死了。他们想，以后恐怕越发成了老百姓的天下了吧，那怎么好呀？还是不要抗战了吧，倒不如自己去找点儿便宜的好。不用说，日本老爷又高兴得大笑了，他招着手说：“来吧！我们这里好，你也赶快去干破坏中国抗战的勾当吧，你越干得有劲，你越是好汉！”真是有缘法，顽固派们和日本一见面也都吊起眼线来了，他们一样依了日本的吩咐调转枪头和咱们老百姓乱干，强迫老百姓，反对共产党，进攻真正抗日的共产党领导的八路军、新四军，好叫他的日本老爷看着满意。可见大资产阶级投降派和顽固派们，究竟还是一家人，归根来说，他们都是干的不要脸的事，出卖祖宗和民族国家的勾当。现在咱们老乡们常听说这里闹“摩擦”那里闹“摩擦”，这是谁干的，不用说，这就是大资产阶级和顽固派们。它们的做法，就是调上大兵攻打陕甘宁边区、八路军、新四军和一切愿意打日本的军队，枪杀抗日青年，活埋共产党员，压制老百姓，胡造谣言，挑拨是非，叫大家都不和起来。一句话，就是他们要做日本的内应，造分裂，破坏统一战线，破坏咱们抗战，叫咱们干不成！这就是他们的老主意。眼下咱们打到相持阶段的时候，他们闹“摩擦”越闹越凶，咱们就知道他们是什么意思了。

咱们看了这样儿，咱们就要识破坏蛋们的诡计，千万不要上了他们的当，咱们还要大家伙儿要求政府赶快想办法，消灭“摩擦”，把坏蛋们铲除得干干净净，不留一个，咱们一定要叫政府这样办。再要紧的是咱们老百姓大家伙儿更要大家一条心，好像炼成一块铁一样，和日本干到底，任他坏蛋们怎么样使尽本领，也叫他个没办法。还有，就是咱们大家伙儿都要下心苦站岗、放哨、随时检查行人，不要叫坏蛋们的小喽哨有一点儿活动。这就是咱们眼下要做的紧要事情。现在坏蛋们要想破坏咱们抗战，拉后腿，大家好好提防着呵！

（《抗敌报》1940年5月22日）

武装保卫麦收

日子过得真快，地里的麦子全都吐穗儿了，眼看就要收麦子啦！到收麦子的时候，谁不快乐呢？可不是吗，咱们的麦子从上年收秋过后下了种，到今年春天发芽出土，一直到成熟收麦的时候，屈着指头算一算，差不多过了大半年的光景，咱们哪天不到地里头辛辛苦苦地去下粪啦、锄草啦、灌水啦，忙个不亦乐乎呢？咱们操了许多心，流了许多汗，费了许多力气，好容易麦子熟了，你想□眼□瞧见像金子似的黄澄澄的又肥又大的麦穗子，谁不喜欢得眉开眼笑？再说，咱们将来把麦子收到□里，今年一年，一家大小都有了吃的还不算，咱们捐了公粮，就是政府也有了吃的了，咱们边区的子弟兵们今年也有了吃的了。你想，政府、军队、老百姓都不愁吃的，那咱们打日本鬼子不就更有了劲儿了吗？赶走鬼子不就更有了指望了吗？想到这儿，到麦收的时候，咱们大家伙真应该痛痛快快地大乐一□！

可是，同志们，乐是应该乐，可别乐得太过火儿。咱们知道，今年的麦收时□，和往年不同，今年的抗战，已经一丁点儿也不□地走到相持阶段，在相持阶段，日本鬼子时时刻刻都想着进攻边区。这是在麦收的时候，日本鬼子为了要破坏我们的麦收，不叫咱们有粮食吃，他们定要来进攻，这不是□来吓唬人，这实在是一句真情实话。

听了这话也许有人要说：这下咱们可糟了，万一麦子收不成，抗日不又要增加新困难吗？可怎么办？谁□不敢包没有一两个懒骨头不会说这样的话，可到底也不会多。谁都知道，鬼子来进攻，是吓唬不住边区的老百姓的。漫说鬼子还没有天大的本事，就是他有天大的本事，也挡不住咱们收麦子，咱们一定敢□□儿把麦子收到家里，只要咱们大家伙下决心，□□力那就沾！

那么，咱们怎样下决心去干呢？一句话说就是咱们□□□□武装保卫麦收！

武装保卫麦收怎么办呢？那就不用提啦！顶要紧的是要靠咱们英勇的八路军在前线上跟日本鬼拼。可是咱们应该明白，八路军不是从石头缝儿里□□出来的，八路军是由工人农民穷苦的老百姓参加组织的。所以，顶要紧的□在麦收以前，还是咱们青年小伙子积极去参加八路军，这才是武装保卫麦收的顶呱呱的办法。自然，咱们参加八路军，不光是为了保卫今年的麦收，更那个的是因为八路军是真正抗日的进步的军队，给劳苦老百姓谋利益的军队，老百姓自己的军队，彻头彻尾干革命的军队。干吗八路军是这样的军队呢？那是大家知道的，因为八路军是真正代表中国工人、农民劳苦老百姓利益的中国共产党领导下的军队。咱们老百姓要反对投降，要坚决赶走日本鬼子，要连根儿地翻过身来，那咱们就得要壮大和巩固咱们自己的军队，也就是巩固和壮大咱们自己的力量，那咱大家伙就得英勇地参加八路军，这个大道理是简单的，边区的老百姓真是谁也懂得。那么，同志们，咱们就趁这个工夫儿，多来几个排、几个连、几个营、几个团吧！叫顽固派投降派敌人汉奸瞧一瞧吧！

咱们又回头说吧，保卫麦收，除了大家踊跃参加八路军外，加紧模范队、青抗先、男女自卫队的训练，加紧站岗、放哨、除奸这些工作也是十分要紧的。这些事儿，大家自然不会忘记，可咱们什么时候都要不光是记在心里，还要做在事上。

（《抗敌报》1940 年 5 月 22 日）

谈　家　常

艾

同志，你看，这算个什么事，三小子的媳妇儿，成天啼五三哭五六的，逢着妇女们就说，这日子过不下去啦！三小子也成天在家里嚷进嚷出，连正经的事儿也懒得干下去了，两口儿一见面，眼都红了。同志，你看这算个什么事儿？真不知道是哪一辈的冤家对头。这个年月，放着许多大事不去干，成天在家里拌嘴闹撇扭，谁又说不是千不该万不该的事儿？

唉！同志，其实这也难怪他两口儿，也不光是他家里是这样儿。真的，不说别的地方，就是咱村里这样的事也怪多啦！前几年胡二麻子家里，还闹过一次人命案子。那么，这到底是谁的不是呢？真他妈的叫人有些想不通。

同志，要细谈起来，这话虽长，假使要归根起来说，这个道理终还是容易弄明白的。比如说，年生才找到老婆的曾铁匠，谁见过他俩口儿，曾有过过不去闹别扭的日子呢？什么家事儿，总是两口儿商量着办。男的到工会，女的到妇救会，大家做抗日的工作，谁也干涉不了谁，这样一来，谁都称赞他们是积极的、抗日的模范夫妇。

同志，你说这究竟是个什么缘故？说起来，你是知道的，这缘故是曾铁匠两口儿是自由的。你也知道，曾铁匠家里是个穷光蛋，他爹娘原也要想给他定下媳妇，可是没有人给，眼看着三十多岁还是个光棍儿。谁也不会想到这下反好了。曾铁匠的老婆，虽说是嫁过人的，不过男人老早就死去了。前几年，她自己原也要想嫁人，可是一来怕人说闲话，二来怕人家把她卖掉，这样，一直到年生自己才找上曾铁匠。当时，她心眼里虽也像早先一样害怕，后来想着，如今不是讲民主自由吗？也就大着胆子做了。她早些男人家里的人，虽说不服气，可是因为这究竟是不合理的压迫妇女的事儿，也不怎样好说话，也就算了。

同志，这下可该明白了，曾铁匠两口儿和别的不同，原因就是他们娶老婆和嫁男人的办法不同，大家都不是在小时由爹娘订下的。他们是两口儿，自己合了心眼儿，爱上了，自由了的，大家心甘情愿的。所以谁也没啥过不来、不对付的事儿，大家快乐地过日子，干工作。

同志，这样看来，咱们当爹娘的，对儿女的婚姻大事，是不能含糊和勉强的。应该让他们自己做主。不这样，要是给儿女的婚姻，弄凑巧、弄对付了便则罢了，要不，便是给他们种下一生的祸根，就是活活地害了自己的儿女，一场好心反变成了罪恶。这真是不能含糊的啊！

（《抗敌报》1940 年 5 月 22 日）

平山青年营

——抗战文艺工作团报告

周而复

“……要参加的，当场报名，光荣入伍……”

平山青救会主任的话还没有说完，坐在地上的青抗先，一个个涌起来，像是平静的水面给言语的石子激起一朵朵的浪花，涌到青年营报名处的桌子面前去报名。在不断的掌声中，团团地围起来，四支笔不停地写着人名、村名、年龄……有一个小伙子挤在桌子边缘等了好久没写上自己的名字，可焦急了，他愤愤地打了写字的人一下，谴责地询问他：“为什么不给我写名字呢？”

那个人歉然地望他笑了笑，迅速地记上了他的名字……他这才满意地和别人一块儿被招待到光荣席上……新战士的代表走到群众中间来，高高地站在桌子上，他是平山第二区青救会主任杨景堂，才十七岁，脸上堆满了兴奋的笑容：

“……我是共产党员，应该起模范作用参加青年营。青年要响应分区首长的号召，起来参加青年营。大家参加青年营，青年要打先锋，在大会上报名是最光荣的……”

激烈的呼喊和口号像水纹一样从青年人的中间扩张开去：

——青年要参加青年营！

——响应分区首长的号召！

在口号声浪的起伏下，坐在地上的青抗先私自地商议着：

“我们一块儿参加去！”

“沾……”

各区的青抗先挑战地叫着，要争取武装动员中的模范，要大家比赛，看哪一区参加得多。又一批从地上涌起来，在人丛中奔跑到报名处去。可是报名处容纳不下这么多的人，争先恐后地想把自己报上名，你挤着我，我推着你。矮个子站在大个子后面，无可奈何地直往人与人之间的仅有空隙里钻，然而挤不进去，额角上渗透出雨一样的汗水来，拼命地高声叫着："我也报名，我也报名。"

平山青年营就在青年热烈的自动报名下成长起来了。

（《抗敌报》1940 年 5 月 26 日）

边区人民武装抗日委员会成立宣言（来件）

亲爱的全边区同胞们！英勇的边区人民武装队员同志们！

晋察冀边区人民武装抗日委员会，经过长时期的筹备之后，于四月二十日正式成立了。

武装自卫，是历史摆在中国人民面前的神圣任务。几十年来中国革命的历史，就是中国人民全副武装起来反对武装的反革命的斗争历史。

几十年来流血奋斗的经验，证明了没有武装斗争，就不会有中国人民的地位，就不会有中华民族、中国人民的解放。中国人民手执武器与深入国土的强大民族敌人进行殊死战斗将近三年的经验，也证明了没有强大的人民武装与主力军配合，就不能有抗日战争的最后胜利。

铁的事实告诉我们，晋察冀边区人民建立了强大的人民武装，与主力军相配合，坚持着流血的英勇斗争，在建立巩固与发展全国模范的敌后抗日民主根据地的事业上建树了不朽的丰功伟业。将近三年来，边区的武装不断地袭击、扰乱、消耗与疲惫敌人，一次又一次地大量破坏与切断敌人交通，捕捉与破获汉奸、敌探、日寇特务机关，坚壁清野，侦察警戒，火线上救护伤员，数百里运送军需，甚至独当一面，与敌周旋，给正规部队以莫大后援，成为我太行山上铁的子弟兵的耳目手足。

时近三年来，边区的优秀子弟，经过边区群众武装的斗争锻炼，潮水一样涌入部队，壮大了坚持敌后抗战的战斗力量，成为太行山上铁的子弟兵的预备学校与补充源泉。

在抗战的大烽火里，锻炼了边区人民战斗力量，千百倍地提高边区人民手执干戈保卫民族的意志。边区人民武装是在一天天前进着！边区人民武装抗日委员会正式成立，便是边区人民武装向前发展的指标。

边区人民武装抗日委员会，是全边区人民武装抗日自卫队第一次代表大会民主选举产生的边区人民武装统一的最高领导机关与战斗的参谋部。它在民主集中制的原则下，统一指挥边区人民武装自卫队、模范队、青抗先和妇女自卫队；它保证边区人民武装意志与行动的统一；同时又保证各组成部分内部组织生活的独立性和他们自己的特点；它具有民主主义的作风，同时严格地执行严格的军事纪律。

边区人民武装抗日委员会，是边区人民的武装部分，是边区人民武装抗日的最高领导机关；它有其独立性，但它和边区各群众团体有着血肉的关系；它是群众自己的组织；它接受同级政府的指挥与帮助，与边区政权保持亲密的关系；它将要定期地总结边区人民武装斗争的经验，决定边区人民武装斗争的方针，培养千百万的人民武装干部。边区人民武装抗日委员会的成立，是边区民主进步设施的具体表现。这在全中国，还是历史的创举。

边区人民武装抗日委员会，在当前抗战形势下正式成立，是具有严重的政治意义的。它将开创边区人民武装斗争的新的历史时期；它将领导边区广大人民武装保卫家乡、保卫边区，在保卫边区政权、巩固边区根据地的事业上，贡献最大的努力；它将和边区人民亲密地携起手来，成为反“扫荡”、反投降、坚持抗战团结进步的支柱和中心。

同胞们！队员同志们！

在边区人民武装抗日委员会正式成立的日子，在边区人民武装的伟大日子，让我们战斗地动员起来，为完成下列任务坚决斗争。

一、积极壮大边区人民武装。号召没有加入人民武装组织的一切抗战进步人民，一致加入，实行全民总武装，坚持神圣的民族抗战，为准备反攻力量、驱逐日寇出中国而坚决奋斗。

二、千百倍地提高与加强边区人民武装战斗的力量与政治素质。加紧培养干部，强化武器配备，积极地开展广泛的群众游击战争，与主力军、政权、各群众团体取得更密切的联系，随时准备迎击与粉碎敌寇对边区的“扫荡”、进攻，保卫家乡，保卫麦收，保卫全边区，保卫全民族！

三、立即在群众武装的广大队伍里，掀起从军杀敌的狂潮。号召自卫队、青抗先、模范队整班整队加入边区八路军，壮大与强固我们太行山上的铁的人民子弟兵。

同胞们！队员同志们！

边区人民武装委员会的正式成立，仅是边区人民抗日武装斗争向前发展的新的开始，我们必须要英勇地战斗起来，向着全民总武装的大道前进！与日寇、汉奸、投降派进行决死的斗争！

中华民族解放万岁！武装起来的边区人民万岁！

晋察冀边区人民武装抗日自卫队第一次代表大会

（《抗敌报》1940 年 5 月 26 日）

纪念“五卅”

“五卅”，就是阳历五月三十日这一天。年年到了这一天咱们都要开大会，为的是纪念十五个年头儿以前，在这一天出了一件大事儿。

这件大事，就是日本鬼子在上海这地方杀死了咱们中国的老百姓，他的名字叫顾正红，是个共产党员，是上海日本纱厂的工人。这是个顶有骨头、有志气的汉子，他反对日本鬼子克扣工人的工钱，领大家一起罢工，并且干得最起劲。日本鬼子就怕中国老百姓有骨头，就把他杀死了！

这还了得吗？中国老百姓可以随便拿来杀死？！中国的老百姓都不答应这件事，上海的工人、学生都起来反对。这一天上海不知有多少工人、多少老百姓都集合起来啦！人山人海，排着队，开到大街上喊“打倒日本帝国主义！”，要给顾正红申冤报仇。

谁个听见不感动，谁个看见不佩服？可是，日本鬼看见这些有骨头的老百姓，你猜怎么着？日本鬼子就架起大炮机关枪，对着这些光着两个手板儿的老百姓们开起火来！

老乡，你闭上眼睛可以想到那时候会有一个什么光景，可怜好多男的、女的、老的、少的，有工人，有学生，还有不少的共产党员，人山人海的老百姓，就这么着给日本鬼子杀死在大街上，光说那些老百姓的血，已经把那够几十丈宽的大马路，染得红透了！

日本鬼子行了凶，就赶快用水去洗干净那些红腥腥的鲜血，怕给后来的老百姓看见。大家想一想，这些血是洗得干净的吗？就是把血洗干净了，能够叫老百姓忘掉那杀人的大凶手，可不就是眼前来灭亡中国的日本鬼子么？咱们年年开大会纪念“五卅”，就正是忘不了这件中国老百姓流血的大事儿。这件事的道理是：

第一，日本帝国主义，是中国老百姓的大仇人，要不打走它，中国就要亡国了；汪精卫帮助日本来亡中国，是个大汉奸，要打倒日本帝国主义，还一定要铲除汉奸。

第二，共产党、八路军帮助老百姓保家乡、打日本，从前和现在都是和老百姓一起同生死、共患难，和老百姓就是一家人，比亲兄弟还亲，咱们老百姓都应该拥护他。

第三，顽固分子，不替老百姓去除汉奸、打仇人。反跑来反对共产党、八路军，反对边区，顽固分子是坏蛋，应该遭老百姓的反对。

第四，老百姓纪念“五卅”，就是要打倒日本帝国主义，铲除汉奸，反对顽固分子，拥护共产党、八路军，加紧从军运动，保护边区，保护麦收，加紧干这些工作。

上面说了很多，但还有一点大家也可别要忘记，在“五卅”的那天，英国也是帮助日本鬼杀人的一个凶犯。这样，咱们纪念“五卅”，是要把英国记在心上的，记住它是日本人欺负咱们的一个大帮手。老实告诉大家吧，眼下要不是它自己同德国闹得不得开交，没有什么劲儿再来管东方的事，他早就会帮助日本把咱们出卖了。眼下欧洲的这场大祸，可以说也是英国一手造成的。英国是坏透了的帝国主义强盗，咱们要随时切记，并且要提防和反对它跟美法帝国主义一同出卖咱们的一切勾当。

（《抗敌报》1940 年 5 月 30 日）

晋察冀边区各界前线抗日将士慰劳会宣言

洎自我晋察冀边区建立及今，瞬将三载。方初敌骑纵横，北国有沦亡之痛，赖我军深入敌后，坚持抗战，一时四方响应，英贤毕集，精诚团结，万众一心，发奋救亡，遂创边区。光复十万方公里壮丽山河，拯救一千五百万骨肉同胞，重依祖国，免为奴隶，华夏衣冠，不论异族，领土主权，犹然在握，我武维□，我政维新。□太行五台恒山之域暨冀中广袤平原，青天白日，旌旗飘荡，滹沱大清之水，奔流入海，伴战号而声喧，荏苒九百日，作战千余次，西起同蒲，南凭正太，东制津浦，北控平绥，挺进冀东，直逼热边，激昂士气，武功尚矣；而奉行民主，振刷吏治，奉行国法，安定民生，八十余县，模范可风，树三民主义之新政，立抗战建国之鸿猷，尤足嘉也。维斯功绩，得自艰难，我将士浴血枕戈，无计牺牲，虽给养不继，弹药不充，而斗志弥坚，可歌可泣，军民一德，大义干云，本能屡歼强寇，辄建奇功，千秋俯仰，岂可没哉？今兹敌寇势衰，益加暴虐，“扫荡”敌后，有加无已，摧敌克功，我将士之仔肩日重，行看血雨腥风，恶战方烈，披坚执锐，端赖俊豪；而以物力财力，支援前线，坚持抗战，争取胜利，则我各界同胞，责无旁贷，爱国志士，曷与乎来！

一九四〇年五月十六日

（《抗敌报》1940 年 6 月 3 日）

追悼柳陀殉难烈士

袁勃

最近这些日子，全边区的同胞都在关心着柳陀村。这个村庄有了至死不屈的五十九个殉难者，它的名字在中华民族解放史上将永远放射辉煌夺目的光芒。五月十七日，正值烈士殉难一周月，在望都县×村举行了庄严肃穆的追悼大会，到会的有望都全县区村级男女干部五百余人。四专区张专员、三分区政治部民运科李科长、程县长等也出席。会议开始，程县长领导向殉难烈士作虔诚的悼念，这时除会场周围的葱密的白杨簌簌声外，全场是异常静默。会场上堆满了望都完唐各县以及全边区各地送来的祭钱和慰劳品。程县长报告开会意义之后，首先是望都×区×区长的报告。他是曾亲自看见柳陀的事变的一人，而且是为柳陀人民所救护的一人。他的有力的词句透露了他对日寇的愤怒和对柳陀殉难烈士的钦仰。“我们不能忘记通讯班胡班长。”×区长说，“日寇汉奸用粗绳捆住他的脖颈勒了几个死，他每一次醒过来含着泪看着他周围的干部，但只用三个字回答汉奸的逼问，那三个字就是‘不知道’。结果日寇把我们年轻的兄弟、年轻的姊妹挑选了几十个人，到了望都城用尽不堪想象的残暴手段施行到这些年轻人身上，可是他们是不怕死的，日本人的刑罚没有逼出他们一个字的口供，他们直到临死还在高喊：‘拥护八路军，打倒汪精卫的伪中央。’其中姓孙、王的两对年轻夫妇一被捕就互相约定死就死在一起，他们忠贞地实践了自己的心愿。”最后×区长提高声音说：“我们要为死者复仇，我们要站定自己的岗位，和八路军一起与日寇斗争到底，坚决打倒汪精卫的伪中央，驱逐日寇到鸭绿江边！……”以后，张专员、李科长及各界群众领袖都继续伸出有力的拳头吐诉了严正的言辞。张专员特别提出，由于柳陀十五位青年妇女干部的至死不屈，证明边区妇女已经不像从前女子的贞操只看做是对自己的丈夫，现在已经把贞操观念提高到对国家、对民族了。李科长提出，五十九位烈士最后的呼声是“拥护八路军”，我们八路军愿意更亲密地和全边区同胞一起，为柳陀诸烈士复仇！最令人感动的是柳陀殉难烈士家属×老先生的答词，他是将近六十岁的老人了，明亮的双眼却放射着不能征服的光辉，他说：“他们已经死了，我们还开大会纪念，从今天起咱们都不要再想他们了。我们还有好多事情要做，也没有功夫再想他们了。现在的柳陀村还和从前一样做工作。边区政府是与咱们谋利益的，咱们要保护边区政府，我们柳陀村是越烧越旺，越杀越旺，天塌地陷也不会向敌人低头……”——这些话，深深地感动了每一个人。今天，我们已经见到了英勇的柳陀子弟，大批的武装起来了，柳陀排成为边区子弟兵队伍里一个光辉的名字，他们正踏着柳陀先烈的足迹前进，为死难者复仇。柳陀村就是中华民族不能征服的象征。

（《抗敌报》1940年6月7日）

咱们赶快组织宪政促进会

咱们先前讲过一个问题，大概同志们都还记得，这就是“什么叫宪政”。咱们简捷了当说过，宪政就是民主政治，由老百姓管理国家大事，在国里头一切事全由咱们老百姓做主，这就叫宪政。咱们还说过，这个宪政，主张咱们全中国的老百姓不管是富的、穷的，不管是什么党、什么派，只要他是愿意打日本救中国的人，那么大家伙儿都联合起来一齐管理国家大事，把汉奸、捣乱鬼、坏蛋们铲除得干干净净，做到咱们老百姓有活大家干，有饭大家吃，大家伙儿永远过好日子。这也就是说，叫咱们现在的“民国”，变成名副其实的“真民国”，不是只由少数有钱有势的人才管理国家大事，而是大家都有份儿的“真民国”。这个宪政，讲得公公道道，有情有理，中国只有实行这种宪政，才能把中国救出来，变成世界上富强和最幸福的国家。咱们看这是多么天大的好事，咱们还不赶快就去实行它么？

可是事情做起来就不顶容易。世上偏偏就有一种人死和老百姓不对劲儿，他不愿意老百姓多说一句话，老百姓越倒霉，他便乐得拍胸脯；眼下大家要求实行宪政，他便表示满不高兴，恨不得想把大家这个做法破坏得七零八落，好叫事情干不成。这种人在现在咱们中国是什么人呢？不用说，就是咱们常说的在国民党那些少数的顽固派们。咱们总还知道，好些日子就在咱们中国各地，老百姓们都在喊着要求实行宪政，结果是顽固派们不吭气，总在打着自己的如意算盘，有时高兴了在那里也喊一声“宪政啊——宪政”，其实在背地里捣鬼，一心只想永远是一党专政的事儿。

就是因为这样儿，在近几个月，全国有很多地方，特别在华北各地，老百姓都组织了“宪政促进会”。这个“宪政促进会”是什么意思？是干什么□的？不用说，这是因为顽固派们不高兴咱们实行宪政，想打消咱们这个主意，或者来个假“宪政”，做那挂羊头卖狗肉的勾当。咱们看得很清楚，他不让咱们实行“宪政”。好！咱们便跟他讲道理！咱们在各地多多组织些“宪政促进会”，大家伙儿一条心，把咱们的意思说出来。他如不实行，咱们便“促”他一把；他再不实行，咱们便再“促”他一把。一定要叫他听咱们的话，实行宪政。这就是组织“宪政促进会”的紧要意思。再就是，要同这些坏家伙，不愿实行宪政的人讲道理，咱们自己也要懂得更多的道理、更多的问题才沾，咱们说起道理来，真要叫他们开不得口。这样，“宪政促进会”的意思，又是要咱们多多研究和讨论宪政的问题。要知道，这个“宪政促进会”越多便越好，越有力量。在省里有，在县里有，在区里有，在村里有，把这个会大大小小好好组织起来，和全边区、全国的老百姓一齐去“促”那真正的宪政的实现。如果各地老百姓大家伙儿都像这样儿干起来，那真正的民主政治就不怕不能实现了。老百姓的力量是很大的，又因为咱们要求的宪政是“顺乎天、应乎人”的大道理，是救中国的好办法，“事在人为”，咱们大家只要肯努力一齐干，一定会成功的，一定的！

眼下咱们这个边区各地都在组织“宪政促进会”了，那咱们就赶紧照着意思在县里、区里，各个大小村庄，把它搞得轰轰烈烈，坚决地一直好下去，干到真的宪政实行起来。宪政是救国救民的好办法，越实行得快越好，越实行得彻底越好。咱们赶快好好地组织起“宪政促进会”来叫政府赶快实行宪政吧！

（《抗敌报》1940 年 6 月 7 日，《老百姓》副刊第 43 期）

从军运动在灵寿

晋察冀社特派记者　林采

（一）武装动员委员会

在壮大边区子弟兵、粉碎敌寇对边区“扫荡”的新任务前面，四月八日，灵寿成立了武装动员委员会；接着，召开了县区级干部的扩大联席会，具体和周密地布置了这一工作。

武装动员委员会把各区、村都统一在同一领导下了。在武装动员委员会之下，县组织了检查团、突击团，区组织了突击队……深入每一个乡村的角落里。各群众团体，从他们本身的组织上去进行深入的动员；并且，有计划地抽调了各中心村以上的干部二十人，专做动员工作，广泛地掀起了武装动员的热潮。

（二）新底方式

新战士被动员来之后，马上把他们编成小组，分头到各区村去进行动员工作。这样，以新战士动员新战士，发生了很大的作用。

每隔五天，各区分别举行新兵入伍大会，并发动群众慰劳、慰问、欢送、欢迎；同时，还利用了漫画、街头诗、各种报纸……以扩大武装动员的影响。

（三）模范党员

五月廿三日，四、五、六区举行新兵入伍并追悼抗战死难烈士大会。在李县长热烈号召之下，共产党员贾××走上台去：

——老乡们！我是共产党员，在这个大会上，我第一个报名，我要参加八路军！保卫我们的家乡，保卫边区，保卫老百姓的利益！……

他挥一挥手。

——青年小伙子，参加八路军去呵！

在整万人鼎沸的掌声与喊声之下，二百二十四个青年涌到台前去，报了名。

（四）模范例子是怎样创造的

在武装动员的浪潮里，县区各级政权和群众团体的干部和人民，都献出了他们最大的热忱，日夜奔忙着……我们看到了很多动员的艺术家和英雄。

四区青救执委袁××动员了十一名。

二区黄××、张××，一夜没有睡觉，动员了二名。

六区徐××，动员了十七名新战士；李县长特奖八音手枪一支。

…………

模范例子真是数不胜数，母送子，妻送郎，已是太平常□。

（五）胜利地完成任务与新的开始

在全县各级干部的积极动员和人民的踊跃参加之下，在五月廿五日以前，灵寿已胜利地完成了上级分配的数目字！——×百名。而现在，他们又开始了新的突击。

六月二日于陈庄夜□时

（《抗敌报》1940年6月13日）

一个伟大的示威

晋察冀社特派记者　夏风

“五卅”纪念日，一分区举行“五卅”运动大会，一连五天。会中举行盛大的阅兵典礼、军事政治竞赛、军政民纪念“五卅”大会、各项体育竞赛……，参加大会的军政民共二万多人，情况很是热烈。兹摘要记述于下：

第一，隆重的阅兵典礼

大会的第一天（“五卅”）的第一项是举行隆重的阅兵典礼。

天刚亮，又是阴天，曾经创造了无数光辉胜利的战斗的一分区铁的子弟兵团——杨师，在朦胧的晨光中出现在人们眼前，它的全副武装，所有的大炮、轻重机关枪、长短枪、战马——都是从敌人手里夺过来的。

这使二万多个参加大会的人们都深深地感觉到无比的兴奋，因此也就更加坚定了胜利的信心！英明的杨师长和其他军政首长们代表着人民的坚决的抗日的意志和热情，在庄严的阅兵式中，检阅了这个在创造、发展和巩固晋察冀边区的斗争中创建了许多伟大的功勋的铁的子弟兵团的力量；同时也把二万多参加大会的人们的注意力全部吸引住，使二万多参加大会的人全部卷入了胜利的斗争的浪潮里……

第二，胜利的展览

中午一队一队的人民的队伍“川流不息”地涌进了一个五丈多长、一丈多宽的展览室里。所有□人都以快乐和羡慕的眼光展览着那些堆积如山的胜利品，各种表现出这个兵团的战绩、学习、生活的图表，军政测验的成绩，各种宣传文件……××门大炮和一副经过了二万五千里长征的担架，更加引起了参观的人们对这展览会的兴趣。

“呀！真是数不清的胜利品！数不清的大衣、钢盔、枪炮……”每一个参观的人在看完之后都这样赞赏。

这个展览会，说明了八路军在坚持敌后抗战中所获得的胜利，正是给那些投降派、反共派、顽固派污蔑八路军“游而不击”的造谣一个有力的打击。

第三，为促进民主宪政而奋斗！

一分区军政民纪念“五卅”大会在黄昏中开幕了！两万人怒吼起《保卫黄河》之歌。在杨师长代表着一分区所有的军政民各界人士向英勇牺牲的烈士们献花圈致敬之后，大家低下头来，追怀和默念了“五卅”惨案牺牲的先烈和在抗战中为民族流尽了最后一滴血的民族英雄们的丰功伟绩。杨师长、陈专员和各机关团体的代表们，在大会中详细指出了杨师在抗战三年来的胜利和目前的政治情况，纪念“五卅”的意义，提出了“保卫麦收”“促进民主宪政”等号召，全场就热烈地高呼：“为促进民族宪政而奋斗！”这是宪政运动中的一个多么热烈的表现呀！这两万多人的呼声，将激起一分区全体军政民更加热烈和深入地参加到民主□□运动的热潮中来的！

六月四日在一分区

（《抗敌报》1940年6月15日）

敌寇在察南的阴谋活动

晋察冀社特派记者　夏风

最近敌寇在察南蔚县积极地进行一切阴谋活动，首先是加强组织“和平反共运动”，一方面成立许多反共的组织，如“反共青年团”“反共自卫队”等；一方面则假借“国民党”“国民政府”名义，到处进行“反共”的宣传。据蔚县李县长说：“敌人在本月初，从张家口派了二百个汉奸，到蔚县从事阴谋活动。”现在蔚县的游击区里，到处的“国共分家”“国民党已和共产党干起来”的谣言散出来了。这使我们可以清楚地看到：今天中国抗战阵营内投降派、反共派的“反共”，破坏团结的谰言与无耻的行动，跟敌寇有什么分别呢？其次是敌人极力利用和收买一切封建迷信团体及秘密教会，如收买蔚县青红帮首领李廷举当“民生会”会长，以网罗其一切党徒，参加“民生会”去当汉奸顺民；再如“大会佛”“先天道”等等迷信教门也受其利用。现在这一些被利用的迷信教门及汉奸组织，已蔓延到南山一带了。对于敌人这种阴谋，蔚县人民正在给以无情打击。最后，敌人在掠夺我们的人力、物力时，也采取毒辣的欺骗宣传方式，如他一边进行拘捕抗属，强迫“声明悔过”“以后不再反对皇军”，一边强迫各村壮丁参加“自卫团”，使中国人自相残杀，又加紧抢夺蔚县粮食，以解决其严重粮食恐慌，到处借“保管”的名义，抢夺老百姓的粮食。对于敌人这些阴谋活动，蔚县的军政民也正有计划地和他进行着斗争。这种揭穿敌寇阴谋的工作，在目前在南山和游击区里，我们已获得了很大的胜利；以后我们还将获取更大的胜利。

（《抗敌报》1940年6月19日）

涞源的从军运动

晋察冀社特派记者　田间

涞源的群众抱着向敌人复仇的心而涌进了边区子弟兵里来了。今年四月十日开始布置的武装动员工作到五月四日已全部完成，并超过原分配总数将近一倍。

在新战士里工农分子占百分之九十五以上，其中有许多是优秀的共产党员。经过好几次洗刷，现在的新战士每一个人都够战斗员标准。这些新战士情绪高涨到极点，在动员的时候，他们都是自动报名的。

——儿童团长带着四个小兄弟也要参加；全家兄弟三个人一起参加；兄弟两个争着当兵；三区一个好母亲在大会上这样说："我的大儿子已经在战场上牺牲了，现在叫我二儿子来参加，为我们中国复仇！为我们三区复仇！……"

她的二儿子也上去说话了。"我们要复仇！"把涞源的工人、农民、青年……就那么很快地组织到边区铁的子弟兵堡垒里面。

在他们的游击区，敌人见到群众，哪怕看见一条驴子在地里也开枪……敌人更不断地扰乱涞源的武装动员工作，并且企图派奸细混入部队，进行破坏活动，但是因为整个部队的战士和干部的政治警觉都很高，终于不断揭穿了、粉碎了敌人的这种阴谋。就是这样，×区又一个好母亲送她的儿子过汽车路来当兵，路上碰到敌人，大儿子被敌人把腿打伤了，过后，她又把第二个儿子送过来。只要从这几个例子来看看，就会看到涞源武装动员的胜利，胜利的意义表现在群众不单拥护八路军坚持抗战，而且他们自己也这么坚决、这么热烈地走到八路军来坚持抗战！

涞源为了使游击区的群众能有机会参加八路军，虽然动员数目完成了又超过了，但工作并不结束。伟大的工作在继续着，前进着！“我们要复仇”的呼声远远地还可以听得到。

（《抗敌报》1940年7月1日）

一九四〇年的“七一”在晋察冀边区

——中共北方分局召开中共十九周年纪念大会特写

晋察冀社稿

一

一九四〇年七月一日来到了，当这个为全中国以及全世界无产阶级和广大劳动人民永远以斗争的热情与信心歌唱着的伟大的节日临到的时候，领导着敌后千百万广大人民与日本法西斯强盗进行着英勇的残酷的血肉斗争的中共中央北方分局，在晋察冀边区召开了一个盛大的中共成立十九周年纪念大会。

天阴暗的，在微风中，“全世界无产阶级联合起来”的旗帜，鲜红地照射着，从会场周围的田间小路，不断地涌进来的戴着荣誉与胜利光辉的数千个中华民族优秀的儿女——中国共产党党员！

会场上，那昭示着无产阶级与全人类的解放与胜利的镰刀、斧头的旗帜，在向人们喊着：全世界无产阶级联合起来！这种沉默的严肃的号召，给予人民以无限的勇气和力量。那铁的意志、斗争的火焰和胜利的信念，在无产阶级的巨人——共产党的队伍中狂烈地炽燃着。

在主席台上悬挂着的马、恩、列、斯、毛、王、周、朱、彭、王、彭、聂等十二位伟大的为无产阶级与全人类所敬仰爱戴的革命导师和领袖的像，对于人们是那样亲切熟悉，而又那样严肃坚定。

临风招展的贺旗，像海燕似的飘扬在会场的四周，首先映入眼帘的，便是中共中央北方分局的“在思想上、政治上、组织上进一步的巩固与进一步的布尔什维克化晋察冀的党来纪念党伟大诞生的十九周年”。中共晋察冀边区党委会“在党中央和毛泽东同志领导下为进一步的建设一个全国的模范的广大的群众性的思想上政治上组织上完全巩固的布尔什维克的中国共产党而奋斗”。它们□着胜利与骄傲的姿态，在向划过长空的敌人的铁鸟发着嘲笑。

二

在“……庆祝十九周年”的响亮歌声与激烈的掌声中，迎接进了北方分局的领导者和晋察冀人民的领袖彭真、聂荣臻、程子华等同志走入会场。

在数千个兴奋与激动的心情下，大会庄严隆重地开幕了。

当追悼死亡烈士时候，大家一致沉默地哀悼着那些在中国革命历史上写下了光荣一页的，为党为阶级为民族所牺牲了的英勇坚强的优秀布尔什维克党员。

接着在热烈的掌声与紧张的空气下，选出了斯大林、季米特洛夫、曼努伊尔斯基、莫洛托夫、毛泽东、王明、洛甫、王稼祥、朱德、彭德怀、杨尚昆等十七位同志为大会名誉主席团，彭真、聂荣臻、程子华、刘澜涛、马辉之、朱良才、吕正操、刘仁等同志为大会主席团。

程子华同志以响亮宏大的声音，代表主席团致开会辞：“党从来没有像今天这样伟大的局面……”他着重地指出了抗战以来党在各方面所起的作用。党领导着全国民众与敌人作着残酷斗争的战绩，他创造并巩固了各个敌后的抗日根据地，他领导着边区，使之成为全国全世界闻名的敌后抗日民主的模范根据地，并又指示目前严重的时局中我们的任务，不仅要争取抗战最后胜利，并要为中华民族与社会彻底解放而奋斗。“拥护党中央”“拥护党的领袖毛泽东同志”“坚持统一战线”“争取最后胜利”像春雷似的掌声与口号震撼着会场周围的山岳，击破了寂静的田野，会场有些骚动，武装了的布尔什维克党员们，就像是战场上获得了胜利似的极度兴奋地挥着拳头，高声喊着：“纪念党的十九周年，我们要巩固与扩大我们的党！”“纪念……”全体同志的血液都在默默地急促交流着，他们记起了中共过去十九年来斗争的光荣历史，他们愉快，他们歌唱，可是他们却还需要付出更大的努力，他们伸出了粗壮的手臂，在向着民族的阶级的敌人扬示威力。

三

程子华同志讲完后，接着在热烈的一阵掌声中彭真同志在台上出现了。

在他雄伟的姿态与坚毅的声里，显示出一个革命家所富有的气魄与不屈不挠的精神与丰富的热情。

“同志们！我们中国共产党是共产国际最好支部之一，是真正的坚决的革命政党，在中国没有任何政党能够和我们党相比较的。”

“我们有着科学的马列主义，有着很大数量的党军，纵横在华北与大江南北的抗日战场上，与在华敌兵一半左右残酷地搏斗着；党锻炼出布尔什维克的中央和领袖，而我们有着全世界闻名的全国人民所爱戴的伟大领袖毛泽东同志……”彭真同志在挥着拳头，有力地说着，全场的掌声紧跟着末后一个字响了起来。

“边区党已经成为党中央和北方分局所确认的模范的地方党委之一，边区不仅是建党建军建政，而且在改造着社会，要把一个落后的旧的改造成一个进步的新的社会。”

“只要我们大家一致努力，抱着胜利的信心，我敢这样说，我们要胜利，我们一定会胜利。”彭真同志在急骤热烈的掌声中结束了他的报告。

“为进一步巩固与布尔什维克化而努力。”

“为建军建政建党三大任务而奋斗。”

上午大会就这样紧张严肃地度过了，人们轻松着心头，微笑地走出了会场。

四

晚五时半，雨云像穿梭似的来回游荡在天空中，天气有些湿润，全场上正进行着歌唱挑战。队伍里突然冲起了一支雄伟活泼的音调：“今年纪念你十九周年，我们要把武器擦得更亮，我们要把歌唱得更响，朝着那崇高的理想，望着你那亲爱的光芒，我们更坚决更勇敢更健壮地像钢铁般的使敌人死亡。”

强烈的兴奋与激动，刺激了全场的布尔什维克们，欢声像春蝉似的，到处飘扬着。

在司仪的呼喊中，大会开始在细雨霏霏里继续进行着。

首先讲话的，便是边区的创造者——聂司令员。当他那英勇的姿态与雄伟的面庞出现时，台下的掌声便急骤地响了起来，他以清晰的词句、积累了的丰富经验向大会的人们倾诉着中共十九周年以来的光荣史迹。

雨在逐渐加大着，风亦开始了叫嚣，在风雨交加中，大会宣布了暂时休会。

五

第二天早晨六点钟继续开会，聂荣臻同志又出现在台上继续讲着中共十九年来伟大光荣的斗争历史和为无产阶级及中华民族的解放事业英勇牺牲的革命先烈的事迹。最后他向大家着重地指出：“第一，我们要正确地掌握统一战线，坚定我们的立场，保证我们组织上政治上的独立性……我们要我们的同志了解到中国资产阶级的革命的两重性……；第二，在今天我们更应当认识一个问题，就是党员军事化，因为中国革命的特点，主要是武装斗争……；第三，我们党已有了很大的发展，并已整顿正规化了，这里便要求我们发展正规化，即布尔塞维克化……我们要坚决为完成建党建军建政三大任务而奋斗！”……当讲完话时，紧接便是听众的雷动的吼声：

“保证党在八路军中的绝对领导！”

“巩固与扩大统一战线！”

这样午前的会就在热烈的欢呼中结束了。

六

是下午五点钟的时候，巨人一般的布尔什维克的铁的队伍，又都迈进了会场。

太阳已经偏斜了，然而它还是发射着强烈鲜丽的光辉，使会场周围的贺旗显得更美丽与庄严了。这时，连开会人们的微笑，也都是温热的。

大会开始后，首先是考察团何、于两同志介绍晋东南冀南各方的情形的报告。那充满着自信的有力的言语，沉重地烙在每个同志的记忆里。

接着是张同志报告将近三年来八路军在山东敌后坚持抗战的战绩。

随着一阵急雨似的掌声，一位坚决反对摩擦，带队参加八路军的马团长上台讲演了。那充溢着热情真挚、坚毅的红黑的脸和矫健的姿态，给予了人们以深刻的敬慕的印象：

“……我们带着全体官兵一致的坚持抗战的意志过来——和大家站在一起……”

又是一样急促热烈的掌声。

“我们在顽固分子的×军时，为了希望部队能够改善，我们曾忍受了最无理的压制……”

“但是他们强迫我们打八路军，因而我们不得不走进八路军的队伍——我们感觉到只有团结，才有力量，我们的枪尖是对着一个敌人啊……”

“只要有血性的中国人，谁能在破坏抗战、制造摩擦的部队中生活下去……”

已经是下午七时，天气慢慢昏暗了。会场的人们带着愉快的甜蜜的胜利的心，静听着台上宣读从冀中、冀察热、晋察冀……各地党委会纪念中共党十九周年纪念大会的致贺的电文。

最后，通过致贺中共中央与中共北方分局及成立互济会进行募捐救济各地狱中受难同志与死难烈士家属的临时动议。接着大会便在刘澜涛同志激昂的闭会词后宣告闭会。晚间，为了纪念中共十九周年，军区抗敌剧社出演了“七一”大活报。它以综合的活报形式，叙述了中共十九年来英勇奋斗的事迹，及全国民众对中央的爱戴与拥护，和《“八一”宣言》后中共不断地为中华民族生存解放组织统一战线的奋斗与努力。

大会在午夜胜利地闭幕了，人们带着强烈的欣喜与鼓舞在静默的夜路上回到驻地。

（《抗敌报》1940 年 7 月 7 日）

纪念抗战三周年

梁濬

咱们中国和日本打仗，到现在整整打到三个年头儿了。三年来，咱们不单叫日本“三天灭亡中国”的大话变成了撒癔症，反过来，日本却越打越倒霉，咱们越打越有希望，打到了相持阶段——咱们能和日本平来平去地干了。这真是不容易呀，这完全是由于咱们大家努力苦干出来的。咱们看在这三年里，咱们有些什么好办法，咱们怎么会打得这样儿有劲呢？说起来，其实大家都知道，不外几件事：

第一，是因为咱们大家结成了抗日统一战线。这意思就是说，凡是咱们中国人，只要他是愿意打日本救中国的人，不管他是什么党、什么派，不管他是穷的、富的，不管他是老的、小的、男的、女的，大家伙儿都一齐联合起来结成一条心，像一个人一样去和日本干。这个统一战线比什么都厉害，咱们便是用这个办法对付了日本，叫日本吓得发抖，难怪日本和汉奸还有咱们国里一切坏蛋们，都想尽办法要破坏这个统一战线。

第二，是因为有八路军这支勇敢壮实的军队天天在和日本真正拼命地干。咱们前面说的那个统一战线是怎样来的呢？不是别的，当初却正是由共产党主张和提倡的；共产党自提出这个办法以后，便先来仗义地和国民党合作起来，往后这个统一战线就在全国成功了。这样儿，国共两党合作，实在是统一战线的根基，要说如果没有共产党来提倡，也便不会有统一战线了。其实还不只此，共产党还有自己的好军队——八路军，这支军队是真正打日本救中国的坚强骨干，如果没有八路军，中国抗日原来也便抗不成。咱们总还记得，三年前这个地方后来大军都走了，官也逃了，哪个接济咱们来？老实说，如果没有八路军还不是早完了吗？三年来，八路军就打死鬼子几十万，咱们相信，只要有八路军，就会有办法。

第三，是因为咱们老百姓比先前都得到了一些自由，大家能够联合起来救国，大家干事有心气。中国打日本，原来都离不开咱们老百姓的力量，试看什么事不是靠咱们支持？日本原来就是咱们的死对头，如果不把它打走，大家永远不会过好日子。这样儿，同日本拼命，咱们老百姓谁也有心气、有劲儿了，不用说，大家一齐干，便把日本打成现在这个怂样儿。这儿可惜的是咱们中央政府，还没有能给老百姓多点自由来抗日，要不是，早就会把日本打得更不是样儿了。

第四，是因为中国的好朋友苏联亲力帮助咱们抗战。世界上只有一个国家——社会主义的苏联，才是咱们中国的好朋友，它是永远为世界上受罪受压迫的人打不平的。它真心诚意地尽力来接济咱们抗战，真叫咱们感动得掉泪了。还有，就是世界上一切被压迫的人民对咱们的帮助，也是顶大的□

上边说了这些，就是咱们抗战能抗到现在的缘由。咱们看，这是不是就算得意了呢？不能，这还不行，因为咱们才走了一□，还得要好好苦干下来的。

今天咱们来纪念这个抗战三周年，应该怎样纪念才对呢？

（一）咱们千万不要存依靠别人的心，尤其不要依靠英美这些强盗国家，老实说，它们是日本一伙儿的。一切事都要自己下定决心自己干，才好叫别人来帮助，请那到底是真心实意帮助咱们的苏联社会主义国家来帮助。

（二）咱们更要大家伙儿联合起来，大家一条心，像炼成的一个生铁蛋一样，真叫日本、汉奸们没办法。

（三）咱们千万不要相信一切坏蛋们的胡说，决不上它们的当，咱们只有干到底。咱们要把破坏咱们抗战的坏蛋们铲除得干干净净。

（四）咱们要拥护共产党、拥护八路军、帮助八路军和参加八路军，只有实行共产党的救国好主张，只有叫八路军越发壮大起来，才能打出日本去。

（五）咱们要真要做到把日本打出去，把中国救出来，还一定要实行真正民主宪政，也就是要实行民主政治，叫全国的老百姓做主，都来管理国家大事。因为只有实行真正宪政，才能把老百姓叫他更有兴头的都起来参加抗战，才能把汉奸、坏蛋们闹得动也不敢动，才能叫军队们安心好打仗，不用说，才能赶快把日本打出去。

（六）眼下咱们边区要实行真正宪政了，现在各地正在进行选举，咱们要认清这个事是一件大事，咱们要把真能给咱们办事谋利益的人、抗日积极的人举出来，赶快叫咱们边区真正实行起宪政来！

（《抗敌报》1940 年 7 月 7 日，《老百姓》副刊第 45 期）

眼下边区的头等大事

抗战三年，咱们晋察冀边区已长成一个模范的敌后根据地。为什么称模范呢？就是因为边区不光是抗日的，还是民主的；而且抗日做得最踏实，民主政治做得也彻底。

今天是抗战三周年纪念，咱们不光欢天喜地地开个大会就算了，向来咱们没有白开过会，可是，今天开了这个抗战三周年大会，比三年来任何会都得要多做些事，还要做得实在。

眼下，全边区的头等大事就是选举。

边区政府已经公布了选举的办法和县区村组织条例、边区参议会组织条例，这是咱们边区献给抗战三周年的伟大礼物。好，从今天起就是做的问题了。

选举委员会不是成立了吗？今后选举的工作是什么呢？它包括两方面：一方面是研究，懂得选举的更多道理和好办法，另一方面是投票选举。边区选举条例、组织条例等等，是边区一千五百万人民三年斗争的最大成绩，它是抗日的、民主的、代表全边区人民利益的。咱们的民权自由民生幸福，统统包含在那里边，那些办法都是为咱们制定的。它在今天的中国是最进步的办法，它的一字一句，咱们都要弄明白。明白事由，才会干得彻底。比方说，那些方法上规定了妇女及十八岁以上的青年有选举和被选举权，这句话虽说不长，却给了妇女与十八岁以上青年完全民主的权利，这些权利是从来中国妇女、青年所没有得到的□举出来的。这一点只不过一个例子，那些办法里每一条都有伟大的意义，这是眼前的切身的头等大事，所以，明白它，研究它，是今天全边区人民要做的一方面。

另一方面，就是投票选举了。现时各地都在积极筹备选举村代表、区代表，全边区人民正拿最大力量完成这件工作。代表，是由大家选举，大家决定的，他将代表咱们去办事，所以咱们要挑选那真正抗日积极的、能为大家谋利益的去做代表。以后，咱们要把边区的、专区的、县的、区的、村的各级各样工作都要做得更好，把边区巩固成个更结实、更模范的根据地，咱们的代表是担负着很大责任的。在七、八、九这三个月内，咱们要把选举工作认真地、仔细地办得一清二楚，从十月起，那时咱们要使边区有个新的进一步民主化的面目出现在全国人民面前。从这里促着全国宪政运动向前进，反对“一党专政”及“汉奸宪政”的羊头狗肉，以争取实现全国的真正民主宪政，使边区人民能像咱们全区一样得到民权的充分自由。

（《抗敌报》1940 年 7 月 7 日，《老百姓》副刊第 45 期）

五专区选举的序幕

晋察冀社通讯　沈重

“民主政治就是抗战胜利的标志、群众解放的标志。”

——邵专员致开会辞中的一句。

在六月十二日五专区宪政促进会各部长扩大联席会议的促进之下，十五日五专区军政民联席会议是召开了。这三天紧张严肃的会议上，集合各部队代表、各县秘书、民政科长、各专区级群众团体代表、联大、五中代表所代表的广大群众意见，详细讨论了推进宪运的办法，精密布置了三个月伟大边区的民运工作。

第一天郑重地举行了揭幕典礼——有邵专员致开会辞及各机关、团体代表的讲演，开幕以后，专署崔科长传达了边区选举委员会的决议和关于选举运动的布置的报告。晚上，出席者划分五组，把选举法、各级政府组织条例都讨论了，在讨论会上提出了许多待决的具体问题。

第二天邵专员在会议上演讲了他精彩的《为争取空前伟大选举运动五专区完全胜利而斗争》的报告。这个报告除指明边区选举在今天争取时局好转，争取全国民主，坚持抗战、团结进步的重大意义以外，还提出对边区选运的要求：一、做到全专区人口百分之七十以上能完全了解宪运的意义、获得民主政治的好处；二、公民在登记时不遗漏一个，也不错一个名字，保证选举时，男女选民各占全数百分之九十以上自动热烈参加选举；三、保证各级选举按期完成；四、保证抗战最坚决、最进步、最觉悟、在群众中最有威信的人当选。

同时，为进一步工作而规定了选运总的工作的进行日程：六月间为准备时期，七月二十日完成区选，八月十日县选及国大代表选举完毕，八月二十五日边区参议员选举完毕。

最后一天，展开热烈讨论及解答各种宪运的问题，以及根据边区之规定，按照当地情况，推选出□道生、熊伯涛、邵式平、袁心纯等二十余人为委员，诸委员又推定邵式平、袁心纯为区委员长，田后风为秘书处长，崔存长为组织部长，冯有海为宣传部长，王力为研究部长。即日起成立边区选举委员会第五分会，并开始办公云。

（《抗敌报》1940 年 7 月 10 日）

选举小记

晋察冀社通讯员　李薤

一、小组讨论会一瞥

村干部会。

在明亮宽阔的大平场上，有三百四十五个村干部滚沸地讨论着："早先为什么不实行宪政？……"急性子放大了嗓子。

"怕你造反！人家说咱们缺乏训练……实现了民主还吃谁的油?!"

"过去是一党专政，他们违背了总理遗教，背叛了革命！"停了停，"今天还想继续压制咱们……"青救会干事长嘴里含着红铅笔头。

"老百姓起来促那些顽固派，他们也口里喊'宪政'，但他们却想挂羊头卖狗肉……"

"五五宪草，我不赞成，二十五岁才有资格当选！"新江用力地把纸垫在鞋底上写。

"不识字没有公民资格，比骂祖宗还厉害……"

像一条跳跃着的小河的流水，倾泻着几十年来的闷气。

二、谁再敢继续压迫人民

"谁当区代表?!"

"选谁当县议员……"

孙厚轩，这把持村政二十多年的老家伙，让他的狗腿子王□星向各方面"运动"——"德子，孙老先生那二亩租不要啦！可是……"

"……谁没□吃，到孙府上去背两口袋，孙老先生是给人民谋幸福的！"

工农妇青忙着开讨论会，讨论到半夜才散，一连四天了，各部门忙着提竞选人，最后一夜，他们不约而同地讨论了一个问题——孙厚轩还想继续压迫我们吗?!

××村在斗争中。

三、人民胜利了

竞选。

工人在柳树阴里欢呼着，像雨点打树叶的拍掌声，一个驼背的轧花工人走到桌子前："假设选我当区代表……代表人民说话谋福利，增加工资……减租减息……大家防备那白脸黑心狼，如果选我当区代表……"全场哄笑着鼓掌。

"我是妇女，我们过去是受着重重压迫，选我……领导妇女解放！"妇女们大声呼喊着鼓掌……

…………

严肃，谨慎，像暴风雨后的黑夜，票一张一张地散到每个热情的手里。

"老乡们！赵林一百三十八票，被选为……"哗啦！话没讲完，全场的人们咧开大嘴笑了，啪啪地鼓掌。"……被选为区代表！"又一阵祝贺的鼓掌……

（《抗敌报》1940 年 7 月 18 日）

三捷高洪口

晋察冀社特派记者　林采

“拿战斗的胜利来纪念‘七一’、纪念中国共产党的伟大的生日！”

当河口的敌人下支大队二百多人，带了二门大炮，四个掷弹筒，三挺重机枪，五百多个民夫，大量的铁丝网、洋镐、铁锹等器具，在六月二十五日拂晓，从河口出动，企图进占高洪口，构筑据点，进一步地[杀]入山沟，分割晋东北，切断我与□、代、忻、定游击区的联络，把我们的部队逼入更深的山沟，并配合滹沱河沿岸的大肆抢麦的兽行。我驻××的×团主力，未等敌人到达便英勇地出击了。

血红的朝阳爬上山坡，约莫是六点钟的光景，敌人接近了高洪口，与我警戒部队开始接触。为了引敌深入到有利地形，我警戒部队于接战数合后，徐徐向高洪口撤退。敌人遂进到南北高洪口，占据了北高洪口东北的小山坡，并开始构筑工事。

七点钟，我×营以迅疾的动作，由××村（高洪口东）西出倩倩沟，到达南高洪口东面山上，突然地向敌人冲击。敌人溃败数次，遂占据村边森林顽抗。八时许我主力赶到高洪口东北高山上，根据当时的敌情——敌人一部在南北高洪口之间的小山上，一部在北高洪口后面山上，一部在南高洪口森林里——布置攻击的步骤：以一个营配备在北高洪口与××村之间山上；一个营布置在北高洪口以南山沟，由[史]家庄直出南高洪口；另以一个连占据东北高地，牵制与压制北高洪口□面的敌人，以便利东南方面的□□。

十二时，我军各部已进到进攻出发地，总攻击于是开始。在冲锋号的激越的声响里，相率动作，从山上，从沟里，以旋风扫地姿态，猛力冲出，当将敌人从南高洪口以南、南北高洪之口间、北高洪口后面，切成数段。敌人进退不能，遂死命顽抗，企图突围。我军高呼为祖国，并为党的光荣的口号，奋勇冲杀，残敌狼狈奔突，死伤累累……此时，我×部以冲锋动作较慢，敌人乘机从东北山上反击，未克全数把它消灭。因地形限制，我军乃迅速转移方向。在第二次总攻击后，敌人死守工事，继续顽抗，以致形成对峙局面。三时许，我军重新配备，布置第三次总攻击。

冲锋开始了，我军上下，一鼓作气，有如饿虎扑食，呐一声喊，从山上打下。一连一排长率部扑杀，连破敌据点，负重伤，犹高呼杀敌，最终壮烈牺牲。五连一排长冲入敌人工事，手起刀落，当将敌人长胡子的指挥官砍倒，自己也牺牲了……许多英勇的共产党员，站在最危险的紧要的地方，负了重伤还是不下火线，至死也高呼着“七一”的光辉的节日的名字，鼓励别的同志前进。五台营的新战士，这是他们的“处女战”，第一个保卫家乡的战斗，也同老战士一样勇猛地冲锋，勇猛地刺杀敌人，丝毫没有害怕的心理，表现了边区人民子弟兵的无上的英勇与光荣……

战斗激烈地展开着。在东北方面，×连以不利地形，从洼地跃出，冒着敌人猛烈的弹火，冲过开阔地，以迅雷不及掩耳的动作，速下敌据点，反复冲锋数次，终将敌人击溃……敌人的残破的工事和血碎的死尸和伤兵，狼藉在山坡上，发出凄惨的哀号，我们的战士溅血的脚腿，又汹涌踏过去。

二十六日拂晓，敌人又增援一百来人，携大炮一门，轻重机枪数挺……似有固守高洪口模样。我军乃于东北山上设伏，待敌人进攻开始，即在运动中打击它和消灭它。自清早一直到八点钟，双方按兵未动。敌人找不到我们的兵力，枪炮乱打一气，恐慌异常，到十二点钟左右，弹药也快消耗尽了，人员也伤亡得可以了，占据了高洪口的梦幻也破坏了，从昨夜焚烧起的死尸也快完了，乃开始向河口方面撤退。我军集结兵力，迅疾追击，直至王家庄，战斗于是结束。

第三次了，敌人进占高洪口，在我们英勇的打击之下，遭到死灭的悲惨的命运，狼狈地溃退回去。而此次，据我们的统计与从王家庄出来的老乡的报告，敌人的死伤在一百六十名以上。两个长胡子的指挥官，也带着天皇赐给他们的必死的“光荣”死去了。

呵，高洪口，让你骄傲地夸耀着祖国，最忠实于祖国的英勇的八路军的光荣吧！

七月三日寄自晋东北

（《抗敌报》1940年7月18日）

活跃的工兵连

——略述杨师工兵连三年来的工作

晋察冀社特派记者　田间

工兵连上士李月川同志用这样活跃的心情描写他们初次进行爆炸和敌人初次尝到我们的地雷的滋味：“……战士眼睛瞪得大大的看着火车，就听见轰的一声，一团的火光将敌人机车扔到半空去了，随后听见哗啦哗啦各车上的电灯完全撞灭了，机车上的司机司炉随着爆炸的火光、爆炸的声音，就无影无形地熔化了……”“敌人见黑夜无声不敢深入，就向乌黑的天空□起子弹来了。”他又把地雷的火力描写了一下：“到了次日，听见铁路附近的老百姓说，离那个爆炸火车的地方三二里地内发现了烂柿饼子不少……”

后来连敌人也说：“工兵营是大大的胡子！”

据统计：那时候工兵营每次爆炸结果，除了炸毁的铁道和火车不算在内，除了消耗敌人的枪弹炮弹不算在内，就是消灭敌人数目起码也在一百左右哩！

今天的工兵连是×支队的工兵营的化身。

他们已经经过三年的战斗了。首先在杨村战役给了敌人一个大的打击。一九三八年五月间在定兴县北章村正式成立了工兵营。那时候就由张营长（现在工兵连连长）带领新战士多名经常在铁路附近破坏交通，割电线拔铁轨，接着又由冀中区派来技术教员张、罗两位同志领导并试放地雷。李月川同志所说的爆炸的情形，就是那时候的情形。

在部队走向正规化的呼声里，工兵营改成了工兵连以后，他们的技术更提高了，他们的威力更大了。这里就拿他们破坏樊村的大石桥这回事来证明吧。

“排长、技术员亲自率领战士携带地雷前去埋置，但因河水太深，桥梁离地太高，装设不易，后来用人力抬架，将地雷系在□柱上，共系地雷五枚，将信管下放，电线拉出半里地以外，发雷爆炸，地雷一响，大王店的敌人吓得举止失措了……”

他们不但把桥炸坏，就连一尺见方左右的大厚枕木也完全炸成粉碎，敌人很难再修复了。

他们经常在夜间进行工作，所以在工兵连中有这样两句歌谣：“阎王叫他三更死，何人留他到五更?”从这两句歌谣，我们该想到工兵连的勇敢，工兵连的为中华民族而斗争的□□精神。只是我们不能把他们的精神很好地报告出来，把他们的三年来的工作完全写出来，可惜得很!

（《抗敌报》1940年7月30日）

定北岸下村选举总结

晋察冀社通讯

一、岸下村区代表选举是在这样新的困难环境下进行的

（一）在准备工作中敌人曾五次骚扰，烧房子二十多间，抢走与烧毁麦子六十余石，给村中群众一个新的困难。

（二）汉奸顽固分子卑鄙无耻地造谣破坏。

（三）去年水灾时，岸下村百分之六十五的土地都被淹没，现在村民完全依靠副业（如织布等）维持生活。

（四）久□□□□□枯黄（还有的没有种上），农民忙于灌溉。

（五）除以上困难外，还有虫灾，给群众以很大困难（群众每天每夜都要打虫子去）。

二、伟大的成绩与收获

（一）全村公民热烈参选，选民占公民百分之八十。

（二）在全村公民热烈的竞选热潮下，选出都是抗日坚决积极工作的区代表（壮年两个，五十多岁的一个，青年妇女一个候补）。

（三）热烈的竞选运动提高了群众的参选情绪，使群众更进一步认识了民主的重要。

1. 八十三岁的老太婆参加选举，当和他们进行谈话时，她的情绪非常兴奋。

2. □个老太太都在八十岁以上，这次选举都扶杖参加。

3. ××七十来岁曾因病三个月未出过门，但这次选举时他却扶杖参加。

（四）教训与锻炼了干部（尤其是村级），使其得到了很多的经验教训，并影响其他村庄选举运动的开展。

（五）进行广泛深入的宣传解释与教育，使群众真正认识什么是宪政，为什么要实行宪政，知道了民意机关的重要与民意机关对执行机关的关系等。

（六）利用各种组织系统进行动员与领导，加强了会员与队员的组织观念，使组织基础进一步的巩固与健全（尤其是村代表会）。

（七）巩固与扩大了农村统一战线，揭破了顽固反共分子的造谣破坏。

（八）加强领导，推动与发挥村干部自动性，克服了过去包办代替、“干部动群众不动”的不良现象。

三、获得这些成绩与收获的主要原因

（一）对该村除估计有以上（第一部分）新的困难条件外，还分析出有以下的有利条件，坚定了胜利完成这村选举的信心。

1. 村政权干部都是真正忠实抗日工作的积极分子，同时村代表与代表会都很健全。

2. 群众组织的健全与巩固在村内起很大作用。

3. 群众政治认识与政治觉悟的提高，及群众情绪的高涨。

4. 有过去各种选举的经验教训（尤其是过去的区选）。

（二）用突击竞赛的精神加强了准备工作。

1. 除过去的流动训练班及经常的宣传外，在头一天还召开了全区的村干部会，详细地讨论与布置选举工作，并在大会上引起了热烈的挑战。

2. 进行干部动员，召开村选委员会与各团体干部会议，详细地布置与具体分工。

3. 各团体召开会员大会，使其了解民主的重要意义。

（1）各部门召开竞选晚会与竞选座谈会，在会上经过详细讨论，提出了竞选人与竞选纲领，在竞选晚会上更进一步的教育会员。

（2）选举那天上午进行热烈的竞选，游行呼口号唱歌，配合锣鼓吸引全村群众出来参观。

（3）街头巷尾粘贴标语漫画。

（4）组织了儿童慰问团及宣传队，教育与鼓励了全村群众热烈参选。

4. 对非群众团体会员进行个别的与集体的教育，引起一般的老太太与老头子的参选情绪。

四、几个缺点、弱点

（一）因通知选举日期较近，有许多公民到地里去工作，地里吃饭，在选举时没有回来，有的媳妇因过六月十三都去住娘家，所以参加的选民，只占百分之八十以上。

（二）在大会上时间抓得不很紧，同时没在大会上更进一步地解释区选意义及选举办法与手续等。

（三）宣传教育还不深入，有些老太太及老头子还不明白选举的意义及选举的办法等。

（四）对监票发票代笔等事项，事先准备研究不够，以致当开票时发现了暂时紊乱的现象。

（五）口号没有经很好的布置与规定，妨碍会场秩序。

五、几个经验教训与会后应注意的几个问题

（一）充分的布置准备、具体的分析估计，及进一步的推动干部（不是强迫命令）、帮助干部（不是包办代替），把全体群众动员

到民主洪流内来，才能使民主选举胜利成功。

（二）怎样进行竞选与造成竞选热潮？

1. 先推动干部及进行深入的教育，使各团体在小组会上提出竞选人，经过全体讨论后再提出具体竞选纲领。

2. 召开竞选晚会、座谈会，并作热烈的竞选游行，在游行时力求热烈（如这次青救会把他们提出的竞选人抬着游行），并把竞选人的优点履历编成小调或顺嘴的歌子介绍给大家。

3. 在竞选晚会或讨论会时要力求详细具体。

（三）宣传教育工作更深入，方式更灵活，使群众真正了解（尤其是对会员教育），才能动员所有公民参加选举，尤其是对小学教师及儿童更进一步的联系配合，在宣传教育上是有很大作用的。

（四）在进行竞选时事先要有干部的具体分工，对会场的指挥要统一，这样才不致发生会场紊乱的不良现象。

（五）在会场上排队时顶好按各组织（工农青妇）的组织系统，这样方可以加强会员的组织观念及克服强制命令不民主的不良现象。

（六）更进一步关心群众大小痛苦（如在炎热的阳光下对老太太抱孩儿要很好安置与安慰），抓紧时间尽量把选举时间缩短，减少群众疲乏，增加农家生产。

（七）对当选的区代表，应发动群众献词（致贺词鼓励）献旗献花献礼（鞋、瓜果……），□可以引起群众的竞选热情，使群众进一步认识民主并加强当选人的责任心。

（八）在投票与监票时容易使会场紊乱，这个时间要很好地进行娱乐工作，有计划地活跃会场，并很好地掌握时间。

（九）民主运动是一个艰苦的教育工作（尤其是对非群众团体会员的教育）与斗争过程，所以应加强与健全各种组织。

（十）最后是区代表已经选过的村庄，应更进一步地加强村代表会及民主教育，并准备县选。

这次民主选举，更进一步的巩固与扩大了统一战线。

（《抗敌报》1940 年 7 月 30 日）

白石口歼敌记

晋察冀社特派记者　张帆

“‘八一’是咱们八路军的生日呵，我们要以歼灭白石口敌人的胜利，来迎接这伟大的日子！……”战士们摸着枪和手榴弹，在夕阳斜照的广场上，倾听指挥员富有煽动性的讲话。

当月光照在骨稜稜的山石上，照在疾驰在山涧道里的队伍上时，这支行列已经越过高山和残缺的长城，奔向白石口。天突然黑了，塞外的暴雨袭来了，战士们身上都淋湿了，鞋都破了，背包扔掉了，跌倒的，再爬起，大家抓着野草在黑夜里摸索前进！

十一点整，终于到了白石口，天上没有星，没有月，只是一片昏暗。

×营教导员，抓紧时间，开始了他的政治工作，战士们握紧了枪，拿出了手榴弹，显然是更激动了。

我们的队伍从村南冲进了村里，敌人在梦里惊醒，光着屁股，蹲在房里乱打枪，从前俘虏来的伪军，这次也来了，喊着“在帮”的行话，很起劲。

没有□□敌人的主力，又退出来了。不一会儿，在机枪掩护之下，又冲进村里，这次老百姓带路，一直领到敌人主力这边。敌人的二挺机关枪突然向我射击起来，我们的手榴弹也打了过去，天空中到处飞射着子弹，飞闪着火花。二连三班战士王开祥，是个掷手榴弹老手，这次更大显神威：敌人的二挺重机关枪在他的手榴弹下失掉效力。但是不幸，当他打最后一颗手榴弹打中敌人时，突然，一颗子弹打穿了他的胸膛，他光荣地倒下去了……

猛烈的战斗继续着，敌人的枪拼命地放射着，没有了机枪，敌人有些恐慌了，就在这时候，战士发扬八路军传统的英勇冲锋的精神，消灭了□□□个敌人。

□□□□□□□□□动山野的爆炸声和天□□□□□□□□声吓着了，他们拿起枪，向着黑暗、长城，甚至白石口自己的工事，射击着。

白石口的残敌，被这猛烈的炮火吓住了，躲在两间小房里，不敢稍动。

"消灭他！"副团长坚决地下着命令。

战士们闪电一般，冲向小房，三连敌工组长首先冲进院子里去，随后战士、老百姓也跟进去了，在院里他们拉出三十多匹马。几个敌人听见马嘶叫，又从屋里打起枪来，三个战士受了伤，十几匹马倒在血泊里。

二连二排长，飞跑着冲入旁边的小房子，但是里边的敌人早已从窗户跑了。他想擦洋火看看，洋火都湿了，只有在地上摸，瞎摸。

"呵，重机关，重机关！"他叫起来。

几个战士进去笑着，帮助他背出来。

突然，村北响起了枪，那是×连在长城上和北边从涞源城增援来的敌人激战。

"笨货！从这儿来，该死！"北长城上的战士们，一边叫骂，一边打。

天亮了，队伍带着新添的战马和机关枪，踏着五十多个敌人的血，离别了这古旧庄严的长城。

（《抗敌报》1940年8月7日）

一个模范的选举

晋察冀社特约通讯员　冯宿海

平山县柏卜村的区代表选举大会是七月十九日举行的，到会群众不下千余名，全村人口十之八九都去参加。七八十岁的老太太也兴高采烈地欣然前往，甚至有几个病人也都叫旁人扶着到场了。

大会是在早晨七点钟开始的。会场上挂着伟人像、彩灯……朴素而庄严。

我曾访问了一个八十二岁的老太太，她那没牙的嘴，很长时间才吐出这样一句：

“我们……我们是……是来商……量……打……打日本的。”

大会进行到投票时，已经十一点多了，因为热，临时转移到一个树林里。选举前，各组选举了自己的代笔人，选举了监票人，也选举了发票人，一切都是用民主的方式。

选举时，人们一个一个地走到桌前，把头挨近到代笔人的耳边，小声小气地，才把自己要选的人说出来，有的还先向四面看看。

约莫在下午两点钟开票了，人们不约而同地把眼睛集中到主席台上。主席在那里宣布：“选民总计四百六十三名，一个因故未到，两个妇女住娘家未回，所以总票数是四百六十票，选举结果，阎法亮同志一百六十票，蒋瑞云同志（女）一百四十票，当选为区代表，王□风同志九十六票，当选为候补区代表。”紧接着他又讲了一句，“请区代表讲话。”

当区代表阎法亮、蒋瑞云登台讲演时，全场掌声雷动，拥护区代表之声，不绝于耳，那些妇女同志，有的给他们戴花，有的给他们裹红，有的献帐子，有的献各种各样的赠品，真是五光十色，盛状一时。

最后，儿童团献辞：“国家的主人呀，老百姓要来做，谁要是反对，打他个不留情……”

散会时，光荣的区代表在雄伟的乐声中前进着，□□的骄阳也兴奋地庆祝着大会胜利的成功。

七月二十日

（《抗敌报》1940 年 8 月 7 日）

杨师三年来敌伪工作的收获

晋察冀社特派记者　田间

一九三七年正当杨师胜利的威名震动着华北的土地时，夏天，他们的先遣队又向冀中出发，头一次把容城包围起来，离敌伪军四五丈远，在房子上同他们讲话，要他们反正；两方面的枪声渐渐停下来，那边一个人说："同志，你们的话我们都同意，但是这里有日本顾问，不方便，请到东南城角去，举起帽子，和我们队长商量……"刘原亮同志（现在的敌工科长）去了，并且在□□上和那些把头伸到墙外面来的伪军们谈心。伪军还好心地警告：

"同志站远一些，你的头快碰着枪了……"

一九三八年，有许多东北伪军反正到三分区去的（就是今天的××军），就是因为那时候敌伪工作播下了勇敢的种子。

渐渐地，他们的工作由这勇敢不畏一切突击的方式走向平稳的方式，例如写信、写标语、印宣传品，在团、营、连队组织敌工小组等等。

东西庄战斗（一九三八年）日本兵士听到我们战士的喊话，于是在他们退却的时候，把许多枪掷过来了。大龙华歼灭战（一九三九年五月）过来了十一个俘虏，这些俘虏到了招待所，就马上替他们上药、剪头发……过了几天，他们很安心地看书、玩球、说笑话、抽纸烟。庆祝大会上，那××警备队长站在高台子上向大家公开宣布日本军阀的罪恶……

在他们走的时候，□□□□□□，敌工科开了迎送大会，互相讲演。杨师长替他们写了介绍信，送了鞋袜衬衣及路费，他们高兴得不得了（不过，后来听说他们回去的时候被枪毙了）。

这种为正义的工作的风波展开到桑木师团内部了。塘湖战斗，桑木师团文书自动□□□□他还和敌工科同志说："我早知道你们这里有刘科长，还有一位老金（他是朝鲜人，现在当敌工干事），都很好……"

因为他们的工作而发生的可歌可泣的故事实在很多，我不能完全告诉你们。从一九三七年起到现在，俘虏的数目将近三千，有朝鲜人、东北人、日本人；有警备队队长、书记、文书、警察、维持会长、妓女、宣抚官、翻译、巡官、士兵（内有蒙古兵三人）、马夫。

至于没有直接跑到他们这边来，留在敌人阵营里替他们工作的，也有一个标本的模范故事：

——驻在×县的东北伪军某连长替边区政府催公粮，打击伪区长；八路军过去一概放行并加保护……

今天我们到一分区可以看到，在墙头上、石头上写着标语，树上也挂着木牌子，每连队上教村民唱日文歌，战士吃饭前喊日本话，在俘虏招待所放着娱乐品、报章、书籍、标语，在敌工科放着刚刚印好的带着漫画和文字的三色版石印传单，以及翻译的《敌兵书信译本》《三木阵中日记》等小册子。

伟大的斗争一定要前进，伟大的工作也一定要前进，我们可以预料将来杨师的敌伪工作的收获会比昨天和今天更要多些，更要多些！

（《抗敌报》1940 年 8 月 9 日）

光荣的一日

——完县北神南选举特写

晋察冀社特派记者　张帆

一

七月二十二日下午，天异常晴朗。唐河畔的广场，耸立着随风招展的旗帜，会场是用美丽活泼的标语漫画小旗围成。台前写着“区代表选举大会”，两边写着“建设边区新民主主义的政治，发扬大众的民主主义的作风”。

在热烈的掌声中，主席宣布开会：今天是选区代表大会……区代表与群众有很大关系；今年老百姓借粮救灾，比老天爷还灵，要没有借粮不知会饿死多少人……所以我们选区代表要选抗日的，关心民众利益的……

二

驻军代表讲完话，人们重新集合到会场，年轻的妇女张爱菊在热烈的掌声中登台了。她健壮的身体、响亮的声音，使台下骚动的人群安静下来了：“老乡们！你们要选我，我保证绝对替民众谋利益，在任何环境下绝不动摇妥协。”“我不仅把男人们的意见提到代表会，并且把我们妇女的意见也提去……别看我年轻，抗日工作，我可不后人……”

接着农民李青山等，发表他们的实行减租减息，为人民谋福利，代表民意……的竞选纲领。

竞选演说刚完毕，儿童们又唱起“洗衣曲”调的竞选小调……

开始选举时，人不停地□□桌前走。八十二岁的老太婆，几个月都未出过门，这次被孙子扶着到桌前告诉票上写张爱菊。宋荣贵是在政治报告时听说他哥哥暴死而退会的，但投票时又急急回来了，他说：“死了，没办法了；选完再管他吧……”

三

歌声停止，台上宣布当选人：张爱菊二百五十一票，李青山□百七十票，李□铎一百三十票当选。全场沸腾了，雷似的掌声震撼了唐河，震惊了寂静的山岳。所有的人，扬着头，举着手，一致地呼喊着：“拥护我们的区代表!”……越是一致的呼喊，越是使他们相信这是他们平生第一次的伟大胜利。儿童们把鲜艳的大红花挂在区代表们的胸前……他们亲切地摸扶着区代表，像摸扶着自己的母亲，嘴里唱着献花曲。

四

当夕阳西下，凉爽的风阵阵吹起，这六百多人便开始游行了。三位新的区代表骑着三匹雄壮高大的日本洋马在前头走着；后面千百人的呼喊像一个声音似的：“……我们还要选举抗日的好县长!”

晚饭后，宋县长在明亮的汽灯下，讲完关于目前的宪政问题，接着本村儿童剧团、青年剧团、妇女剧团出演了庆祝人民胜利的戏剧，一直到午夜，人们才踏着朦胧的月色离开会场。

一九四〇年七月二十五日于完县

（《抗敌报》1940 年 8 月 9 日）

“治安军”的形形色色

——一位反正“治安军”弟兄的访问记

晋察冀社通讯员　么□

由敌工科一位同志介绍，我访问了这位新从保定老炮队“治安军”里归来的弟兄，他是一个朴实耿直、对祖国抱有无限热爱的青年。

他告诉我“治安军”是汉奸□临时政府□指挥□□□的武装组织，□□□治安部□，部长便是□□□“治安军”总指挥的大汉奸齐燮元。“治安军”统共有三个集团，每集团直辖两个团（相当于一个旅），一集团驻北平，二集团的三团驻保定（老炮队），四团驻正定，三集团驻济南，另外两个独立团驻天津。

二集团长是黄南鹏，三团长是胡恩承。

“治安军”的编制是每团三个营，每营三连；另外配有机枪、炮兵、通讯三个特种连，全团一共一千五百人左右，排连长都在通州军官□□军官学校受过训，班长都是□□批强迫□去的青年，也在清河镇□□□□团受了什么圣训。第三团则全都是丰南、冀西、冀中等地被抓去的青年壮丁。

当我们问他第三团成立的历史和训练的情形时，他回忆似的说：“□打去年十一月，第三团就成立了。他分三期来训练，每期三个月，第一期不发枪，徒手练习。第二期总算每人发给一支破捷克式步枪，二十五粒子弹，出操了把枪交给你，一收操便又把枪收回去锁在一间空房子里。第三期我可不知道了，因为第二期还没完，我就跑他妈的了！”

“你为什么要跑到八路军来呢？”

“我在家的时候，”他的眼睛又闪亮了，“早就想参加八路军，可是我母亲太不开通，还没等你张嘴，就直吼起来——哎呀！你要把我这大老婆子饿死吗？可是有一天大清早，我们村被鬼子包围了，一块儿抓走了我们十六个人，到保定不分青红皂白便把我们送到第三团去，从那天我们就像犯人一样，过起牢狱生活来了！”

“那里的生活怎样？”我压低了声音问。

“唉，别提了！”他悲愤地举起右手来，“第三团流行着一支歌谣——治安军，咱别干，一天两顿小米饭；白菜汤，不搞盐，每月开饷不过两块半……这是我们大家你一句我一句，凑起来的。”

他长吁了一口气，继续下去：“我们连里每天总有几个弟兄被打，操作不对了，枪托便马上飞上你的屁股，痛的咬着牙也不敢哼一声！骂更不是稀罕事了！有一回，集团长讲话，二排有个弟兄扭了扭脑袋。队伍一解散，二排长便怒冲冲地向他打来，一直昏过去了，后来送到医院里，医生说伤了脑，吐血了……”

“再说挣钱，名义上一个月十一块，扣了伙食真有时连两块半也落不到手，饭食更是二五眼，白菜汤，不搞盐，小米饭里除了沙子就是谷子！班长们不扣伙食，吃我们大家，就别问连排长喝不喝兵血了！”

于是他又谈到三团开小差现象的严重，他说在第一期还没有完的时候，他们那“一千五”就剩的又不够七百了。

“怎么，他们也不防备你们吗？”我有点奇怪了。

“怎么不防备？可是他也得防备得过来呀！我们一入伍就填了一张表，什么你家有多少地，多少人，甚至祖宗□□是干什么的，都得写得清清楚楚，而且还得□□□□□横着□□□□□□□□□□□□□不□□□，□□□不□回家，多半都到八路军里来了！”

他喝了一口水，便又继续说下去：“他妈的，他们为防备弟兄开小差，星期□假不放假，谁要想去买东西，先到连部请假，然后把全连进城的人都集合起来，由排长或班长率领着出去，到了城里，不解散，要去哪里大家一块儿去，可是每回大家总要求解散，于是他把大家集合在十字路上，大声吆喝着——弟兄们，不是当班长的可恶，不是人，而是大家不争脸，开小差，这回咱们发誓，下午三点谁不到这集合，开了小差就不是他娘养的！——于是解散了……”

“后来集合怎么样？”我赶紧问。

“哼，怎么样？跑了一半！所以现在索性不叫出门了，在兵营里设了合作社、理发店、澡堂，军饷也改发治安军的票子，到外面什么东西也买不出来！

“不但不叫出门，就是晚上睡觉也不自由。每天夜晚，一个排放五个哨，你拉拉屎也得报告，出去功夫一大，便马上派人去找；有一天七连二排五个站岗的跑了个精光，七连共跑掉二十多，连长觉得□□，自杀了！”

“你是怎么跑出来的呢？”

“问我？”他得意地微笑着说，“我们是整排跑出来的！”

“整排？”

“整排！”他□□地说，“因为我们饭里尽是谷子，所以弟兄们要求情愿饿肚子，也不吃谷子的饭，但老炮队是兵营，没有碾子，于是他们只得准大家到附近村庄去推米了。有一天三营出去一个排，他们扔下米便跑了，于是又不准出外推米了，但是我们又再三要求，连长没法，只得派他最亲信的三排长带我们去推米。大家以为这一下不大妙，谁知道三排长的办法更多，他把米卖掉，把钱分给我们，并且说：‘弟兄们，咱们再不要过这种牛马生活了！现在有了路费，大家愿意上哪儿就上哪儿吧！’”

最后，他还告诉我治安军第四团的一段故事：“有一回，第一营出去打野外，叫第二连当尖兵，搜索前进。于是第二连就先走，一直走到快看不见一、三连了的时候，他们掉转枪口来一顿排枪，撒腿就跑了。营长急得两眼冒火星，叫谁去追，谁也不去。说句实话，他也不敢叫了，只得怒气冲冲地收兵……”

在归途上，我仿佛看见了无数的在敌人压榨与鞭笞下的同胞，他们□□挣脱锁枷，挥动了铁拳，怒吼着，向祖国怀抱里奔来了……

一九四〇年六月二十九日夜

（《抗敌报》1940 年 8 月 13 日）

在　完　县

——区选报告

晋察冀社特派记者　夏风

一、瞎了眼睛的老婆婆哭了

比过大年还热闹！人们尽自己所有的力量狂敲着锣鼓，狂唱着宪政的歌曲，狂呼区选的口号，飞跑到村外去……

——选举咱们的区代表去呀！

二胡子的娘——她是一区□口村的瞎了眼睛的老婆婆，她歇在炕上，听了那狂欢的锣鼓声、歌声和呼声，她的心快乐得发了狂，她忘记了她是一个盲人！她一撒开腿就想往外边跑，从炕上摔下来，倒在地上。她摔破了头，血从她的额上淌下来，但是她并不觉得怎样痛。她一爬起来，又想往门外跑，她跑到门口，人们已走远了！

——我也要去选举呀！……

她使劲地叫，但是，没有人知道！

她看不清楚道路，又不知道人家在哪儿开选举大会，她喊了一会儿，看见没有人理她，她急得大哭起来了！

——哎呀！我也要去选举呀！

她哭着，她心里感觉比她的丈夫死的时候还伤心，泪不停地从她那两个满是"添麻糊"（眼脂）的深凹的眼眶里淌下来……

村里儿童团所组织的检查队走道来了，围着问她：

——二胡子的娘，你为什么哭呢？

她听见有人问她，赶紧回答：

——我要去选举呀！你们快带我去吧！

孩子们听了，都笑起来了。

——咱们领你去吧！

她也笑了！

他们把她领到会场里，告诉了大家……

大家听了，都向她道歉，一个年轻的妇女觉得很奇怪，问她：

——你为什么这样伤心？你不参加有什么要紧？……

——呵，呵，你不知道！只有我这饱受了七十八年的苦的老人，我才最了解民主的紧要！我告诉你，我一辈子受苦，二胡子的爹被马老虎迫租迫死了，都是因为咱们老百姓没有民主！……我活了七十八年，到今天才得到了民主，为什么不紧要呢？

她很认真地回答她，她——那年轻的妇女觉得她说出这种不懂事理的话是极其错误的，她羞愧地垂下头来！

二、“等到天亮也要等！”

夜里，没有月亮也没有星星，满是灰暗的雨云……

敌人白天刚来“扫荡”过，烧了五间房子，但是，人们在夜里又在村外集合起来，进行区代表的选举啦！

一个四亩多宽的广场上密密地堆满了人群，人们的心都是□□的，可恨都不能用唱歌和呼口号发泄出来，因为××村离敌人的据点××桥太近了！

刚“坐月”（即刚生下孩子）的妇女们，“打摆子”（疟疾）的病人们，毛发已变成银丝、整天咳嗽的老人们……躺在人群前面的“病人席”和“老人席”那一列席子上，等着开票，他们都是抗属和被敌人烧了房屋、杀了亲人的难民……

——你们回去歇歇吧！选举的结果一弄出来，咱们就去告诉你们，你们不要等下去了，天气这么阴凉！……

县选会、区选会派来监选的工作人员和大会的主席团不断地劝他们。

——我要看看我选的人是不是当选！

——回去等着心里比在这里等着还焦急！

——等到天亮也要等！

这是他们坚决的回答。

（《抗敌报》1940年8月27日）

晋察冀军区的青年支队

晋察冀社记者　陈肇

一

晋察冀军区青年支队，这是一支崭新的队伍。它是定县、唐县、完县、曲阳、望都、平山、灵寿、行唐、井陉、新乐十个县份在今年夏天用了四十天的时间组织起来的。这个支队里完全是身体健壮、思想纯洁、抗日积极的青年。工农成分占百分之八十五以上，知识分子青年等约占百分之十五。这支青年部队，自集中之日起，即在××一带进行政治军事训练，待九月十八日举行成立典礼后便要在这块自己生长的土地上与敌人进行浴血搏斗了。

这些英勇健壮的青年从前都拿过红缨枪，都扛过土炮。他们曾经用红缨枪和土炮不断地袭击敌人、扰乱敌人，大大小小得过不少的胜利，今天换成了机关枪、三八式，我们敢说，他们不久一定要有特别辉煌的战绩给边区的和全国人民看的。

二

关于青年支队的创造经过，我们不谈各级青抗先队部和青救会是怎样布置的，我们也不谈各县各区各村各队部是怎样热烈挑战的，但是在宣传教育方面我们却不能不郑重提及。过去边区曾进行过春耕救灾，征收公粮和区村选举，在那些工作当中，我们看见了各县出小报，各村贴标语、漫画，各岗各哨进行识字教育，但是我们没有看到有这样多乡村剧团在到处活跃，这样多歌曲小调在到处歌唱——只完县就有四十一个剧团，六百四十四个演员，出演了四十五次，到场观众达三四万人。其他如平山，如唐县，剧团之多为边区之冠，活动情形还不能想象吗?

小学生活跃，也是过去很少见的，他们不但挨门挨户去说服、动员，他们还给入伍的青年立正、敬礼，他们还给战士戴花，举行晚会欢送，募集物品慰劳……这次入伍的青年，有很多是由儿童们动员成功的。

四十天能够组织成一个支队，自然我们应推崇宣传和教育的广泛和深入，而动员方式的灵活，有着伟大作用，更不能容人忽视。例如每次群众大会——特别是“五四”纪念大会——都充分地利用了(行唐“五卅”大会，有二百余青年入伍；回舍“五四”大会，三十余人入伍；井陉“五卅”大会，一百一十六人入伍；平山“五四”大会，一百二十人入伍)。殉难干部的追悼会，敌人的无耻残暴行为，昨天发生的事，今天就和它配合起来，给群众以特别有力的有血有泪的教训与激励。我们谁都记得吧，柳陀血案之后，不久就有一个“孝帽队”加入部队，这就是最好的模范例子。

武装宣传队，也是这次从军运动的创举，他们组织无数精悍的小队，到游击区，到敌人据点附近，一方面袭击敌人，一方面进行宣传，拉出了不少在敌人蹂躏下的青年回到祖国的怀抱。

在个别的地方，及时的具体的口号也发生了极大作用，例如定县游击区发生了敌寇把我同胞喂狗的惨事时，干部们就提出了“不愿喂洋狗，青年参加八路军去”的口号。才打过伏击，青年们正愤恨着红缨枪不顶事，便有人提出了“土枪不如红缨枪，红缨枪不如三八式”。这些口号都深深地打到青年们的心里，掀起青年热烈参军的狂潮。

三

四十天完成了这样大的一个支队，我们不能忽视了主观的努力，

“青年要起先锋作用”“青年要起模范作用”，这一次我们看到了确切的、热烈的实践。

首先是青年干部们，他们不只动嘴劝旁人，自己先做了榜样。灵寿四区大队长、平山二区青救会主任、完县某区的中队干部等，都是在大众面前振臂一呼，引出了许多伙伴一同入伍的。

由于干部的模范作用，青年们都成队地跟出来，在青年支队中，这样的组成部分有×个连、××个排、××个班，且有许多地区，全村青年一齐入伍的热烈情况。

青年们的成队叫阵，造成了挑战与竞赛的新方式。例如完县土门村的青救会主任率领全体队员到东峪村叫阵，大嚷：“你们东峪村哪回也不行，谁敢当场到青年连去!”这是一个火热的刺激，东峪村的队伍里马上跳出九个人来。

为了完成任务，干部们冲破了一切艰难与阻碍。如灵寿四区执委××，一连几天，昼夜奔走，动员了三十三个战士。井陉四区青救会主任，则更高一筹地完成了三十八名。平山某区青救会主任，家在敌占区，黉夜回家，跳墙去动员邻舍，终于领出了四个青年。完县二区二中队长，为了从军运动，饭都顾不得吃，动员了新战士，看他赤脚，把自己的鞋脱给他。有这些不怕艰苦的干部，什么工作不能完成呢!

四

末尾，还有一点，更不能容我们轻视，它是这支队伍所以能够四十天完成的基本原因——这便是一年来青抗先的组织与训练工作。

在这里我们不重复它如何培养了青年的军事基础，如何提高了青年的政治水平与胜利信心，我们只简单地谈：

第一，它在战斗中，提高了青年们的斗争情绪与参战勇气。在未经战斗锻炼以前，他们还不能够完全相信自己，但是现在他们已经充分认识了自己的力量和敌人的弱点。他们在几百次、几千次的袭敌扰敌当中，慢慢地能够去摸敌人的岗哨，能够伏在山上兜打敌人的屁股，并能够结成队伍，跟着正规军冲进城去，大投手榴弹……他们看穿了敌人的西洋镜，有了战斗的经验，慢慢地他们羡慕起那闪着耀眼光芒的三八式了。他们都在这样想："用三八式枪打起鬼子来该多么醒脾！"这是思想上的一个重要的转机！在这次青年支队的创造中，我们相信有许多青年是为了实现他们的这个希望，为胜利的心所驱使而入伍的。

第二，青抗先的集体生活是出操、学习、睡觉……把一粒一粒的散沙胶合在一起，使他们感觉到军事生活的有趣味，这也是青年们踊跃入伍的一个潜存的原因。

崭新的青年支队已胜利完成，几天之后，他将要在疆场上大放异彩了。一、二、五各分区的青年们，看到这"兄弟"队伍的光芒之后，一定也不甘落后。我们敢这样推断，其余三个分区的青年们，说不定会创建起更大的青年队伍哩！

（《抗敌报》1940年8月27日）

井陉新矿的毁灭

蓬生

攻打井陉新矿的战斗，是边区子弟兵在这次“百团大战”中最漂亮的战斗之一。咱们从八月二十日的晚间起，两天之内，把敌人的东王舍新矿完全破毁了。这篇通讯，是担负这次战斗任务的×营蓬生同志写来的，从这里可以看出边区子弟兵是怎样英勇坚决地完成了他们的伟大光荣的任务。

——编者

当上级决定我们执行光荣伟大的新任务之后，我们在连队里积极地进行了各种准备工作和各种意义的深入动员。

二十日下午四时，我们××中队和工兵连的一部集结在一个村边，听营首长训话。首先是顾营长讲话：“同志们！今天我们要去打井陉新煤矿，这一回，我们一定要打开它！机枪如果不行，就用大炮打，再不行，就用大铁锤锤开它！”他□□准备破坏敌人□□的大铁锤，战士们都笑了起来。他又说：“总而言之，我们一定要打开它……”接着金教导员讲话：“……同志们！这个光荣的任务，我们是有把握完成他，但我们必须下决心；这决心，应当是‘不完成任务，不回来！’你们说，对不对？”

“对！”战士们铁一样的回答了这个号召。——讲完话队伍就开始行动。

天气有点儿阴暗，太阳躲在薄薄的云彩里，□风吹拂着静寂的山沟，几百个英勇的健儿在狭隘的山沟里，威武地前进着。

拐过几个山沟，爬上几道大岭，在山顶上，队伍隐蔽休息，遥见山底下正前方六七里的地方矗立着敌人大烟囱和高大的风车房。

这时候，顾营长率领各连长指示地形。他指着山前那个被树林围绕着的村庄，兴奋地说：“……这就是新矿，在新矿那边就是老矿……”

一会儿，夕阳西坠，晚霞点缀天边。突然矿厂里闪起无数盏电灯，金色的光芒从稀疏的树林里边射出来，许多战士稀奇地探望着。这时候，从山岗上低声地传下一个口令：“喂！同志们！往下传，叫土豹子上来看电灯。”这个命令像一包笑药，这包笑药治好了大家爬山的疲劳。

天色刚有点模糊，队伍就偷偷地下山。到了山脚，夜幕已笼罩在大地。晶莹夺目的灯光，这时候显得格外的光明□□□□□□□□

这时候，队伍分成□部，一部由金教导员率领，绕过新矿的东面去牵制敌人，一部由顾营长指挥从西边直接猛攻。

十点钟光景，东边隐约地传来了机枪声。接着，新矿周围展开了激烈的攻击。只有几分钟，电灯完全熄灭（因我工兵连剪断敌人的总电线），敌人大为恐慌，我军乘机积极活动，猛打猛冲，不到半点钟，东边一部攻下一个堡垒，西边一部也攻下一个堡垒，炸开了敌人又高又厚的围墙，使主力部队一拥而进。敌人没有办法，退守小高地上两个堡垒顽抗。

下午三点，小高地上的两个堡垒又叫我军攻占了，敌人退到机器房。当时我三连连长沈万玉同志，见机器房仍在敌手，非常愤恨，他便激动地鼓励大家：“同志们！怕死不怕死？”

“不怕死！”

“不怕死！咱们冲下去，夺取敌人的机器房！冲呀！同志们！”他领导全连战士，猛虎般地冲下去，占领了机器房。机器房的敌人退了，但不幸得很，我们这位□□的沈连长就在这次冲锋中光荣牺牲了。

二十一日拂晓，残敌退至新矿南边一个堡垒顽抗。我东边部队因情况变动，调回与主力合并。上午与敌相隔三十米远对峙着。下午，我从各方面积极活动，威胁残敌。至四时许，残敌不支，放弃新矿向老矿狼狈败退，我军猛烈追击，敌受重大损失。是时新矿全部被我占领，一切的大米、白面、罐头、饼干……都变成了慰劳品。

这一场战斗，计活捉敌排长一名，站长一名，工程师一名，小娃娃两名，击毙敌人十余名，活捉伪军八名，缴获小炮一门，步枪十支，短枪两支，发报机一架，电话机二十余个，其余军用品一时数不清。

二十二日，我们将新矿彻底破坏。

二十三日早晨，老矿敌人出来反攻。下午敌人在飞机掩护下又与困守贾庄堡垒的残敌会合。我因敌情变化，即自动转移阵地至××一带，执行新的任务。

回来时，天已薄暮，道经原□，回头见新矿□矿都是黑沉沉的一片，老矿的汽笛（即工厂放气的声音）胆怯怯地轰鸣着，样子像垂死的病人的断□呻吟□□破□矿厂里□起黑烟，大概是矿井着火了。

（《抗敌报》1940 年 9 月 14 日）

老乡！把这两个日本女娃娃送到敌人那里去！

晋察冀社通讯稿　沙飞

正太路东王舍车站站长日人加藤，于我军进攻东王舍要点新矿之际，偕其妻与二幼女逃入敌寇堡垒躲避。该堡垒当经我军攻破，其妻于炮火中亡故，加藤逃入矿井受火伤，经我救治无效死去。遗下二幼女，最幼者并于混乱中负轻伤，当经我军携回。我聂司令员见之，怜爱至尽，即请奶妇喂养幼女同时调治伤处，予长女以牛奶罐头，百般爱抚，并着妥人送回敌方，亲笔致函嘱咐转其亲属抚育。其时敌方飞机大炮正向我肆虐，炮火紧密，而该二幼女在严密卫护下，竟安达敌方，本文为此实事之速记。

——编者

孩子已经不哭了；她揉了揉含在小眼眶里的两颗晶莹的泪珠，她起先还是带着像在堡垒内一样的恐怖心情凝望着四周陌生的人群；她有点奇怪了，那个是什么人呢？——那个人可不是爸爸，也不是“皇军”，可是他抱住妹妹——妹妹也不号啕了。他正在替妹妹包扎着脚上刚才为流弹所擦伤的伤口。他又看着旁边睡着的那个人，那个人是爸爸——加藤爸爸，脸色很难看，眼睛已不动弹，一声也不响。

——救不活了。孩子听不懂那个医生的话，她见他摆着两只手，满脸失望的神色，她已意识到爸爸不幸的命运。

孩子的爸爸——加藤，是正太路东王舍车站的站长，在今天早上（二十一日）当炮火密集，我军已攻占敌人东王舍要点及新矿时，他带领着年轻的妻、这个六岁的女孩子和一个八个月的女孩子，跑到堡垒里。他梦想着的安全堡垒的顽抗并没有经得起我像暴风雨一样炮火的袭击，敌兵一个个在急骤的炮弹里倒下去，他的妻子也被打死。他仓皇地逃入矿井内，可是矿井马上起了火，他便被烧得不省人事了。

我军攻占下堡垒，拾到了这两个孩子，也救起了这个站长。加藤救治无效了，火伤已使他最后奄奄的一息也停止。×大队长亲自替那个小的孩子包上了伤口，孩子在他的轻轻抚慰里，感到温暖了。

又是一群战士带了一群老乡，挑着一篮的水果欢天喜地地来看这一对小俘虏。

——可怜呵！这样小的孩子。老乡用着同情的调子轻轻地说。

——不是吗？日本军阀这种罪恶的战争，已使他们这些无辜的孩子都遭殃了。

×大队长用着是怜惜也是愤恨的声音向老乡们解说着。

孩子仍然是听不懂周围人的话，可是她却感觉着这一堆穿着军衣，或穿着便衣的人们，脸上总是堆着异样的慈祥与和善。

当×大队长从水里救起她时，她那两只乌黑发亮的眼愣愣地望着他，才□□的□□来，——她已消失了恐惧的心情了。

——把她送到聂司令员那里去。×大队长这样吩咐着。

于是把两个孩子放在两只篮子里，一个老乡挑着，一个战士把她护送去了。

当这两个篮子被挑着的人放下时，那个大的孩子也把放在嘴里的果子拿下来，她又看见这一个她不相识的人，这个人先抱起了妹妹，又搀起了她，妹妹偎依在他的怀里，像在母亲的怀里一样，他抚摸着她的头问着，旁边的一个把它重述了一遍，她听懂了。

——你害怕吗？

她摇了摇头。这个人找来一个奶妈正在喂着妹妹的奶。他又拿来一筒牛乳，冲好了喂着她。孩子奇怪了，这是谁个呢？这是爸爸吗？不是，可是为什么他是这样慈祥与和善呢？

这是我们的聂司令员，这是不仅对我们，对我们人民是那样和蔼可亲，爱民如子的领袖；而对敌国的孩子，不，对整个日本人民大众都是那样仁至义至，那样伟大的富有人间爱的国际主义者，你想能不使敌国六岁的孩子都要感动吗？

是的，孩子在笑了。她黑溜溜的两只小眼睛不转动地凝视着他，孩子扶在他身上像扶在母亲怀里。

聂司令员吩咐着要把这两个孩子送回敌人那里去，首先，那几个老乡就奇怪了。

——是的，我们一定要把她们送回去，我们进行的战争，是革命的、正义的战争，我们不会像日本强盗一样野兽似的屠杀中国人民，残杀中国孩子，让日本人民知道我们进行的战争不仅为着中国，也是为着日本人民、日本孩子。聂司令员用缓慢的语调替四周的人解释着。

敌工干事把送回去的话，转译给孩子，孩子依依不舍地抱住了聂司令员。聂司令员轻轻拍了拍孩子的头，孩子像是要流泪了。

——老乡！还是你挑着送她们去吧！送到敌人那里去。聂司令员把孩子放到篮筐里，把筐子里填满了梨、□等水果；边看着一个战士说：×××！你也跟着去！聂司令员交给他一封亲笔写给敌人的信，信上是这样写的：

日本官兵诸君：

日阀横暴，侵我中华，战争延绵，于兹四年矣。中日两国和平人民死伤残废者，不知凡几，辗转流离者，又不知凡几。此种惨痛事件，其责任应完全由日阀负之。

此次我军进击正太线，收复东王舍，带来日本弱女二人，其母不幸死于炮火中，其父于矿井着火时受重伤，经我救治无效亦不幸殒命。余此伶仃孤苦之幼女，一女仅五六龄，一女尚在襁褓中，彷徨无依，情殊可悯。经我军收容养育后，兹特着人送还，请转交其亲属抚养，幸勿使此□无辜孤女沦落异域、葬身沟壑而后已。

中日两国人民本无仇怨，不图日阀专政，逞其凶毒，内则横征暴敛，外则制造战争，致使日本人民起居不安，生活困难，背井离乡，触冒烽火，寡人之妻，孤人之子，独人父母。对于中国人民，则更奉行烧杀淫掠，惨无人道，死伤流亡，痛剧创深。此实中日两大民族空前之浩劫，日阀之万恶罪行也。

但中国人民决不以日本士兵及人民为仇敌，所以坚持抗战，誓死反日者，迫于日阀侵略而自卫耳；而侵略中国，亦非日本士兵及人民之意愿，亦不过为日阀胁从耳。为今之计，中日两国之士兵及人民，应携起手来，立即反对与消灭此种罪恶战争，打倒日本军阀财阀，以争取两大民族真正的解放自由与幸福。否则，中国人民固将更增艰苦，而君辈前途，将亦不堪设想矣。

我八路军本国际主义之精神，至仁至义，有始有终，必当为中华民族之生存与人类之永久和平而奋斗到底，必当与野蛮横暴之日阀血战到底。深望君等幡然觉醒，与中国士兵人民齐心合力，共谋解放，则日本幸甚，中国亦幸甚。专此，即颂

安好！

聂荣臻

八月二十日

最幼女于混乱中负□伤，已为之上药包裹：请注意医治为要！又及孩子用依恋的目光，离别聂司命员，也别离了这一堆她看来是慈祥和善的人。

前线炮火正炽烈着。正太线的惨败引起敌人调□大批的飞机正在作残酷的毫无目标的轰炸。

我们的护送战士仍然带着这挑着的两个日本孩子走向敌人方向去，没有恐惧，有的，只是为这两个小生命被自己国家强盗的炸弹杀伤的担忧。

（《抗敌报》1940 年 9 月 14 日）

八路军百团大战中的儿童

晋察冀社特约通讯员　冯宿海

一、炮火下慰劳前线

九月八日的中午，我子弟兵冒着牺牲，冲进了回舍镇的西北角，敌寇不支，退到南山上负隅顽抗，做垂死的挣扎！

我同几个负责指挥的同志，正在回舍西北北水村外的山上，距离不到一里地，炮弹不时地落在我们的阵地，敌人的飞机也在空中旋来旋去，低空飞翔着，但是我们的战士，没有一个人动摇，好像没有这么一回事似的。

“哔哔、剥剥……”

一阵紧一阵缓，大炮声和机枪声搅在了一起。在我们身旁的一个排长，刘福明同志，他不知为什么回头看了一下，猛地向我一推说：“你们看，山下来了一队人。”

是的，一队小人，很整齐，每个人头上都戴好一个用柳枝编成的大防空帽，有的抬着筐子，有的提着篮子，在山路上走着，敏捷、活泼，一群小鸟般的，迂回到山上来了。前面一个喊：

“同志们，我们来慰劳你们来了，我们是西××的学生和儿童团。”

××主任说：

“小同志们，你们辛苦了，谢谢你们慰劳我们！”

“哪里辛苦，你们才真辛苦呢！拼着命打鬼子……”

果子、枣，堆积了一堆。

他们你拿几个梨我拿几个桃，有的□我们往手上递，有的要去给正在作战的战士去。

××主任说：“小同志们，我们感谢你们的慰劳，可是你们把东西放到这里，我们给他们散吧，看敌人发现了你们不好……”

“不要紧，我们不怕，我们就是来亲自慰劳同志们的。”

一群孩子，最大不过十五六岁，你一言我一语的，说着、跳着，爬到战士们跟前了。

看那些战士们，高兴得抿不住嘴，一手拖着枪，一手拿着梨或者桃，偎依着那些儿童——新的天使，像偎依着他们的弟弟，在边说边笑边吃着，还有的战士咬一口梨，忙着又放下，用手指向敌人，给他们看。

这种景象，我是第一次看到的。是的，这些儿童，新中国未来的主人，他们是在战斗中长大的，他们不怕炮声，不怕飞机，更不怕日本鬼子。有这些准备战士，中国一定不会亡，最后胜利一定是我们的。

二、一个儿童宣传队

九月十二日午后，漫阴天，没有风，空气是闷沉沉的。

四点钟过了，记者吃罢了午饭，走到柏卜村的当街，正遇见一队子弟兵向东前进，枪上的雪白亮光的刺刀，在同战士们奕奕焕彩的眼光交相辉映着。

街的出口处，搭着一个欢迎棚，棚内主持欢迎事宜的长者，在向胜利归来的边区子弟兵，委婉感动地递茶送水。战士们有的点点头，笑着过去了，有的接过来一饮而尽，也笑着过去了。棚外左边站岗的两个儿童团，背着木质的大砍刀，笔挺地立正着，举着手向光荣的战士们致礼。战士们都不约而同地转头到儿童的岗卡送一瞥答谢的笑眼。

沿途不时听到这样的口号声：

“欢迎边区子弟兵胜利归来!”

“庆祝八路军百团出击大胜利!”

…………

在这种断断续续的响亮的口号声中，忽的听见一阵锣鼓声传来，大家寻声看去，但见大队的尾巴处，出现一面大红旗，上书“北庄儿童团宣传队”，后面是一队儿童，且走且歌。

“……勇敢善战的八路军，八路军，八路军……咱们拥护八路军……”

这群天真的小孩子神气地唱着歌、喊着口号把队伍送至村外，敲着鼓、打着锣再走进村来，来到一个广场上。这时早有柏卜村的儿童团排队迎来，两下相见，来了个三面包围的形势。互相敬礼之后，首先由柏卜村儿童团唱了一支歌，其次北庄儿童团也唱了两支歌，歌声响亮，□□可听。这时的场外，已经集拢了一群看客，说长道短，有的品评这歌子唱得好，有的就谈论孩子们队形的整齐。

“二巴，天气不早了，向大家讲讲话回去了。”

一个小孩子走出来：

“同志们，今天八路军发动百团大战，胜利归来，一度占领了天险娘子关，切断了敌人华北的八条铁路线，粉碎了敌人进攻大西北的阴谋，打击了投降妥协，争取了时局好转，保卫了边区，保卫了咱们老百姓的生命财产。老乡们，共产党、八路军是咱们边区人民的救星，他们今天胜利归来，我们要慰劳他们。”

场中的儿童，立刻叫起来：

“慰劳八路军!”

“八路军是我们的救星!”

接着他又说：

“我们要多多发动慰劳品，慰劳我们的八路军。同志们，我的话完结。”

场外立刻一阵掌声，接着又是一阵高呼。

三、站稳在自己的岗位上

九月三日，记者从灵寿陈庄出发到平山来，途经平山下东峪村，一个不大的儿童，给我施了一个礼，说：

“同志，带着路条没有？”

我这时正想歇息一下，心想同孩子开一个玩笑吧，于是随口答了一句：“没有带着。”

“那你不能走。”

我笑着，他捉住了我的手，似乎怕我跑了。我便坐在他把守着的识字路牌旁边的一块石头上，这时从南面又跑来一个比他较大的女孩子，边走边说：

“没有路条不能走。”

“我没有路条怎么办呢？”我又补白了一句。

那孩子说：“没有路条你念这个路牌吧！”

我看看路牌，上面写着“庆祝八路军百团战役大胜利”，我便又说：

“我不认识字，你教给我好不好呢？”

“不沾，你为什么不识字？今天你□走不了。”

小孩子像是急了，瞪着眼看着我，顺手又捉住了我的背包。我说：

“我没有念过书，怎么会识字呢？还是小同志教一教我吧！”

这时那个女孩子对他说：

“黑狗你教给人家吧，人不认字。”

“你不会教吗？”

“人又不要我教。”

“是呀，我是叫你教的，小同志你教吧，我还走路呢。”

孩子看我很诚意，便起来用手指着路牌上的字说：

“这是‘庆祝八路军百团战役大胜利’，知道了吧！”他回头看看那个女孩子，又说，“咱们八路军打了大胜仗，占了娘子关，占了井陉矿，还占了好多地方哩！这个胜仗可是大呢，你怎么还不知道？”

说着他看着我，似乎很骄傲，又仿佛切盼我领会他的意思。我端详着这个孩子，也不过十二三岁，但是他使我佩服，我也佩服平山的宣传教育工作的及时。

“是，我知道了，小同志，可是娘子关在哪里呢？”

“嘿，连娘子关你都不知道，那是多么出名的一个地方呀，我们老师前天就告诉我们说了，娘子关在山西呢！”

那个女孩子抢着告诉我，像很看不起我的样子。

“是呀，你们有老师教你们，我没有老师教我。谢谢小同志们，你们是我的老师，我知道了！要我走吧。”

“哼，这两天戒严呢，没有路条可不沾，不然就同我到村公所□。”

我笑着从口袋拿出路条给他们看：

“好孩子，我有路条的。”

…………

一路上走着，那英俊而精明的孩子，在我的脑子里盘□着。

我看到了我们伟大的、光明的下一代！

一九四〇年九月十二日

（《抗敌报》1940年9月24日）

滹沱河上的九月十八日（特写）

晋察冀社特派记者　田间

从“百团大战”中缴获的机关枪、步枪全架在会场上，俘虏日本山田和他的朋友也参加了，他们吹着口哨，在庆祝百团大战胜利的照片展览处旁边走着，在用花朵和松柏所编的路上走着。

下午三点钟。

黑色的“九一八”三个大字飘荡在滹沱河两岸的高空上，由庆祝百团战役大胜利的红色横幅连起来了。

刘政治委员说：“用我们伟大的胜利来纪念这悲哀的节日！”

袁副政治主任说：“共产党□拿出他的好的主张——《双十纲领》来纪念第九年‘九一八’。”

（群众一致呼喊：——庆祝百团大战的大胜利！——拥护双十纲领！……）

全会场举出了所有的手通过袁副主任所提出关于通电慰问军区首长聂司令员，中国共产党领袖毛泽东同志，北方分局领袖彭真同志。

（儿童团喊：——共产党八路军是我们的救星！）

平山县议会韩议长代表平山人民向八路军致敬，并号召平山人热烈参加八路军为夺取更大的胜利，政权保证抗属有饭吃有地种……

（党代表呼声：——共产党员要起模范作用！……）

会场立刻骚动了。成群结队的来了，像滹沱河的浪潮一样，没有几分钟，两百多人自动地走到台子跟前，要求入伍。

（歌：老乡们，老乡们，快快参加八路军！……）

——我叫齐学久，九区北庄人；我是共产党员，为了国家，为了革命，我要参加部队！……

这样讲话的有五六个，第二个和第五个也是共产党员。第三个是一个“小青年”（别人这么喊），手上还提着包袱。熊司令员亲手把一朵花插到他的胸口，那花在灯光下露着光荣和勇敢！

（妇女呼喊：——青抗先，模范队，……要勇敢。）

又有十几个来了，乐队在为他们奏乐，妇女在为他们插花，大家在为他们歌唱。

日本人山田和他的朋友举着手掌向我们演讲：“我们来到这里，受到八路军首长和同志的爱戴，我们很快乐……我们愿意像日本一般人民和广大士兵一样愿意和八路军和中国人民联合起来，打倒共同的敌人日本帝国主义！”两个人共同地唱了日本云霞歌。

（再来一个，再来一个。）

他们又唱了反战进行曲。

外面的人围住会场，像一道城墙，月亮从树林里上升了。百团大战的烈士纪念碑里面发出红光，星星在那里闪着。

唱了挽歌，一切的头都低下来了，为连长戴克明同志及其他英雄静默。熊司令员，群众团体代表走上去献花圈。祭词响了：

“我们的胜利是用他们底血肉换来的！……”

夜风把最后悲壮的乐曲又吹走了。

“九一八”黑色的三个大字在高空中像受难的英雄屹立着。

一九四〇年九月十九日于平山

（《抗敌报》1940 年 9 月 28 日）

十　六　团

——出击正太线战役报告

晋察冀社特派记者　田间

敌人从前面的山顶上用肉眼就可以望到这条大路。机关枪的火力可以没有什么阻挡地射到这里。半点钟以前，送粮队遭了小不幸，一个小毛驴被击毙了（倒在路上，肚子冒着血）；又一袋子白面同时撒在沙和石头缝里。平山的民兵不顾一切地用手把白面捧起了三分之二，送到十六团。

我们平安通过了。

十六团沿正太路一带驻防。它的营、连分散在正太路上和西边大山上。——团的指挥部离铁路二里，这儿叫台头。

台头！
要不是你这个山沟。
我们十六团
早把敌人
歼灭得光溜溜。

台头靠铁路边，有两三百户，但仍然是个大山沟。平原上来的武装同志，对于山不管怎么样有时候会这样地不满。侦察员大口地这样哼着。要是在平原上，他们却能够像风一样地收拾敌人，到这儿，他们打了好几天，白天打，夜间打，总要翻一些高山。

今天五连正和七八十名敌人对峙在前面的山顶上，机关枪面对面地相监视着，也经常地用整串吵嚷相扭打着。中间九百米远的地方，几乎被枪火和手榴弹的爆炸扫光了，连沙粒都粉碎了。这个地方成为攻击令的主要起落点！

今天（二十四日）下午，离开山顶也不过十丈左右高（也可以说是在山面上），日本飞机低低地转过两次，每一次战士都用步枪大胆地高射。

在一点三十五分，日本大炮就上来，从山脚向我们的阵地猛攻，沉重的蓝色的炮烟压住半个山面；第一堆炮烟还未散开，第二堆炮烟马上又插进，可恶的炮烟呵。（敌人发出四十大堆炮烟作为初期猛攻）当山谷轰隆着，敌人的宽长指挥刀命令他的机关枪手突击，行动了五十多米远。——晋察冀强壮和美丽的手榴弹为保卫每一米远，每一寸边区的土地，在他们无耻的机关枪四围咆哮了。子弟兵第三班全班跟着我们的火焰的亮光向敌人掷手榴弹，他们的眼睛和刺刀一样明亮，同志的喊杀声和手榴弹在祖国的山岭上交响着……

日本刺刀战栗了，他的机关枪撤退了几步。

蓝色的炮烟比较弯曲和高升。

山岭上看得见大半是步枪往前动，在用子弹争夺，而刺刀伸得更尖锐。

那里火花高声地、激烈地歌唱着：

“谁是正义，
谁能取下
台头战线上的胜利与光辉？”

大路上白面并不停止运输，村公所的羊肉已经把皮剥去了，羊肉更红地晒在驮子上为慰劳十六团的英雄们而来。民兵坐在河滩上抽着家乡的旱烟。

大炮继续猛攻了，敌人在步枪火花的歌曲没有片刻休歇之间接着第二次反攻。——使五连更愤怒了，我们平原上来的老机枪手把胸膛耸了一耸，一小队敌人在数秒钟翻倒了。

他的机关枪抱着破损的声音还传到那边更远的山岭去。五连的号手吹着子弟兵勇敢而崇高的灵魂而向胜利前进，十六团的总号手代表团长和政治委员在这种冲锋式中用夸耀给同志助威！

那时候，我们快乐得甚至于流泪了。

我们想，今天又可以像二十日晚上似的到正太路上重新看被十六团破坏的车站和大石桥啦，从这边只要走出二里路。

一九四〇年九月七日

（《抗敌报》1940 年 9 月 30 日）

慰　劳　站

晋察冀社通讯　倪尼

十三日的早晨，当我走到洪子店的时候，各墙上都贴满了红绿色的庆祝百团大胜利的标语。虽然下着小雨，街上有些泥滑，可是街上的人都出乎意外的热闹，并且每人的脸上都含着微笑。

从四面八方来的老乡们，牲口上有的驮着猪羊，有的驮着各种的蔬菜，妇女们拿着鞋子，提着馒头……都是来慰劳咱们那在前线胜利归来的八路军的。

一个六七十岁的老太婆从村头走了来，笑得合不住嘴，对人们说："慰劳站可热闹呀，我家去拿鸡子来慰劳咱们八路军。"

我跟着他们走到了慰劳站，真是伟大呀，用席搭成的宫殿式的慰劳站，里面贴满了宣传画，是民众们自己画的，有趣味极了，有的把日本帝国主义画的像个乌龟，缩着脖子被我们八路军打得连滚带爬的。慰劳站前面是用松树枝搭起来的牌坊，牌坊上高竖起旗杆，灿烂的红旗在飘荡着。

各县慰劳做得很是周到，这里经常有两锅开水或豆汤，给伤员预备了什么挂面啦、鸡子啦、糖果啦……在桌子上陈列着。挂着红布条的青年妇女慰劳员们在招待着我们光荣的战士。

雨慢慢地停了。

妇女自卫队拿着光荣花，打着欢迎旗来了，儿童团唱着歌来了，民众乐队（国乐）吹打着也来了，在慰劳站前的路口上摆开了队伍。

队伍从远方雄壮地走来了，前面先是担架抬着的伤员，欢迎的人们顿时锣鼓喧天。

伤员较轻的放在慰劳站里，青年妇女慰劳员，给每个伤员同志拿着吃食，有的伤重不能自己吃的，妇女慰劳员很耐心地一口一口地喂下去，这使我们的伤员同志感到老百姓对他们无限的关爱。

大队走过时，同志们扛着得来的大炮、机关枪，妇女儿童们端着水碗、花生，把鲜明的光荣花插在指战员们的胸前，每一个人的脸上也笑得像开了花一样。

一九四〇年九月十五日

（《抗敌报》1940 年 10 月 2 日）

涞源人民怎样怀念着八路军

晋察冀社特约通讯员　王炜

无论敌人怎样花样翻新地进行奴化教育，企图麻醉我人民，可是群众总是热切地惦念着八路军。在这里（涞源城附近）你会看到刚收复的那些在敌寇蹂躏下的据点里的同胞，是怎样拉着我八路军战士的手诉说着在敌寇统治下的痛苦与凌辱，诉说着对八路军的关怀和挂念！在我们休息的一家里，一个十一岁的小孩子很快地和我混熟了，他要求我唱歌给他听。我唱了两支歌曲以后也照样要他唱，他说：

"我都忘了，从前八路军炮兵连连长、连副都住在我们家里，他们老是在院子里唱歌子，我听得多了，不用学我也会唱了。——还有宣传队。"他忽然转了话锋，"宣传队在我们村里演戏：一个日本兵出来了，顶怕人，一个八路军一举枪把他打死了，嘻嘻……"孩子笑起来，显然他很激动于过往的回忆。

"我常常做梦梦见八路军，我想他们为什么还不赶快来这里呢？"他是多么怀恋八路军和憧憬着八路军的再来呵！

当我们搬家时，他一定要送我到新的住所去，我劝止了他。曙光照着他黄色的小脸，黝黑的眸子里闪射着无限的留恋和欢欣的光辉！城边震人的炮声他像没有听到。

我走了几步又回头向站在那里的孩子望望：

"以后你会忘记我的吧？"

"不，我忘不了，你叫王炜，王炜！"

这孩子天真的声音我是永远忘不了的呵！这敌人迫害与凌辱下的孩子，今天在八路军的温暖而慈祥如母亲一样的抚慰下，又苏生与活跃起来了！

一九四〇年九月二十五日于涞源城下

（《抗敌报》1940年10月2日）

别久情深的八路军和涞源群众

柳杞□记

二年多了，八路军别了涞源城；二年多了，五虎岭的北面朝朝吹着思念的风；二年多了，涞源的群众在日寇压迫底下气恨填胸地过着日子。

涞源的群众气恨填胸地度过二年了，可是他们别久念深地想着八路军。八路军不拿人民一草一木，八路军是苦难的拯救者，八路军是人民的军队……突然的八路又以自天而降的突然和他们见面了。这场会面的仪式是异常隆重的。大炮轰响着，遮天盖地的八路军冲上前去围上前去！于是三甲村克复了，东团堡克复了，许许多多地方收复，许许多多的日本强盗躺下了。胜利风传着，涞源群众是怎样兴奋得醉了，快乐得醉了。他们忙着抬担架，老太太忙着烧开水，女人孩子也忙着慰劳他们！……

涞源城东南郊走马驿一带的村子展开了军民亲切的画面，人民尝到了从未尝到的感情，做出了从未做过的感人的事情：

饶家庄子许多妇女把鸡子煮了，切细了，来喂光荣的伤员。她们知道伤员不能喝冷水，所以他们看到的热鸡汤永远是热腾腾地冒着热气。她们备有一饮而尽的小米汤，有可以嚼烂再咽的稀粥，还有盛一满碗里可以保持一个尖顶的黄米粥。她们的关心爱护是无微不至的。

乌龙沟，一个不知姓名的青年妇女，她在村口，热诚地慰劳每个光荣的负伤战士：

“同志，你辛苦了！”她说着就放过去三个梨子，每个战士都是三个梨子的慰劳。她一面拿梨子，还忙着剥掉葡萄美丽的紫衣，取出葡萄肉里的核，然后才小心地放到重伤员的嘴里去。

走马驿六百多个的妇女，她们忙着调馅子、切青菜、擀面皮，像匠人工制他们的手艺品一样，群群的饺子在板盖上站好了队，又像一群乳鹅一样被赶下了沸水的锅，然后自己尝尝滋味如何，生熟如何，最后才去慰劳他们最敬爱的负伤的英勇将士。

煤窑村，这个并不十分大的村子，全村的妇女儿童都为光荣的伤员献出她们集体的精力了。大家围绕着慰问棚，妇女们急急忙忙地做着慰问鞋，还兼着儿童们的煮饭慰问，并一面照管着伤员，问他们吃挂面条不吃，吃绿豆饭不吃。

“挂面是容易消化的，同志。煮绿豆吗？那是很去火的！”她们唯恐伤员饮食不佳，损亏了身体，还一面述说着食品的功效，替伤员的胃口作着煽动工作呢！

五节崖村，一个白发老太太，她说她看见过盛世太平，看见过兵荒马乱。她恨恨地说她从没看见过这样凶恶的日本鬼子，而后又展开额间所有皱纹说：

“我也见过比菩萨还好的八路军了！”

她从家里捧出她与众人上的慰劳品来，这是她过八月十五的没舍得吃下的月饼，听说她的心爱的孙儿曾分去她的一小半。现在她慷慨地全部拿出来慰问了。

蓝家庄和张家庄的妇女们，在转运的担架边没有过来，她们时刻不离地守护着伤员，替伤员赶苍蝇。她们保证每个伤员不受苍蝇的欺侮，用艾草在慰问棚拉开了一条警戒线。她们扇着，扑着。

在杜村一个老太太，在暗无天日二年多的日子里，六十岁的年纪头发已经霜白了。她在伤员室里亲切地抚问着我们光荣的伤员，慈祥而又耐心地一手端了绿豆碗，一手把着筷子：“同志，吃点好得快，吃点吧！”

已经摇头表示不吃的伤员，听了她慈祥如母的话，睁开困乏的眼睛，又点头答应了。

许多许多的字和纸，都难写尽她们的兴奋与热爱的。但是我的告诉不能仅限于这些。

涞源的群众在我们部队一到，他们全兴奋起来了。他们见到来自百里之外易徐满老乡，更感动得愈加积极了。许许多多涞源老乡，喘吁吁地抬着伤员爬上五虎岭，他们几乎全不休息的，谁若休息，另一说："走吧！好几百里的老乡全为我们来了。不拼命干连自己也对不住！"

一个带路的小孩子，在黑夜里他的声音曾很痛地划过同志们的心。他说：

"干什么我也去，因为我们已经是地狱里的人了，是死了又活了的人了，是八路军救活我们的，今天我什么也干！"

东龙虎村一个七十岁的老太太，在仇恨的堆积和高度的兴奋里，她英勇地加入了民兵队，拿着镐头到下北头去破坏敌人的工事，连敌人一块小木板也打碎了。她说：

"只有八路军才能替我们出气！"

（采自三专区战委会《涞灵战线》通讯）

（《抗敌报》1940年10月4日）

沸腾了的谢家沟

战委会特派前线记者　江波

一

夜没有月，点点的星星，闪着冷眼，谁使得夜深情瞅着幽静的山沟和树林，可是，巨马河在沸腾着，谢家沟在沸腾着……

炮声刚刚停住，全村的自卫军、模范队、妇女自卫队，老头队、老婆队、儿童团……都集中在村南的广场上，他们蹲在地上，眼睛都集中到站在队伍前面正在讲话的一个人的身上。

“……我们为了扩大八路军百团大战的胜利战果，为了给敌人以更大的打击，为了扩大并巩固咱们边区，所以……”

全场的群众，动都不动地静静地听着，这个人继续讲下去：

“所以今天咱们边区的子弟兵要攻打涞源城、东团堡等地的敌人，给咱们老百姓除害、报仇。那么，我们应该都动员起来，组织担架队、慰劳队，配合前方的部队作战……”

这位同志的话，一字一句地送到每一个人的耳朵里，群众骚动了，他们恨不得马上走上火线和鬼子拼一场……

“……散会后，担架队赶快预备担架、背包，民兵准备自己的武器，天一亮就在这里集合，同时按村合理负担的办法，各家也赶紧准备小米，好给他们带上做给养……”散会了，全村所有的人，行动了起来，他们沸腾了，兴奋快活……

二

大多数的家里都没有了米，新割回来的谷子，刚刚切下了穗，还放在场里，可是为了解决民兵的给养问题，他们用了各种各样的办法。

老太太爬在锅台上烘着还未晒干的谷子，小孩子坐在灶火前烧火，年轻的妇女在朦胧的天幕下推着碾，姑娘们坐在麻油灯下赶做慰劳鞋，模范队自卫军也在忙着绑担架，理行装，老头队、儿童团互相配合着放出岗哨……

全村子整个的沸腾了，兴奋、快活、紧张、严肃的空气充满在村子里的每一个角落里。

三

月亮已经高高地爬在南山上，悄悄地窥视着谢家沟的每一寸土地，每一个人民。

四五副担架，十六七个民兵，十六七条米袋子已经都集中到村南的广场上，十几双山鞋（连夜做出来的慰劳鞋）也都集中到村公所的炕上了。

"同志们！行李、家伙和给养都准备齐全了吧？"小队长问。"齐全了！"低而有力的声音，从每一个队员的喉咙里挤了出来，充分地表现了他们积极而执着的精神和不可战胜的伟大的力量。

"好！现在就出发。"

四

东方渐渐地发亮了，一支坚强的行列，沿着山路，挺向东北方向去，轻巧而迅速的脚步，和汹涌澎湃的巨马河的吼声，合奏成雄壮的进行曲。

巨马河在咆哮着，而谢家沟渐渐地沉寂在朦胧的朝气里……

（采自三专区战委会《涞灵战线》通讯）

（《抗敌报》1940年10月6日）

攻克下北头之战

江凡

下北头是涞源到插箭岭的一个心腹据点，它对涞源和插箭岭的敌人是起着联系和呼应的作用的。

有“讨伐队”四五十名与敌军十多个在村南的一个独立庙里盘踞着，有三丈多高的堡垒四个，有一丈多高的小堡垒五六个，外面还有二道铁丝网保护着，这不能不说是坚固的据点吧？可是在我们英勇的战士们看来，没有什么了不起的。

二十一日夜，×部开始第一次攻击。当手榴弹一直扔到院子里的时候，我们也就冲锋了。可是因为地形不熟悉没有成功。

二十三日白天，地形都弄得清清楚楚了——在三丈多高的堡垒里，分为三层，最高一层是军官的，有□□下面□层是□□的□□□，四面都有枪眼，庙宇的四面墙上也都有枪眼。庙宇一共有十余间房子，是孤立的。

在下午六时许，我们的准备工作早已完成了——梯子、石油、棉花……

七点开始攻打。

“今天我们要坚决消灭下北头的敌人……谁也不要打枪，要把手榴弹从堡垒墙上的枪眼里扔进去……一个排从东北方向进攻，一个排从西南方向进攻，×□从正面进攻……”连长这样的布置着。

二班长石印堂同志领着全班的同志和其他班的同志，第一件工作是砍断铁丝网。

敌人的机关枪疯狂地向他们扫射击，大队长和那个正在使劲砍铁丝网的战士戴桂堂同志低低地说：“喂——先停一下呢，敌人的机枪正冲着我们打呢！”

“这怕什么，他打他的，又打不到咱们身上！”戴桂堂很自在地说。

第一道铁丝网垮台了，还不到五分钟。

二班长石印堂同志扛着大马刀，直向第二道铁丝网上砍去，于是第二道铁丝网也就宣告了它的最后的命运了。

非常清脆的几声枪声在节拍着我们爬墙部队的前进。

战士们从梯子上上去。手榴弹从堡垒的枪眼里扔进去。于是我们迅速地占领了四个大堡垒。

庙里我们也进去了。

“呵！这些鬼子王八哪里去了？”连长第一个冲进大殿里用手电一照，屋里乱七八糟的鬼也没有，他这样惊异地说。

“搜索！同志们！”连长告诉战士们，“小心些哟！”他又补充了一句，恐怕鬼子又闹什么诡计。

“堡垒里有敌人死尸三个！”

“庙子东南墙角有一个窟窿，旁边还有不是一对的两只鞋子，大概王八蛋全都跑他妈的啦！”战士搜索了一遍回来这样说。

“真的这些鬼子王八蛋都跑光了，东西不是全都带走了吗？”

“追！×排快追……”

电话机一架，呢大衣两件，战马二匹，毯子三条，女和服一件，皮箱、皮鞋、药品……

队伍胜利地离开了下北头村，融融的火光从那庙里，从堡垒里燃烧起来。

二十七日晨于石门子

（采自三专区战委会《涞灵战线》通讯）

（《抗敌报》1940年10月6日）

井陉煤矿爆击战中敌人“爱护村”里的“良民”

晋察冀社特约记者　魏巍

井陉煤矿附近，有很多村庄是被敌人自称为“爱护村”的。而在这次井陉煤矿的爆击战中，这些“爱护村”里佩戴着“良民证”的人民，所给予我们八路军的热爱是可惊的、令人感动的，而且是有趣的。

当我们子弟兵的劲旅，顺着谷地和土沟接近了井陉煤矿之时，见一个白衣白裤的老乡站在墙外的路口，拿着一枝红缨枪，红缨枪杆子很长，穗子很大，比我们民兵的红缨枪还漂亮。敌人是把他放到自己的警戒线外，使其能更安全地保卫“皇军”的性命。但是他一点不动声色，不慌、不叫，也不害怕，只用眼睛巴睁巴睁地看着。后来我们战士究竟有些怀疑，走去问他的时候，他说：

“你们只管走吧，我不碍你们的事！”

队伍继续前进，在一个小庙的平台上，又发现了同样两个这样的人在持枪放哨。看着队伍的行进，同样沉默着。

后来部队就要开始攻击了，地形不十分熟悉，于是首长派通讯员去和刚才那两个放哨的商量要他们当向导，那两个家伙非常高兴地应允了，并且跑步赶到前头来，一个人跟着一个排，拿着红缨枪冲向敌人的堡垒。

枪一响，同志们怕他们俩害怕和受伤，就叫他俩下来。他们就到后面第二梯队处，和战士们诉着在日寇蹂躏下种种的苦楚。有些战士舞弄着他俩的红缨枪，唱着红缨枪的歌。

一会儿，胜利品就下来了，什么全有，简直越来越多，那两个老乡非常紧张地搬运着，汗顺着下巴流，把胜利品放下来，一点也不歇息地又到堡垒上背东西去了。东西太多干不完，他们说：“我们去村里找人。”村子是紧贴着这个矿的，不一会儿便听见在村中的街上，在月亮下黑色的阴影里发出很大的喊声：

“都起来吧——我们的八路军来了——大家伙都起来给八路军搬胜利品吧！……”

一会儿，陆续地来了一百多人。好像是村里负责人似的一个老头儿说：

“你们要人吗？我们有的是，要多少全有！”

战斗进行了一段落，一部分队伍到北岱村中休息。老乡给拿出了一大盒一大盒的纸烟，抬出来一桶一桶的开水。他们说：“你们吃饭了没有？”

“我们的伙夫没有来。”我们答。

“为什么不早些说呢？”他们带着责备的亲爱的语气说。于是就很匆忙地做起饭来。但上级命令这部分队伍要赶到前面去了。村里的人见急着吃，就分开每家来做，这家三张饼，那家五张，一会儿就烙齐了，热腾腾地送到战士的手里。我们自己的米煮稀饭，老乡说：“光米不好，搁点绿豆吧，我们有绿豆！”他们又烧了大锅的开水，又恐才下火线的战士喝着热，于是又把门板铺到地上一大片，把大锅烧好的水，用几十只碗，一碗一碗地摆在门板上。有十数个赤身的小孩子专管着战士喝水。

队伍一到他们便匆忙地工作着，不论男的、女的、大的、小的，都是一样，胸前的良民证还飘动着。

后来，说给他们开民众大会，他们就把锣敲得山响，破着嗓子高喊着。有的同志说，“敌人就在那边，叫敌人听见，恐怕对你们不好吧！”

“有你们在这儿，什么也不怕！”他们说。

锣声锵锵地震响着，穿过每一条街巷，夹杂着人们新鲜而蛮野的呼喊：“八路军来给咱们开会了……”

很多的人带着“良民证”来了。讲了一阵子话后，一个老头儿就抢着说：

“他妈，到底是日本小鬼不行哇！中国是不会亡的！”

“中国是不会亡的！”人们吵着。

大家都喜剧般地笑了，有很多是矿上工人，全身乌黑，脸比印度人还黑，一笑，一嘴白牙齿。

在战斗结束后的几天，矿上的一切都烧完了，井里的水也涨起来了，我们要去其他战线上打击敌人了。继之我们队伍离开这里以后，一个司务长又到村中拿忘掉的东西，到村公所（也是敌人的维持会）见锅也平了，红缨枪又拿起来摆着样子。村长又派一个人把他送走，因为村长担心碰着那狼心狗肺的汉奸和没地方出气的敌人。

寄自井陉前线

（《抗敌报》1940 年 10 月 8 日）

死在屋檐上

——出击正太线战役报告

晋察冀社特约记者　田间

山雨来的时候，河流往往是混浊的。

看河水深得怕人！

高粱上不断地滴着水点，哗哗的，呵，和战士鲜血一块儿合响了，哗哗的，哗哗的。

一种伟大的人类悲剧发生在河旁边□村庄上啦！

昨天还有人把烙饼用绳子吊上去，他一面□着□一面吃着。现在没有什么办法了，没有梯子——就是有梯子，他也不会下来。

他从屋檐上可以望到整个的磨河滩，他□一杆枪还可以替磨河滩争一口气；掩护磨河滩□□总在中华民族的旗帜下呼吸，让敌人不敢一直地向那边践踏。

河水更高了，他的勇敢更高了。

他决不因为是一杆□□□□，他决不因为弹药没有补给而怜惜子弹，放弃对前面将要来侵占磨河滩的敌人作顽强的射击。

他明白他还有血。

他在用一颗一颗的步枪子弹迎接无数的像网一样的机枪子弹，拼命地火拼着，当子弹快要完的时候，他的血流开来，从身上流进热汪汪的枪槽里染着最后的一颗打出去了。

河水更高了，他的勇敢更高了。

他的两只粗大的血手正把枪杆顶到阴暗而无光的天空上准备往几百个像疯狗一样地从磨河滩□□□□屋檐底下来的敌人孤注一掷的那一□□——他倒了。

一种伟大的人类悲剧发生在河旁边□村庄上啦！

那一杆枪也许击碎敌人不少的骨骼，但是他的骨骼也碎着，散在磨河滩村的屋檐上。

磨河滩，你知道这□□吗？

（《抗敌报》1940年10月10日）

最后的一颗手榴弹

——出击正太线战役报告

晋察冀社特派记者　田间

恩格斯的《军队论》说道：山地比较适宜于进攻而不适宜于防御。但请让我老实说，这里什么办法也没有了。因为现在的问题还不是说阵地好坏，实在这里只有二十个战士——他们守卫在最高的山岭上。

山岭穿过云的地带以上，人们叫它“挂云山”。

从我们的主力转移之后，敌人就稳稳当当地把这个山岭包围了。

我很尊敬，在这样的情况之下就是在死的前面，没有一粒悲观思想或崩溃思想从二十个心里流露出来。他们用一个声音宣誓：

——打到最后……

晋察冀边区铁的子弟兵坚决和勇敢的传统像一个最大的旗帜耸立在这个山岭上，像英雄的纪念碑竖在这个山岭上。

包围是一夜了。

二十个战士，饥饿得很，眼睛甚至都陷了下去，但眼睛伸着火红的光，一刻也不停息地燃烧着，像高大的八月底天空流着那大的亮星。他们在用步枪和手榴弹挡击那些从山腰里或者从别的山岭上射来的弹片。

弹片满布的时候，他们就抱着步枪反冲锋下去！

敌人下了决心的，又带着错误的幻觉以为这里是主力，几乎是五十倍的兵员在这里包围着二十个，在这里决不让二十个的反冲锋能获得半分成功。

每一次反冲锋，敌人受了损失，二十个也受了损失。

这真是打到最后了。

二十个战士，把几十发子弹都打光了，有的弹头嵌进了敌人的心窝，有的则呜呜地响着悲壮的节奏落下无限深的荒凉的山谷里。山岭早震荡着，和勇士们的血共同唱着最后争斗之歌，——十九个身上的血，把云块织成红，云一面漂泊着，又一面把山岭染成红的山岭，这样毫不痛苦地不只为了祖国可爱的山岭而且为了无敌的八路军，为了无敌的人民捐助了生命，在那里。

这真是打到最后了。

二十个战士，剩下最后的一个。他深陷着很小的眼睛，但是眼里的红火烧得更旺盛，向着十九个同志，献出自己的祭泪，并且踏着同志们的血迹前进，继续着争斗。

他不想死，他还要活着。

他望着敌人的枪火仍然割裂着十九个同志，难闻的气味从尸首上面冒出，他还要嗅一嗅；此刻，他不单保护红的阵地，还要保护红的同志——红的尸首啦！

他还要活着。

可是敌人逼近了，要他活吗，还不砍断他的颈子，用脚把他的头从挂云山一直踢到天外吗？

最后的一颗手榴弹爆炸着。

七八个敌人四分五裂地滚着。

于是他睡到两杆步枪上，陷了的眼睛淌满眼泪，拉着死了的同志把自己盖起来……

挂云山黑着，悲哀着，愤怒着，大概也淌着眼泪吧。我们的旗帜是不可被扯毁的，我们的纪念碑是不可被扯毁的，正如我们的山岭不可被扯毁一样。什么时候，一个战士背着两杆枪回来了。

（《抗敌报》1940 年 10 月 14 日）

自　　杀

——“百团大战”的插话之一

晋察冀社特派记者　林采

电话机又响起来。

中队长山本泽源连忙放下了呷了两口的酒杯，仁丹胡子一翘一翘地跑过去，脸孔红得像猪肝一样。

——喂，喂……我是，怎么，宫泽部队跑了十个，桑木……也是十个……呵呵……向东跑去了。我早派出警戒去了。一班人……大队长吩咐过我……再派一班人……是是……

他狠狠地把耳机一掷，刚才为过度的醉弥所压倒的恐怖之感又像乌云一样地罩覆了他的腐烂的灵魂。他似乎清醒了些。他的心里一阵阵地剧跳，脸孔热辣辣的，喉管一阵痉挛，几乎要把吃下的东西都吐出来了。

他横躺到椅上去，醉眼蒙眬地望着桌上的时钟。

时钟的长短针正叠合在一起——十二点了。

已经一个多星期，他没有好好地休息过一会儿。实在太疲倦了，脑子昏昏的总想睡觉。平汉路上的八路军搞得真凶呵，每天有几千老百姓破路。他们的美林部队出去“讨伐”，连吃了三次败仗。队伍回到城里刚歇上半天，又轮到他担任警戒。

呵，倒霉！

他忽然想起了刚才大队副给他的电话：桑木和宫泽部队都跑了十个，城里的士兵们都不大稳，要他好好地戒备……一种似乎关于责任的恐怖袭上他的心来，他的嘴唇一阵哆嗦，他开始顾虑到他的部下。

但马上他又坦然了。他想：我们美林部队没有跑呀，哼，你们……

他似乎投出一丝讥嘲的微笑，又拿起酒杯……

实在的，在美林部队里，山本可算是一个顶呱呱的中队长了。他曾经带一班人，解决过四个过路的八路军。在打仗的时候，山本是以勇冠全军的猛烈出名的。他曾经负过四次伤。因此，不消说美林部队长很看得起他，旅团长也曾经奖过他一个表。因此，必然的，他们要把今晚的警戒重任交给他。

山本是一个勇猛的家伙，正像他喝着的烈性烧酒一样。山本是爱喝酒的，但也爱女人。他曾经强奸过七个中国少妇，其中的两个曾经被他用刺刀从阴户里戳进去，还割去了奶头。他认为这是一种豪举。中国人是应该被宰割的。因此，他在中国人的面前显得特别威风。他可以随便杀一个人，不眨一眨眼睛。这里，你只要从他的绰号“大阎王”上去思考，就可以想到他的威风的程度了。

山本常常在街上走，手里挥着鞭子。如果碰到一个中国人，他就把眼睛一挺，笑着喝道：

——呸！呸！亡国奴！

他喜欢中国人恭恭敬敬地向他鞠躬，这样他感到光荣。因此，他也会不自觉地举起拳头来喊：

——“皇军”万岁！

山本近来要升官了，这消息五天以前传出来的。要不是这几天战事吃紧，山本也许做了大队长呢。

想到这里，山本就常常会自个发笑，酒也要喝得更多些。

山本一向是很快乐的。

但今夜似乎有忧愁。

脑袋还是昏昏沉沉的他立起身来，在房里踱了几步，他想走出去查一查岗，一个黑影从他的窗前掠过。

——报告！

从门口闪进来一个人。他朦胧地辨得出是上等兵尾原。尾原直挺挺地站在他的面前。

——什么事？

山本用严厉的口气问。

——报告中队长，我们刚才去换班，一到那里，呵，一个人影也没有了。大……大概是跑了吧。他们十个人……

——死猪！

这好像是一盆冷水把山本从头到尾地浇醒了。他的脸孔由猪肝的红色变成灰白，愤怒地踢着桌子。酒杯丁当地滚到地上。

——死猪！快，赶快追上去！

山本狠狠地在房里踱着，板起脸孔，把脚步踏得很响。他的心儿急剧地跳着，像要从口腔里飞出来了。恐怖，绝望，像一座山一样地压着他的胸膛。

电话机又响起来。

——喂，……糟糕！……呵呵……

——报告！

又进来一个人。

——报告中队长。我们班里的上等兵林原，下等兵笠三、青木……他们今天没有吃晚饭，偷偷地在便所里哭，班长以为他们在想家哪，打了他们一顿。现在发觉，他们都跳了井，就是后院子那口井……

——呵！

山本不觉惊叫一声，头一阵昏，眼前似乎有一个庞大的怪物张口向他扑来，风车一样地旋转着。他躺跌到椅上去。

他隐约地听到人马从街里过去，像一阵哗然地驶来的狂风，但马上又寂然了。

恐怖笼罩着全城，天空黑巍巍的没有月亮，街像是死了的。

风叫着……

——报告！

山本被这突然的声音所惊觉，身体一震，猛可地睁开眼睛。

——林木太郎上吊了。还把他的枪炸毁了。我……我……

他看见班长多田笔直地立在他的面前。

他说不出一句话，只是把嘴唇抖了抖。

——报告！大队长。

大队部的通讯员气喘喘地进来，递给他一张条子。

看过条子，山本的脸孔变成青灰色了，身子一阵阵地颤抖。他摆一摆手，有气无力地从嘴里迸出了几个字。

——好……我……就来。

山本在房里踱着，交叉着手，眼睛直挺挺地望着天花板，他的心似乎一阵阵地紧缩了。他喘不过气来，他拍着胸脯，他想到过去的名义，他想到将来的官，他想到大队长的面孔，他想到一个同事的死，他想到白发的母亲，想到家里的樱红……两只久已被凶残的血火烧干了的眼睛里，开始滴下悲哀的眼泪。

从远处传来枪声。

炮声……

山本的牙齿咬着嘴唇，似乎下了决心地拔出佩刀。佩刀在他的眼前闪着冷光。他的两眼死死地盯着刀口，眼泪像小河一样地淌下，他解开衣裳，闭起眼睛……

把刀口伸向肚腹……

这故事发生在定县城里，八月二十九日的晚上，正是八路军“百团大战”猛烈地开展着的时候。

一九四九年九月二十日于连家湾

（《抗敌报》1940 年 10 月 18 日）

复　活

晋察冀社特派记者　沈重

我随着卫生队到寒水的时候，前方下来的伤员里的三个日本俘虏中那个名叫中村的特别引起了我的注意。

中村有着南方热带土人的气息，黑黑发亮的脸，卷发，衣服散乱，显然是在睡梦中急跳起来没有扣纽子就打起枪来的。笑的时候那只装了半边金的牙齿便随着露了出来。

使我注意的不是他那土人样的胸膛和粗壮的指头，而是他头上包在绷带里的那块药棉，因为绑带没有缚紧，使得他时常把掉下来的棉花重新一回又一回地塞进绑带去的动作。那块棉花底下有一小条不很重的刺刀伤，使我对他有南方土人械斗者的感觉。

他用还不算坏的北方话告诉我：他很可惜他在慌乱中失去了他的手表和八百多块钱；可是他否认自己是"太君"，虽然从他的动作和态度上我们看出来他像是一个军官。

临别的时候，他在我的笔记本上写上他的名字——中田善太郎，还向我鞠躬道谢。

敌工干事彭××同志告诉我关于他的故事：

南坡头的战斗已经结束了，房里坑上地上到处堆积着死尸。战士一遍又一遍地搜索过去，死尸随着手的动作而改变着姿态。

都死了吗？敌工干事就怀疑到这许多伤者里面没有一个可以救活的。

他开始喊话：

"八路军不杀俘虏，我们优待俘虏。"

还告诉那些死尸，八路军不但给俘虏物质上优待，并且养好伤还送他们回去，最后还保证所说的话都是真实。

一个背着王八搂子（日本式手枪）的死尸动了，而且哼了起来。

敌工干事赶快又把话重复了一下。

死尸突地跳了起来，恭而敬地向敌工干事要求："杀了吧，太君！杀了吧，太君！"

"不，不杀你，我们优待你。"

"真的吗？"眼里发着光亮。

"真的，我们是反对日本军阀的侵略战争，为什么要杀你呢？"

"那么，好，快送我到后方去吧！"

刚把他带到门口，他不走了，问他为什么。

"把他们也一块儿带走吧。"他要求把另几个装死的伤兵也带走。

于是，另一个死尸也活了，也给带到后方去，其中一个叫做中原，是一个伤了嘴巴的军需官。

那个第一个"复活"的日本人就是中田君，三十六岁，兵库县人。

双十节于灵邱

（《抗敌报》1940年10月30日）

夜袭后城

——□□游击队战斗□□之一

□□

一九四〇年春天的时候，□□人□□□□□□□，组织了游击队，□□□三十几个，都是地方青年；步枪十三支，还有打不响的，因为都是老百姓在深山里多年收藏的东西。他们游击队，在秘密的环境里、敌探特务密布的环境里开始工作，开始与敌战斗，袭击据点，摧毁汉奸组织，夜袭后城（滴水崖）便是许多战斗中之一。

后城是赤城里一个据点，在赤城的南部。这个城是用砖石垒成的坚固的城墙，前枕滚滚不息的白河，后依险峻的山岭。城里有极繁荣的市面，但如今是萧条了。这个地方，自从成立伪“蒙疆联合政府察南厅”后，日本鬼子就安置了局所，统治赤南的居民。

后城是怎样打的呢？

在一个黑暗的夜里，这三十几个人都背起了枪，从那深山里走出，沿着从无人走的小蚰蜒道，跨过白河，分成若干组向后城的所在前进。

后城里边有敌人，有日本和自卫团、伪警察，但是他们不怕，他们知道伪警察和团员都是没有战斗力的家伙，同时给他们一个迅雷不及掩耳的强袭，下决心打进去，好扩大影响，并提高抗敌情绪，及胜利的信心，所以在出发以前龙赤游击队的队长，就向他的伙伴们做了煽动的讲演：虽然有敌人，但我们不怕，我们有坚强的信心，一定能制胜他。他把队伍就这样带去了，就按计划去实行夜袭了。

黑漆漆的夜看不见路，看不见人，但这些人都是此地生此地长的，闭上眼睛也能摸去的。

摸到城角，在城西的勇士们，按着指示把子弹顶在枪膛里，背在身上，向城墙爬去，抓着小城墙上长着的草、树丛，脚是一步步登在那突出的砖头上，攀登，悄悄地攀登上去。黑茫茫的夜，一切都笼罩在无边际的黑暗里，谁又看得见这登城墙的人呢。但是，因为登城的人多，草声响，震荡着寂静的夜的空气，城楼上的敌兵守卫听到了，向下打开手电筒，他们被发觉了，可是有的这时候已经爬到城顶，有的被城墙上放的障碍物——荆棘给拦阻了，爬到城墙上的人已经吓走了守卫，他们在呼喊，打进了，其余的同志们也都继之而上，开开了北城门。那儿的人也正在等得焦急，大家都欢喜地跑进去，扛着枪，抱着枪，跑在街头，见面则问×大队进来没有？×大队在哪儿？这三十几个人，就跑遍了街市，闹翻了这镇子，大队不知有多少个，商店紧紧地闭着门，警察、团员、日本人，平时最能欺压老百姓的家伙，现在都不知跑到哪儿去了，局子里没有一个人影，麻将牌仍在桌子上摆着，好像才跑出去的样子。这些勇士们一看发了脾气，□□□□局子，把玻璃砖的大大窗户都给砸了，把很漂亮的桌椅盆碗给砸碎了，有的人偷偷摸摸地藏一点心爱的零碎，预备拿回家给他的孩子和老婆，有的就在大骂汉奸的无耻。局所很大，东西拿不完，砸不完，油印机、缝衣机搬出来了，王豹子把裱糊顶棚的白粉纸当报纸给搬来了，有的把牙膏形的油墨偷偷藏在自己衣袋当牙膏去用了。“打开局子发洋财呀！”有些人怀着这样的不正确的感觉，有些人反对了。大家哈哈大笑去找那些跑了的家伙。

“八路军来了！”老百姓跑到街头去喊叫。

“这是真的红军啊，咱们得救了！”

“他们不打人，不骂人，专打汉奸、日本和‘饱了横’（吃饱了就横行霸道的自卫团，老百姓呼之为饱了横）。我们去欢迎呀！”

黑茫茫的后城的夜的街市骚动了，人在叫喊，狗在狂吠！

“我们的世界啦！起来干吧！”

老乡带领八路军游击队的勇士们开始去搜索那些坏蛋了，这些家伙都换上便衣藏在老百姓家里，有的躲在柴草堆里，有的在暗娼家还得意地睡娘们，妈的，都一个个赤条条地给拉出来了！小绳一个个给绑在两条胳膊上。

“可给我们出气啦！”老百姓真高兴。

“老总！你们一定要杀死他！”

“不要叫我们老总，叫同志，咱们都是抗日的同志！”一个同志回答他。

“真的，你可别放他们，坏极了！”

天已经快亮了，几个大队在街口集合了。大队这时候又恢复了班的编制。

来时候徒手的同志们，笑嘻嘻地扛着枪回去了。

电话机、油印机一个个背起，还有人抬着缝纫机！

“同志，你们来个地名，我们把缝纫机给送去吧！”是一个老乡的话。

“好，老乡！麻烦你。”

太阳照起了，白白的巍峨的山路，队伍向着那深山里，望不尽边际的路上走去，唱起了不熟练的抗战雄壮的歌子，胜利的心和胜利的歌曲在这晨曦里的山谷间跳动着。

队伍的黑影一点点在深山里消失了。

后城依然恢复了沉寂，城墙上还有人向着深山上的小道把望着，对着那群黑影留恋。

（《抗敌报》1940年10月30日）

一个医疗队记述

晋察冀社特约通讯员　王炜

自入秋以来，易县十一区就流行着瘟疫和水肿等疾病，二十多个村庄陷入了疾病的痛苦中，往往全家卧倒在一条炕上，即使最健康的人也都染了病，灾情之重，是过去很少有的。

三专署为切实执行中共北方分局《双十纲领》，开展群众的卫生保健工作，便首先关怀到易县十一区的病灾问题。但因敌寇的封锁，中西药品都很缺乏，同时医药人才也很少，可是终因他们关怀民瘼的苦心焦虑，找到了适当的办法。

他们先从易县满城动员了十一位地方上的有名的中医，和专署的一个西医，集合讨论了十一区的一般病症，然后大家各从自己药铺里带些对症的中药材（给值），专署又想法买些西药，于是十二个医生组成一个临时的医疗队，带着约值三百元药品，在十月一日向灾区出发。

这些医生，家中大多开着药铺，然而他们为着真诚的实践《双十纲领》，情愿丢开自己的营业，去救治灾民，他们积极替人民医疗，高度发扬互助互救的民族友爱精神，这是全边区的人民应该钦佩与全边区的医师应该学习的。他们之中只有三四个年轻人，其余都是五十岁以上的人。而伊绍唐、贾化南二位老先生均已七十岁的高龄。但他们一到易县十一区，即分两组分头医治，往往到一个村里，一口开水也顾不得喝，就喘着气从这一家到那一家，老头、小孩、男人、妇女，一个个病人都予以细心的诊治。但因病人太多，所带药品很快就用完了，于是他们就用针灸，他们更不怕辛苦地到山上去找药，结果被他们在当地山上发现了柴胡、葛根、车前子等二十余种药材，加以炮制，去给病人吃，并且教老乡们照样去做。

老乡们感动极了，便纷纷送了许多羊肉、蔬菜、白面等去慰劳他们，并且感动地说："《双十纲领》把咱们边区治理得更好啦！政府格外关心老百姓了，派你们诸位先生老远地跑来给我们治病。我们可有救星了……"

在十八天内，他们跑遍了二十多个村庄，治好了的和医轻了的有一千余人！

由于去年的水灾和敌寇的大烧杀，使这一带民众困苦得长期吃树叶榆皮，以致酿成这惨重的病灾，但终在政府的积极救治和大家互救之下，把这一带灾民从死亡线上抢出来！

十月二十二日于易县

（《抗敌报》1940 年 11 月 1 日）

关于自动悔过的清乡党

晋察冀社特派记者　丁原

"清乡党"，这在日寇特务机关直接指挥下具有政治阴谋和军事活动的秘密组织，在我边区广大抗日人民积极进行除奸的情形之下，已陆续被破获了。在最近几天，曾有大批清乡党徒，在我抗日政治影响下自动地向边区公安总局报告悔过：如阜平三、四区的有四十一名，曲阳九区的有六十三名，行唐四区的，也正在陆续前来自首。我所见的，是曲阳九区沙窝、内河、刘家庄、温家庄、大川里、车安等村子里的六十一名，他们是随着公安局的两个武装警士同来的。据说：他们在路上走得很快而且很愉快，也很自由，没有受到绳捆或任何其他限制，他们一连气走了六十几里路，连年纪最小的几个，都没有掉队，也没有设法逃脱的。因为他们都是衷心悔悟了自己的错误，自觉地勇敢地为拯救自己前去自首的。其中有六十几岁的老头子，有十三岁的儿童，有雇工，有富农，也有放羊的。看样子，都是些很纯朴的老百姓。当公安局的同志们，忙碌着为他们打扫房子、搭铺板、找席子、烧水做饭，殷勤地招待着他们的时候，当把他们以村为单位，分成了班次安插他们到床上休息的时候，他们感到羞怯与不安，从那种又是惊异又是欢喜的表情上看来，显然他们是在怀疑，为什么对于这些曾经是参加过汉奸伪组织的犯人，竟是这样热情地关照着呢？他们说：他们之中有很多从前打过官司，到过法庭到过监狱的，然而他们没有看见过像今天这样的情形，这样严肃与和蔼的法官，这样舒适的房屋，像做客人一样，像在自己家里一样。

这些人是知道自己犯了什么错误，才来自首的，正像×科长问他们的时候所说的一样：

“你们是干什么来啦？”

“自首来啦！”

“为什么要自首呢？”

“走错了路啦！”

“什么错路呀？”

“汉奸伪组织的路！”

“为什么走这样路呢？”

“上了坏人的当啦！”周围的人们都在为他们这种憨直坦白的答话激动着。经过了一天一晚的个别谈话，从不同人的口供里，知道他们都是从去年五月到九月这一期间，经过清乡党负责人刘通信假借国民党的名义介绍参加的。号召的口号说参加了国民党可以取得地位，可以当村区干部，可以到边区受训，一个月可以拿到多少津贴，可以不出差，不纳公粮。这些人有的是想占便宜，贪图小惠自动报名的，有的不管自己愿意不愿意就给写上了名字的。当他们知道自己参加的就是清乡党，知道清乡党是汉奸组织，知道刘通信和日本特务机关和汪派党徒有勾结的时候，他们就自动向村干部向区公所自首了。他们对于“清乡党”这名字，觉得再耻辱也没有了！一个白发苍苍的老人告诉我：“还有比参加汉奸伪组织再丢人的吗，同志？我的老婆孩子都骂我‘为什么当清乡党，你这老不要脸！’在村子里，我头脚走，后脚就有人指着骂我清乡党，清乡党！你说还怎么有脸见人呢？”但是，公安局以宽大为怀的态度，根据了《双十纲领》的规定，对于这些一时受了愚弄、受了欺骗而能够幡然醒悟的清乡党徒，是准其悔过自新的。自首的手续很简单，只要自己坦白地承认了错误，经过公安局给他们以耐心的说服与教育之后，坚决参加反清乡党汉奸斗争，把清乡党的组织及其阴谋活动报告出来，就可以回家，并且同样可以享受民主生活，并得到法律上的保障。

清乡党的破获，是依靠了各级除奸组织的积极活动，依靠了政民团体的努力和边区广大抗日人民胜利的反奸细斗争的。更重要的是依靠了政府各种政策的法令的正确执行，拥有着广大的民心。清乡党徒的自首，又一次说明了敌寇汉奸特务破坏分子的阴谋的失败，同时使人民更进一步地提高了警觉性，进一步地认识了敌寇的阴谋毒计。自然敌人的破坏活动和阴谋花样，并不会因此而放松，它将会更加利用清乡党的各种外围组织——一心堂、佛教会、铁心团、白莲党、合济会等秘密组织，在不同的地区以不同的面目出现，就如清乡党被破获之后，敌人又组织所谓“幸福党”，进行新的破坏活动就是一例，因而，在目前这也成为边区各级军政民工作者所亟应密切注视的问题。

一九四〇年十月二十五日

（《晋察冀日报》1940年12月15日）

反“扫荡”中的易满徐游击区

晋察冀社特派记者　一石

从十一月九日起的两旬中，一分区的子弟兵给予进攻的敌人以巨大的打击，并粉碎了今冬敌人对一分区的初期的“扫荡”。在此次反“扫荡”战的胜利中，一分区外线的游击区起了很好的配合作用。由于敌人兵力不足的弱点，使广大的游击区域中给我们留下很多的空隙，让敌人打进来，我们打出去，一分区各游击支队这样很自信地走下平原去。广大人民继承着百团大战的高涨情绪，到处开大会，破坏交通，组织游击小组打击袭扰敌人，获得了值得夸耀的成绩。

为了把这些成绩记载下来，在连夜星斗下，记者离开一分区的山地，走进了易满徐的游击区。在这一区域里纵横错织着这些汽车路和大车路，在战时给敌人供应了方便的交通脉管，凿断这些脉管，迟滞敌人的交通，首先是我们的游击队和游击区的民兵应该做到的事，而他们确实是这样做到了。

满城的×区，由满城到方顺桥，由相北到保定，由江城到水门的汽车路，在七十里的长度上，有些地方，老百姓赶着硕大的黄牛把路面耕得松软了，有此地方掘成又深又宽的大沟。由石井到满城，相北到神庆，水门到保定，白堡到子口，以及东西榆河的大道，亦同样地全加以破坏。在徐水的×、×、×、×诸区内，大王店到遂城，瑶村到徐水，徐水到漕河，徐水到固城的几条汽路和公路上，掘成了几十条大沟（宽四尺，深五六尺）。我看到这些道路破坏的情形，正与我经过冀南时所看到的情形一样。在那里大小道路都彻底掘进，纵横交错分割平原，改变了地形，使敌人到处受阻，我军则利用路沟掩蔽转移以打击敌人。这成为对敌斗争的一种有力的武器，其工程及效用巨大，平原上的人民誉之为“新万里长城”。现在这种新长城已在这一带游击区域中建立下初步的基础，在这次反“扫荡”战役中起了阻滞敌人和便利我游击队打击敌人的伟大作用。

在这个游击区内，与破路工作同时进行的（也同样获得了很大成绩的）就是收割电线。平汉铁路从保定到定兴一段上的电话线遭受了很大的破坏，在上面所说的几条铁路和公路上，有些地段上连绵几十里的电线和电杆，全都不见了，有些地段上，则电杆横倒或折断，而电线已没有了。我们所收得的电线的数目是巨大的，单就徐水一县来说就收割了将近一万斤，这使敌人感到很大的苦恼。电话线刚一修复，往往一个小时后又不通了，有时一天修复三次，被破坏三次，人们说敌人的电线队，叫做“送线队”。在游击区中这是一种复杂而尖锐的斗争，敌人想出各种方法来巩固它这种生命线，但它的各种保障方法都被我游击区的人民所击破了。敌人强迫我同胞放山头哨看守电线，一遇破坏，即放火为号；或设专人于某些固定地点，不断地以电话机试验电线是否还通，一遇破坏，即可得知破坏地点；此外还派出小队敌人来往巡查，这样以减少我们破坏的地点和时间。但我游击区民兵立刻就有了对策，这对策就是提高割线的速率。这次徐水×区的民兵，竟造成在几分钟内破坏电线六里的纪录。他们事先分成数个小组，每个小组占据一固定地段，在同一时间内一齐动手收割，因而得到短时间内收割长距离电线的效力。

由于在破坏交通上敌我斗争的尖锐化，我游击区的民兵在破坏的方法方式及工具上，不断地发明一些新的创造。一个铁匠工——人们说他成破坏交通的“劳动英雄”，发明了三样利器：一样是大镰刀，用纯钢造成，特别大，特别快利，装置长柄，六七条电线，一割立断；一样是大斧头，敌人感于小电杆之不坚固，强向民间征发合围粗的大木做电杆，下部附包铁皮，这种大斧是专门对付这种粗电杆的，至于普通电杆，四五下即可砍倒；一样是大凿子，铁轨上的螺丝钉，经一凿即断。现在这三样利器已普遍地为这一带游击区的人民所采用，在这次破坏交通中更发挥了伟大的效率。

可想象得到：对电线的这种大规模而且迅速的破坏，曾使敌人在军事通讯上感到如此大的苦恼。敌人乃不得不乞灵于通讯鸽来作辅助通讯的工具。但是，任凭日本帝国主义这个新式孙悟空如何翻筋斗，只要我们民众的大手活动起来，它是怎样也翻蹦不出这只手掌的五指之外去的。这个游击区的人民有些很不错的射击手，他们肩着火枪，有计划地分散开去，专门等候着射击这些来往空中的小动物。或者他们以训练得很好的“老鹞子”（鹰）撒到空中去捉通讯鸽，或者他们用大群家鸽来包围、吸引通讯鸽大队。这些方法都收到了很好的效果。在这次反“扫荡”期内，敌人所放出的一只通信鸽，飞到易县×区××村时，见到野地上大群鸽子（他们放出的家鸽），便半途落下来，参加进去啄米吃，在旁边伺候的□模范队员看到这个鸽子体量重大，且足上带有物件，知道是敌人的通信鸽，下了圈套，便轻巧地上前捕捉起来。××武委会主任在对我讲完这件事之后，便从布袋中取出一个寸许长的小锡盒，递给我看。内附原信，是此次进攻一分区的敌“干部队长”十一月十日十五时三十分从小兰村发给易县“津田部队长”的一封信。

这一带游击区的人民，不但善于捕捉鸽子，更善于捕捉汉奸，打击扰袭敌人。在这次反“扫荡”中游击小组的活动广泛地开展起来，满城×庄、××村两村的游击小组侵袭敌人的结果，百余敌人乱射一阵机枪大炮之后，于半夜退走。××村的游击小组，于敌人来抢公粮时，两颗手榴弹，竟使敌人退去。易县的一个侦察员（民兵）曾身患重病，而坚持不放下尾追敌人侦察的工作，在××的后山上以三枚手榴弹换了敌人的十一发大炮，三十排机枪，□保住了××未被焚烧。××

的游击小组，见到一个敌人独自出村来，曾冲过去想捉活的，以完成自己所提出的竞赛。马连川的敌人放出汉奸到白堡取得联络，×××的游击小组听到他们的秘密谈话之后，便追踪着汉奸不放手，终于把汉奸捕捉起来，等待着的敌人，天黑不见回信，便悄然退去。

除奸工作上，游击区的人民最乐于向记者称道的是徐水××村大汉奸刘洛顺的被杀死，这是一个大义灭亲的故事。两个儿子是坚强能干的铁路工人，听到父亲当了汉奸，助敌为虐，抱着满腔义愤用木棒（因没有其他武器）把刘洛顺打死，后来刘洛顺又苏醒过来，母亲又去报告了区游击队，终于把汉奸打死。这个例子给了游击区的汉奸们最大的警惕，□他们知道汉奸不但为中国人民而且为自己的妻子所不容。

一种巨大的民兵的力量，正在这一带的游击区里壮大着，它以怒潮澎湃的姿势在吞卷着敌人的据点和交通线。

十二月五日

（《晋察冀日报》1940年12月19日）

活跃在火线上的民兵

孙犁　曼晴

在这次反“扫荡”中，我们的民兵要算最活跃了。他们不但帮助了军队——抬担架、送给养、传达消息、捉拿汉奸，而且亲自扰乱了敌人，袭击了敌人，在战斗中显示出边区人民的伟大的力量与无比的英勇。这种英勇，是我们边区人民光荣的美德，这种力量是我们中华民族抗战的基石！

当敌人第一次进扰陈庄时，我们灵寿民兵，便有计划地武装起来了，配备在常峪横山岭一带警戒。中队长×××，为着大家的安全，他亲自出探，在东司家庄，不幸为敌人捕去，至今下落不明。村武委会主任崔××，侦察敌情直到看见敌人迎面走来，才往回跑。

敌人第二次窜来，他们更有经验了，也更勇敢了，敌人占领了石壶，他们就在北沟石岭沟芝麻沟一带警戒，离敌人只几里路。

第二天，×区长和×主任正率领他们抢救公粮，敌人已包围了陈庄，但是他们拼着流血，拼着牺牲，终于光荣地完成了任务。

抗先队长孟庆元和警卫队的一位同志，被敌人捉住。他们没有屈服，在水井边，和一个押解他们的日本兵打起来，想把敌人撞进井里去。结果，一位同志先跑了，剩下一个和鬼子扭成一团，最后咬了敌人一口，才跑脱出来。

敌人第三次骚扰陈庄和我们的×团，在牛庄南山坡一带战斗的时候，民兵郝成章、白国材两位自动将两位受伤的战士，从火线上背出去。

陈庄老头团石德香已五十多岁了，被敌人掳了去，半路上抢了敌人的一把战刀跑回来。

这些例子，真是举不胜举，我们再看民兵和敌人战斗的情况吧！

当敌人第二次宿在东庄的时候，民兵们摸进街巷了，摔了许多手榴弹，使敌人彻夜不安，第二天就急忙向团泊口窜去了，但半路上又遭我们张家庄的民兵袭击。

平山北庄一带的民兵组织更严密了，不但男自卫队准备战斗，连女自卫队也武装起来，敌人到了夹峪，只离五里路了，她们还没有离开自己的村庄。

更英勇的一次，要算破坏城南庄村南的长桥了。

自反“扫荡”以来，平山和灵寿的民兵，便有四百余名常跟着×团，一起生活，一起战斗，直到战斗告一段落之后，他们才回到自己家里去。

当敌人第一次窜到城南庄，胭脂河上的那长桥我们未及拆去，为着阻止敌人南窜，民兵们自动地担任起这伟大的任务。冒着敌人密集的炮火，蹚着十一月的冰冷的河水，不到半夜把一座蜿蜒的长桥终于破坏了。敌人不得不停止在胭脂河的北岸。

反“扫荡”的经验清清楚楚地告诉了我们，民众的力量，是伟大而无限的，不管敌人怎样疯狂，在边区广大人民的面前是必然要归于失败的。

一九四〇年十二月十二日于石桥（晋察冀社）

（《晋察冀日报》1940年12月20日）

走上自新之路的一群

晋察冀社稿

××多个呀，这么长长的一群。

他们都是来自曲阳和行唐一带的农民，一色的土布棉袄，包着半旧的头巾——这是用来当帽子，同时又用来当手巾用的。从他们的脸色上、说话上和行动上，谁也找不到半点虚伪、狡猾或是奸诈的痕迹；但是这些善良的纯朴的农民，怎么会走到敌人那一面去过呢？……

来到了公安局，谁也不把他们当犯人看待，每一个人，甚至连小鬼都亲亲热热地和他们打招呼。为了这出乎意外的温暖的接待，他们却更觉得羞愧，局促不安了。大伙儿挤坐在北房檐下面向着太阳，谁也不愿意多说话。

科长出来了。一个三四十岁的人，尚未留须，他虽然是法官，脸上却带着春风般的暖气，而不是冷酷的严肃。

“不要害怕，这是在自己家里，不是在敌人面前，有什么话就尽管说吧！你们能自动地回头，我们只有欢喜，绝没人难为你们，有什么话就尽管放心说吧！……”

这春风般的一拂，使他们更羞悔，感动得抬不起头来了。

还用说当事人吗？旁观者都感动得要掉泪了——像闪电一样，人们都想见了残暴的敌寇用烙铁、用开水、用一切惨绝人寰的酷刑拷问我们被掳的同胞的惨景……

伟大的同情与温暖，使他们都像是在外面受了委屈的孩子一样扑在慈母的膝前申诉：

“谁愿意当汉奸呢？可叹咱们太傻，上了那些狗崽子们的当啦！”

“哪看出他兔崽子们的心呢！五月节那天，咱和农会主任吵了几句嘴，晚上那小子就溜去，拍着咱的肩，说：这个气，什么时候受到头？还是加入‘国民党’吧，‘国民党’势力大得很，加入后，谁还敢说你个‘不’字！……我说，反正可不能不抗日呀！那小子说，‘一样抗日’……”

一个快五十几岁的满脸胡须的农民，□着两只手，激动得嗓子都失常了：

“那些狗日的们，见缝就钻，不知道什么时候，我妈说了一句快没粮食啦，那东西就找到咱门上去，挤眉弄眼地说：‘你加入了吧！一进去每月就能赚几十块大洋……咱们的势力大得很，区里县里都有人，打官司不愁没门路……’还说什么日本人来的时候，在门上贴一个记号，就不烧房，也不杀人……”

“不烧？”另一个人怒不可遏的骂，“不烧一间！小乐子家（他指着坐在对面的一个十四五岁的孩子）的房剩下了一个席刺吗？他妈要不是看着势头不对从后门跑出去，恐怕也……”

…………

这是在审案吗？过去谁曾见过这样充满着和煦慈祥空气的法庭？……

很快就了结啦，每一个人都得到了祖国的宽容与安慰……

临了，科长用玩笑的口吻问他们：

“你们怎么敢于来自首呢？不怕就被扣起来吗？”

他们用轻松的音调，杂然地说：

“咱们知道，没错儿。《双十纲领》上写着哩！……”

“《双十纲领》上写的就不会是空话吗？”

“不会，不会……”他们都笑着摇头。

案件就这样结束了。××多个人，□排成了长长的一群，从原路回去，他们的心里充满着轻快与温暖。

（《晋察冀日报》1940年12月20日）

两种配合

——一分区反“扫荡”报告之一

晋察冀社特派记者　一石

“游”的艺术与“击”的艺术

在游击战术中，可以说有这样一个定律：“不善游者，不善击。”游击战要发挥它杀敌制胜的效力，必须是“游”与“击”的有机配合。

一分区在今年的反“扫荡”战役中，杨司命员和分区的全体指战员正是正确地运用了游击战术，才一次又一次地粉碎了敌人的进攻。

从十一月十九日以后，敌人再度由满城分二路出动，向一分区进攻，一路经东西土门、岭西、高士庄，趋刘家台、大平底；一路经台鱼、管头，到北娄山。经过一周间的周旋，敌兵各路再度溃退而去。

总计自十一月九日起，两旬以来，敌人在一分区除去消耗了大量的弹药财力，遭受了重大的杀伤以外，它的所谓“战果”是等于零的。汉奸报纸上登载着敌人此次在一分区缴获了我们五辆装甲汽车。就让汉奸们这样大肆宣传吧！

敌人此次进攻一分区的气势是蛮凶的，遭受了“百团大战”的惨重打击，敌人是抱着一肚皮的乌气汹汹而来，一股劲儿想找寻我们的主力决战，我们就偏不上敌人的这种当。因此在战争的起首，我们就巧妙地发挥了“游”的艺术。敌人从大的据点出发，分成了许多小股，对一分区形成了一个大包围，各路敌人密相毗邻，以备一路遭受打击时，其他一路能够立即救援。伸到前头来的，天空上有飞机，地上有武装汉奸作警犬。其布置不能谓不周密。但在敌人一个包圈刚刚形成时，我军早已跳出圈外，而在某一点上予敌人以回击，这样敌人便必须改换一种包围的布置，而我军则早已恢复精力，准备着跳出第二次包围了。有时我们的一部分军队在深山中紧紧跟在敌人的屁股后面转，到必要的时候就来一阵“马后枪”。就这样地迷惑了敌人，疲惫了敌人，消耗了敌人，到敌人的气势一衰，陷于不利的地位时，我们便以最迅速猛烈的威力，予敌以致命的打击。——在刘家台，在范岗，在水泉……我们就给了敌人以这样的打击。

内线与外线的配合

“没有巩固的后方，就没有巩固的前方。”针对着敌人的这一弱点，我一分区的×××与×××两游击支队便深入到敌占区去了。

支持敌在一分区作战部队的，从平汉铁路线上，伸出来有三条脉管：保定到满城、固城到塘湖、易县到金坡，三条汽车路，以及铁路汽车上的电话线。敌人依靠着这些铁路、汽路与电线，以便利其前方与后方的运输与联络。我们的游击队员们一个人带十个老百姓，十个带一百，一百带一千……这样组成庞大的队伍，纵横驰骋于易、满、保的平原与交通线间，破坏敌人的铁路与汽路，收割电线，爆炸铁桥与石桥，至袭击敌人的老窝——保定城。

保定城里的津田司令部一天之内通电话中断在十数次之上，他拍案叫骂，要易县的敌人拨出一个小队来，保护电话线，城内的电话队刚把电线修复不到三个小时，又中断了，这样使敌人在通讯联络上感到极大的困难。游击队炸毁了三处大石桥，掘断十数处汽路，迟滞了敌人的运输与增援，因此我军得有一昼夜的时间，围击范岗的敌人。敌人至此，不得不派飞机五架来掩护残敌逃窜。由于汽路交通的无保障，使前线的敌人不能在山地里作较久的停留与连续的活动。敌人每次出动不得不乞灵于老百姓的小毛驴给驮着给养，到给养一空，即须重返原处，□□二次的毛驴发动。

游击队除去正面配合我军打击敌人外，还收割了电话线七千斤（上期的四千加上最近一期的三千斤），收获炮弹一大箱，脚踏车数十辆，汉奸及伪军十数名，以及大大地活跃了敌占区的民心。

×××游击支队派出四个侦察员，于上月（十一月）二十六日夜间闯入保定城去，这天晚上敌人正在“新民大戏院”里看开幕前的宣传，他们四个人买了四张戏票进去了。看看敌宣抚队长和大小汉奸集中到戏台上，四个手榴弹丢上台去，造成很大的混乱。于是在保定城恐怖了，民众们纷纷传说八路军已攻进保定北关，城外的游击队也响应起了排枪。于是“河北大学”的军人出动了，津田司令部戒严了，津田司令通知即将出发满城的两个大队暂缓出发。而这时我们四个侦察员安安静静地睡了一夜，到第二天早晨又扬长出城了。

（《晋察冀日报》1940年12月24日）

西天河的创伤

晋察冀社通讯稿

西天河是五台县一个产煤区，在那里生活着我们六七百个工人兄弟。

今年夏天，因为井陉矿被我彻底破坏，敌寇到处闹着煤荒（据说，有的敌据点内，煤价已比猪肉还贵），便极羞怒而野蛮地到处抢夺各大小煤矿，以图补救，西天河就是在那时候失落的。

上月的反“扫荡”战，西线敌人，受创极重，因此于狼狈西窜时不得不放弃河口、黄土咀、西天河等据点，以便集中兵力，固守五台、东冶与河边。沦陷了半年的西天河，正像一个被酷刑摧残过而又恢复了自由的汉子一样，虽然还有着旧日的躯干，但已经遍体鳞伤了。

我们且不用去看村里的房屋已被烧毁得如何破烂，街道院落被糟蹋得如何肮脏，只去看看那仅存的几十个工人兄弟，就什么都知道了。

严寒的冬天里，他们还赤着膊，颤抖在北房檐下，能穿上一身破大衣的已算是幸福的了。到上工的时候，敌人走来，用皮鞭把他们赶进矿里去。矿井是那么矮，只能容十三四岁的孩子立着走，成年人都得跪在地下爬行，把一百七八十斤重的煤□背在背上，用嘴衔着一盏黑烟缭绕的油灯，在漆黑的泥湿的洞里爬行……这样，像猪一般地滚一天，只能拿到三角钱，去买一些烂菜叶煮汤……

矿井变成监狱，变成刑房了！在这种生活下，六七百个工人很快地便蜕掉人形了。

失掉了健康，失掉了工作能力，然而敌人的鞭笞却越来越狠毒了。六七百个工人兄弟的生命，还能够设想吗？

原来六七百个啊！今天只余下几十个！

边区子弟兵的铁拳，驱走了吸血的魔鬼，西天河被解救，但是经过敌寇长期的蹂躏已经奄奄一息了——房屋几全数烧毁，街巷里到处堆散鸡毛，我们的几十个工人兄弟只有一些呼吸的力气！……

伤心惨目的西天河啊！

瓦砾堆中，一间破旧的茅屋还敞着一张黑黑的嘴，从那里传出来细弱的悲泣。那里，缩着一个病瘦的小孩，他这样诉说：“妈走了”。因为没有饭吃，爸爸卖了她。卖了妈妈的钱，爸爸刚接到手，鬼子就闯进屋来呵斥抢夺，爸爸不放手，被鬼子一刺刀杀死了。二十岁的一个哥哥，也是那一天死在矿井里……

…………

敌人的残暴还用再往下写吗？边区的工人们快快起来为自己的兄弟报仇！

（《晋察冀日报》1940年12月26日）

湘南的妇女

堃英

敌人的炮火，把我们这些中华民族不屈服的儿女们，从沦陷区又轰到湖南，我们并不是怕死逃到后方，而是为了谋中华民族的独立与自由，各尽所能来负起伟大而神圣的抗战建国使命！

我们不怕跋涉之苦，到了目的地——湘南，即开始我们的工作——组训妇女。现在略谈一下我们在湘南一年来关于妇运工作的一些感想。

一、一般妇女的情形

兹将妇女精神上或物质上所受的痛苦与压迫，略抒于管见于后：

（一）无教育与服务机会。后天的教育不仅是不够，更可以说没有。走到闭塞乡中，就没有百分之一的妇女能得到受教育的机会。她们的生活，如牛马一样，幸福和生命，全操在男子掌握中。如果男子说一声“不要”的话，除死外别无他法，像这样，不知断送了多少生命。有些稍微受过教育的女子，照理在当地至少可起点干部作用；可是事实上，这些妇女不但不能动员来干，反而会弄出许多麻烦；有的肯干又干不了，受当地人的攻击。

（二）封建势力的压迫。这种潜伏的势力，比什么都大，重男轻女的观念，牢不可破，纳妾养婢的恶习，仍盛行湘南。以纳妾来说，富者拥有重金，小家碧玉之流，为生活为虚荣，牺牲自己，自己作了妾，还不知道，美其名曰“一子两祧”，三祧四祧是常事；至若穷者，受了“不孝有三，无后为大”的恶毒，也得尽全力，倾家荡产，借债约会，来干这笔勾当。说到正夫人，争风吃醋，被人遗弃，受男人的恶打等，只好苟延残喘地活着。再说到养婢，在湘南不说是养婢，美其名曰养女——义女。因为重男轻女，每每生了女儿，家势可过的，则早订婚送去做童养媳，穷乡则不管价值多少，卖给人家做养女，减轻了一份生活费和将来的装□费。买户都是良田几亩者，买一养女，养着多少可做点事，一旦成人，卖给别人作妾，可收入一笔费用。至如养女的生活，不谈自可想见。其次谈到另一部分妇女虽能力有限，然肯尽力干一份事，参加抗战工作，但又被“妇女不出闺门”的禁条所禁，抛头露面，对一般为父兄者所最忌，乃封建势力下不允许之事。还有一部分妇女，是在其丈夫阻力下，没有发挥她的力量，因为有一部分男子（包括公务员）见解特殊，而不让自己的妻子出去干妇运工作。

（三）社会上妇女的设备不周及错误的观察。社会对于妇女的设备不仅不周，更可以说没有。各机关各部门，都是偏重男性的设施，而妇女出来往往感到掣肘。对于妇女妊娠期，除教育机构有特别优待条例外，其他都没有，因此就是再有能力的妇女，也不能另想□法呀；加之育后的抚养问题，也没有一个经济而简便的设备。其次一般男子对于妇女的认识不够，处处与女子为难，找缺点。

上面对于妇女情形，只作了一个简略的说明，其他可举一反三；下面要谈到关于今后应如何改进的方法。

二、改进的方法

（一）普及教育。这个问题，不仅限于妇女，整个中国，都有这个要求，目前急务刻不容缓。应该设法普及教育，将大批师范生，设法安插，提高待遇，分发到各个文化水准落后的乡村，广设民众识字班，俾得一般民众都能受到教育，同时无形中提高了一般民众对国家民族的观念及妇女地位。

（二）发展生产。我国有的是人力物力。把那些被认为依人作嫁的女子训练出来，把那些抗属组织起来，使她们能生产，不但可以解决个人生活问题，并能贡献国家和□一般人的需求，一举三得何乐不为！只要能生产，经济有了解决，教育有了基础，封建势力再作怪，也吞噬不了我们！

（三）处处便于女子工作。妇女刚来到社会上从事工作，要特别解除、革除歧视妇女的观念，处处以平等待之。

（四）各报章杂志特别刊登关于妇女问题运动的文字。这个作用可以转移一般人封建的头脑和错误的观念，使得妇女能顺利地踊跃地出来工作，发挥她伟大的力量，报效国家民族，争取中华民族永久的自由独立解放。

（《晋察冀日报》1940 年 12 月 26 日）

冬天战斗的外围

——这是我报告于世界的……

晋察冀社特约通讯员 孙犁 曼晴

一

一九四〇年十一月七日，晋察冀边区的战士和人民，在一个古代城堡的左近开了一个大会——那地方已经修筑好一个国际名声、藏有动荡良心的华佗的坟场和正在修筑的边区战死疆场的烈士纪念碑。国旗号召着民族的正义和国际的正义，在百尺竿头上飘扬起来，演出了沙可夫同志改编的高尔基的《母亲》六幕剧本。全边区优良艺人联合完成了这个演出，列宁曾深深赞扬过高尔基的这部小说，以其最善地完成了时代的任务。晋察冀的战士和人民深深赞扬这剧本，以其给予了他们高的艺术和战斗的热情和力。（在那次晚会上观众鼓掌和欢呼，虽是在严寒的山野的夜里）

携带着这热情和力，战士和人民立起来，返回战斗的岗位，并向日本帝国主义的冬季进犯军队搏战。由于计划和准备，敌人的“扫荡”企图一露头角，我们便以倾山倒海的力量，给它一个发蒙涨脑的回敬。战斗展开在沙河两岸了，在同一个时刻所有边区的战士和人民排成了行列，军纪如铁，猛如虎矫健如鹿。

二

我的战斗任务是记录。十日晚间走进这反“扫荡”的行列。半圆的月照明着路，我看见人的队伍和骡马的队伍迅速地转移，没有惊慌，一切机警而有力。有一只令旗穿过每个人的心，缀成一个任务和一个指归，我惊叹了这严肃的力量。在一个陡峭的山顶上，遇到一个熟人，他用青年热力握紧我的手指说：“反‘扫荡’开始了！”兴奋笼罩着他的声音和颜面。我第一笔记录的是：人民对战斗是奔赴，是准备妥当，是激热的感情！……

二十日的下午，我拿了一封介绍信到前方一个团里去。在灵寿陈庄西面一个小村里，找到和这个团有关的兵站。管理员招待了我，并应许为我通电话到前方，探听团部驻扎地。因为那天早晨，在阜平温塘已经有一些战斗。我在他们办公的房间展开地图，察看地形和方位。这里常有过往的伤员和病员，七八个小鬼抬扶着他们休息和吃饭，饭是半米半面的馒头和胡萝卜菜汤，本村的妇女代做的。站上准备着很多的担架队和驴子，伤员和病员，吃过饭便又起程去后方了。

傍晚才得了确实的消息，我就动身了。路上我到县政府访问了李县长，那不到三十岁的人，已经有了坚持政权工作的惊人魄力和办法，他正在办公室紧张地工作着，房间里站满二十多个人，一面工作，一面谈笑风生，全是沉着到万分的。

天大黑我走进陈庄东北的一个村庄，放哨的人（他站在村外一个地洞式的山岗棚里）带我到交通站。二个骑兵通讯员正站在院子里喂马，他们已经走了一百里路，还没有休息。一间幽暗的西房里，站长和几个过路的战士谈着路程，是送鞋到前线上去的。另有三四个从前方退休下来的病员躺在坑上体息，我蹲在地下的火盆边烤着火，等待着引路人。一个穿蓝布棉袄的十一二岁的孩子跑进来，拿着一把纸条，报告清楚而动听，他代区公所传达着紧急动员的命令，已经在夜间跑了六个村子，我看着他熟练而沉静地和站长办完手续（放下命令，要回收条），便退了出去。站长把他叫回来，告诉他我将要到前方去，要他领一段路，到前面站上再找人。

在黑夜里，我们疾行，不时遇到民兵，抬着担架从前方下来。他们是一站转一站，非常迅速有秩序。从他们的脚步和说笑，看出负责和热心，听见前面有人声或马蹄声，走在前头用手榴弹武装着的两个，便高声喝问着，警戒前行。过了一条小河，我已经熟悉道路，便请那位小同志回去了。在接近前方司令部驻扎村庄的山口上，哨兵止住了我。残月照在山坡上了，哨兵的刺刀放着寒光，北风扑平了南山坡的黄灰色的荒草。在哨兵岗位下面，一排战士睡下了，身下铺着玉蜀黍桔梗，可以听到他们那有浓馥战斗气息的呼吸，一个辗转了一下翻身问："有人吗?"哨兵告诉他是自己人，他便一侧身又睡下了。在这紧挤在一块儿的守卫在前方的战士，我倾泻着爱的崇慕，直立在山口上，有意高声地礼赞。

第二天清晨，我会见了一个分区的政治委员，一个二十三四岁的青年人，彬雅如书生，但据我推断，也该是身经百战的英雄了。这里的军事指挥员，都是以短的年龄而积结着长的丰大的经验，代表了新生，也代表了根基的壮大和光耀的将来。以我们从正义战斗过来，面向正义的硕果的指挥者和战士，对付敌人从污秽钻出而面向着纵火和掠夺的一群，鹿死谁手，我是随处可以看见定局的。

三

几天过后，我们随着一个兵团路经陈庄，这村镇已经被敌人烧毁三次以上了。以陈庄为中心，敌人曾作蜘蛛技能的放火，从阜平到陈庄，从口头到陈庄，几道山沟成为它纵火的鹄的。敌人经过的地方是秽气冲天的，在火燎气里掺杂着日本人的屎味和尿味。把房子用席子和谷草放火了，把猪和鸡煮在锅里，猪皮和鸡翅膀扔在街上，在灶火旁拉出大堆的粪！敌人这次"扫荡"边区有放火队、抢粮队的组织，但从它走过的十几个村庄视察的结果，其仍有大批的拉屎队，是不必置疑的。坐在东京的"天皇"，用人民的财富，组织了这种队伍，其代表了什么征候和哪个世纪是不能设想的！

我曾经到过平山的南庄，敌人退走，人民走了回来。村里已糟蹋得翻天覆地，每家的炕上菜蔬上堆着粪尿，门全烧去左边的一扇，家具毁坏一空。村长将残余收集起来，摆在街上，像都市的旧货摊等候本主认取。几个老太婆诅咒着认取着自己的锅碗。一个青年走过去，把一个还盛着敌伪吃剩的面条的盆踢开了。“我什么都不要了！”他喊着，“我赌着一切和鬼子拼了。”

日本帝国主义用它那圆的旗号，用他的军队的粪尿在中国涂上了污秽，也是在世界的版幅上抹上丑陋不堪的面影了。

而我们的人民继续动员着。房子烧了，村里合理地分配着房子，再加紧坚壁清野，大家帮助着，区政府派专人各村巡视，把敌人留下的一切污秽铲除出去，再加大自卫的力量。例如就在南庄，当晚一阵鼙鼓，全村的自卫队便一分钟内集合了。夜里村长召集了全村干部大会，并惩办了一个趁火打劫的老头子，警告了一家只愿把东西“坚壁”在自己房间里面的农人。

由此，我想起敌人还有时在山路上贴一些丑陋线条的宣传画，或是用翻毁着良心的笔触写成的烂字！日本军队以烧抢拉尿为其最高的业绩，这种欺骗不是太难为了那些御用的奴婢了吗？到处挺起蜥蜴的毒刺而作美人妖之，而且是多么下流和卑薄呢？简直是侮蔑边区的人民！在边区，即使是一只犬，也会翘起了两只脚，把它浇了的。这里，使我想起了艺术上的美的问题。正义永远是美丽的，而代表灭败的，即使是一笔一画也是丑陋不堪的！

四

在灵寿牛庄，我在一家卖油条和烧饼的小铺里，遇见一个自卫队的小队长，几队民兵正跟随一个正规兵团配合战斗，每人一条火枪三个手榴弹，防空的伪装，米袋都完备，他们的领导者，还背了一个破铜号。一天，小队经过我们的行列，我见他很郑重地向我们的团首长敬礼。这位小队长，由于长年和油锅作伴，肺部已不健康，不时咳嗽。我们在牛庄有几天休息，那天我住在他家炕上，半夜突然他来了，我惊问："你不是民兵吗？怎么跑来这里睡？"他笑了："这是我的家吗，我不在这里睡到哪去？"第二天清晨，他跑去山坡，拔来一筐草，又去推了半升玉蜀黍，竟就烧起饭来，吃过，便□去集合他那一小队人了。

他还很年轻，灵活愉快积极。去年反"扫荡"，他或者还是一个孩子，而今年便这样了！我看见他的弟弟，原是同几个伙伴逃到山里去的，回家取粮食，他告诉哥哥，他们几个小孩是集体吃饭的。打柴的打柴，烧水的烧水，取粮的取粮……孩子们都在战斗的边沿接近了集体，就这样战斗下去吧！……

各地区村政权都坚持了工作。我见过一个三十多岁的黑瘦黄弱的区长。一天夜里，敌人向他们的方向来了。他在暗淡的灯光下集合了区干部讲话，他直挺地立着，右手插在黑色棉衫的口袋里，垂下眼皮说："……假如不幸，而被敌人捕去，谁也不能透露点消息，死就好了……你要知道……"声音低沉然而有如洪钟振荡，在那样寒夜里，一群干部答应着出去工作了。

每个村子，都是等敌人到了村边，村干部才检查村庄，然后退走。而妇孺老者，都是事先组织起来再送到安全地带的。模范队和青抗先整天战斗准备着。一个团政治主任告诉我，今年的民兵参战，真是取之不尽了。每一个正规兵团过去，后面总是几乎是有同样人数的民兵兵团跟随。在城南庄曾在炮火中破坏桥梁；在温塘、牛庄别几处战斗，大放手榴弹和排枪，并打扫战场。而各山沟大道警戒，组成了网幅。这样正规兵团和民兵兵团的联结，有如铁链之于镖锤，刺刀之于枪矛，刚韧无比，置一切敌伪于死地而有余的。

面对着我们钢铁的阵容，于黔驴技穷之时，敌人曾用飞机狂炸配合其抢掠，曾欺我们无多高射武器而尽可能的低飞。一次在牛庄、两界峰一带，三架轰炸机狂炸二三小时，然而这对于我们有什么呢？经过长久的金炼火试，边区人民已视敌人如草芥，视敌机如苍虻。敌人不过重复堂吉诃德对风车施威的故事而已。

五

然而敌人对我们是要施尽其残酷的。我第二次进入陈庄，看见五个死者，躺在街上；在石岭沟敌人□妇孺坐于尖木毙其生命；蛟潭庄附近，敌人从偏僻山沟抢走我们四十多个男女；在两界峰战斗中，敌人竟对我们的几个战死者，剖去了他们的眼睛。十二月的一天，我第三次到陈庄，正遇到六个战死者的棺木经过，人民献出了花圈，人民献出力扶架他们去安葬。战死者失去了眼睛，而那眼睛，是曾经寒天霜夜，星稀月明，傲视于祖国的山峰，为保卫民族而凝视过的。在战斗中，他们战死了。而敌人竟剖去他们的眼……

记住这些吧！这不是一件事情的终结，而是一件事情的开始！

战斗继续着，而大战斗在后面。我就写在这里停笔一下了。

（《晋察冀日报》1940 年 12 月 24 日、12 月 26 日连载）

曲阜线战斗杰作

——记东王林口歼灭战

晋察冀社特派记者　朱汉

一九四一年快到来了，曲阜线上我们神勇的晋察冀军区子弟兵用我们美丽的杰作——东王林口漂亮的歼灭战，来迎接和庆祝新年的光临。

二十一日的早晨，天空很阴暗，像要下雪，山野笼罩着一层薄薄的白雾，王快的敌人以为我们守卫在曲阜线上的子弟兵团不会在这样寒冷的天候出来活动了，他派出了一个步兵中队、一个骑兵小队，携带了一门九五式的山炮、一挺重机关枪、五挺轻机关枪、五个掷弹筒出来，企图掩护百多个驮子的军用品到阜平城接济孤守在那座空城的敌人。我们能征惯战的主力兵团得到了这个情报，每个指挥员和战斗员都异常高兴。

——敌人给我们带来了贺年的礼物啦！

黄司令员很愉快地下了决心，很周密很慎重地命令××和××两部队，准备随时在庙南和东王林口一线将敌人全部歼灭。

敌人不知道他要全军覆灭的，当他们沿着汽车路开到庙南村前面那个疏落的杨树林子里，被我××部队，在山上活动的一个连以猛烈的火力给予了重大杀伤，当场打死敌军七个骑兵、十多个驮骡，整个驮骡队被打得七零八落。此时敌人企图向西面前进，哪知刚进刘家沟，到达东王林口附近，我××部队的主力就从刘家沟北面那座笔架形的高山上分东西两路冲下来，把他的去路和归路完全截断，这时敌人才知道他已闯入囚笼了。他的南面是沙河的河滩，那种平坦的地形，对于他的逃窜是极其不利的，而东西两面又有我们的主力夹击，因此企图向东、南、西三面突围是不可能的。于是敌人便企图抢夺北面的山坡，作最后的挣扎。当时占领该山头的我军，则一枪不发，等到敌人爬到半山腰，一阵密集的机关枪火力，就把敌人打垮下来，接着敌人转向西面突围两次，都被我军击退……

战斗进行到下午四时半，天渐渐昏暗起来，我军就乘机对敌举行总攻，于是，激烈的歼灭战的场面便在迷糊的暮色中展开了！

东王林口的地形，最便利于我们果敢的子弟兵团进行歼灭战，敌人的阵势像一个车轮一样布置在山腰上，他的步兵散开在四周，保护住他的笨重的山炮和驮子，我××部队的一个营从山顶上直冲下去，像山上的瀑布一样向下倾泻，在冲锋号响后五分钟就冲破敌人的前沿，冲垮敌人的炮兵阵地，把那门九五式的山炮夺过来了。

敌人见他的炮兵阵地被我军冲垮之后，左翼和右翼就马上向后收缩，集结起来，向我军正面举行反冲锋，乘我军占领阵地不甚稳固的时候，又把炮抢回去……

但是，我军绝不气馁，立刻又举行冲锋。

——我们要把炮再夺过来！

——我们要把敌人全部歼灭！

白刃战展开了！

——杀呀！

——杀呀！

——杀呀！

这充满了愤恨的雄壮的杀声，震荡到辽阔的山野，我想当时东庄、王快的敌人听了我们边区子弟兵这种奋勇的杀声，即使是有着充分“武士道”修养的“皇军”，也会恐怖战栗！亮闪闪的刺刀，从东西北三面向敌人飞刺过去，在那闪光所到的地方，那残暴的敌人就倒下在黑暗中了。

经过一场激烈的血战之后，敌人被我军全部歼灭了。大炮、掷弹筒、轻重机关枪、步枪、战马、驮骡……全部变了“贺年的礼物”！

东庄的援兵出动了，信号炮从东庄东面的山上打到东王林口这边来，可惜在那惨淡的白光照射的时候，二百多的“皇军”已无任何反抗地倒在曲阜公路的旁边了！

二十一日夜深草于曲阜前线

（《晋察冀日报》1940年12月31日）

用火来锻炼我们的意志！

——一分区灾区视察记

晋察冀社特派记者　一石

×分区在今年冬季反“扫荡”中的几条军事周旋线上，遭受到敌人惨毒的焚烧。“不顾一切地焚烧！”这就是敌人今年进攻晋察冀边区的基本政策。这种暴行，是敌人在其夸大伪造的战报中所从来不向世人公布的隐秘。请问日本少爷军官们：为什么你们不把这种烧的作孽，列举到你们的所谓“战果”中呢？

在这几条被烧的路线上，记者作了三日的巡视。据我在这几日内所作的粗略的统计，单只易县的六个区（五、六、七、八、十、十一）内，被烧毁的房屋，达二千二百余间，其中烧得最惨的一个区（十区）即有一千二百余间。不难想象：在冬日寒风下，正有千百群众被惨无人性的日本帝国主义抛在无家可归的苦难中。母亲们以破棉絮包裹着幼儿，和记者一同蹀躞于余烬犹存的颓垣残瓦中，旧梁木上烧着的油灰带着血腥气，刺人口鼻。也或者不单是这种辣味的刺激，才使得人们的泣泪纵横；而且人们的愤怒与敌忾，实在是远超过于为个人利益的损害而感到的悲哀。在傍夕时，老爸爸六十年来第一次肩上搭条棉被，腰下系起干粮袋来，儿子更坚强地握起红缨枪，走向了战争。

同胞们，在惨痛中来拾取我们的教训吧！

在我所巡视的这个被烧区域内，有两种现象：有些村落被烧的情形诚然是惨重的。我看到有些几百户的大村庄——如水泉、南管头、南北娄山、石家洞等村——几乎找不到一间完整的房子，满目是焦黑的颓墙，栋梁残断，砖瓦满地，大垛柴草只剩灰烬，囤里的粮米变成黑炭块，箱笼什物，鸡毛猪皮，飞扬杂陈，如屠场、如坟地，在破墙脚下，各家的母亲孩子露出满脸愁苦，这种景象实在是可悲痛的。但我也看到有些村庄则完然屹立，没有一间被烧的房子，这些完整村庄，有的恰恰和被烧得片瓦无存的村庄紧相邻接。有的村庄或者只被烧去一二所房子，有些房子或者只被烧焦一个角，看得出是从火中救出来的。有的村子，没有损失一根鸡毛和一条猪腿——近几天来这些村庄的猪和鸡也减少了，但不是被敌人吃掉，而是由人民绑缚着高高兴兴地慰劳了分区的子弟兵。

这其中有奥秘的道理呢！是敌人对这两种村庄，有什么“情分”上的厚薄之分么？当然不是的。

在我看过这些被烧得惨重的村庄之后，我就分别询问这个村里的人，询问他们的村干部、自卫队和游击小组，在敌人进攻之前，他们做了些什么准备迎接敌人“扫荡”的工作，敌人到来之后，他们做了些什么活动，这样我就得出对上面问题的解答来。

首先，在这些村子里，坚壁清野的工作做得不彻底。由我搜集到的一些材料，可以得出一个定论来：村四周堆积柴草多的，就被烧得厉害，把柴草分散到村外远处，就被烧得轻些。粮食掩藏得好的，就损失小，不掩藏或者掩藏得差的，就损失大——这是单就保卫家乡消极的一方面说。积极的一方面，是应该加强民兵的活动。由于七八个月的安定环境，这些村子的人大都存在一种浓厚的太平观念，他们不愿意听从——或没有彻底执行——政府及军队对坚壁清野的号召。这次敌人进攻，带来的汉奸特别多，有许多是女汉奸（她们大都是在敌区做工的本地人，这次被敌利用，借口回家看望，而实际做侦探工作），这些汉奸专门引导敌人破坏我们的坚壁清野工作。因此，在这一工作进行得不好的地方，就遭受了很大的破坏。

更重要的一点，是这些村子的民兵，没有很好地活动起来，在敌人到来时，他们没有机动地扰乱敌人、疲劳迷惑敌人，这样就给予了敌人焚烧破坏的机会，但是在别的许多村庄因为民兵的积极活动，而有效地保卫了自己的家乡。我希望这些村子的同胞们来看一看其他区村民兵活动的好例子：

七区武委会，在敌人此次进攻前夜，组织起区游击队，人数虽不多，但发挥了很大的作用。当敌人进到李家庄时，正在捉鸡捉猪，而且预备点火烧房，区游击队派了一班到村后向敌人打枪并丢手榴弹，结果敌人仓皇逃去，一气跑到龙门庄才敢宿营。

十区××村的公粮，本来还未掩藏好，但村干部和民兵坚决要完成这些工作。敌人已进村时，他们一方面派人监视敌人，一方面从村一头的僻静处偷偷把公粮运出来，未受一点损失。

七区×××村民兵在事前有了很好的组织，他们把全村的井都掩盖起来，敌人进村时遍处找不着水来做饭，结果只得吃冷柿子来解饥渴。当敌人把村中的房子点火之后，正集合在村东首时，这个村的民兵（他们当时都埋伏在村子近处）立即选派了救火队，一方面在街角放哨监视敌人，一方面把火救熄，房主人都大受感动称谢不已。

四区的区干部和区游击队表现了更大的英勇。十九号那天他们正开村级扩大干部会，这时大圈的敌人侦知，便来包围他们，敌人共四十余人，一挺轻机枪，还有一匹洋马驮着重机枪。当敌人来近时，区干部和游击队迎头即打，敌人重机枪未及下马，轻机枪只打三梭，游击队冲上去就打手榴弹，同时一部分游击队绕到敌人侧面，一部分攀据山顶，敌人着了慌，一面喊："不好，大大地八路军包围了。"遂回头就跑。一个翻译官被打倒于北向虹，洋马驮着重机枪丢在后头没人管。从此以后，敌人再未敢过河到该村骚扰。

在我访问那些未被焚烧的区域和村庄时，当地的区村干部和民兵对我简述了一大串这类民兵活动的英勇故事。上面所举，只是其中的几个例子，我看到他们的情绪是多么高兴与活跃！他们的信心提高了，胆量增大了，经验丰富了，他们正在更加努力来扩大区游击队的组织。××武委会主任对我说，从这次的经验，他们感到“区游击队是民兵活动的最好形式!”“唯有区游击队充分发展与活跃起来，才是保卫家乡的生动力量!”我相信他的话是对的。这些区域的老百姓也都相信他的话是对的。目前一种巨大的工作，正在这个蜿蜒几百里的区域中进行着：“加强民兵的活动!”“广泛开展群众游击战争!”敌人只能烧掉我们的房子，但是民众的意志是更坚强了，全分区的民众正沉痛奋发地在组织着自己的力量，准备给再来的敌人以更大的打击。

十二月一日

（《晋察冀日报》1940年12月31日）